U0070712

逆襲成宰相

2

趙眠眠 著

風文創 529

目錄

第十五章　在乎

隔天一早，趙大玲還在睡夢中，就感覺長生輕輕地掙脫了她的手，又將她身上的棉衣掩了掩。她迷迷糊糊地睜開眼睛，看見旁邊的長生已經坐了起來。

「哐噹」一聲門響，柴房門打開，早春的晨光從洞開的門口傾瀉而入，照亮長生單薄的身影。他沐浴在晨光中，安靜淡泊。

御史老爺柳成渝和汪氏雙雙來到柴房。昨晚汪氏向柳御史講了白天丹邱子降妖伏魔的事，不過大周雖然道教盛行，但信奉的人以平民和權貴家的女眷為主，像柳御史這樣自詡清流的官吏，一向不屑這種婦道人家迷戀的把戲，因此呵斥了夫人一番。

「子不語怪力亂神，青天白日，朗朗乾坤，哪有什麼妖孽之說？」還怪她不該如此張揚地請道姑來府中作法事，弄得汪氏也不痛快。

柳御史雖然沒把趙大玲的事放心上，但他對於長生的身分感到十分震驚。沒想到這個曾經名譽京城的才子竟然在自己的府裡做最下等的僕役，他感覺自己接了一塊燙手的山芋，非常棘手。

長生是官奴，這是聖上御筆朱批定了罪，又在官府裡落了案的，在對待長生的分寸上實在不好拿捏，隨意處置肯定不行，萬一哪天皇上想起這個案子一查，發現人死在御史府裡，追究起來怎麼辦？以禮待之更不行，聖上親判的罪臣成了御史府的座上賓，御史老爺不是等著倒楣嗎？而且兩人畢竟曾同朝為官，讓御史老爺也覺尷尬，所以才一大早就趕到柴房來。

柳成渝小心翼翼地提出要給長生換一個舒服清閒的差事，卻被長生斷然拒絕了。

「就請柳御史只當不知道我的身分，您只需要知道我的名字叫長生，是府裡的下奴即可，這樣對您對我都好。」長生垂著眼簾說道。

柳成渝在官場多年，深諳明哲保身之道，想想確實如此，多一事不如少一事，遂吩咐昨日知道此事的人都不能將這個消息傳出去，也不許隨意議論長生的身分。既然是官奴，該怎麼辦就怎麼辦吧，權當自己什麼都不知道。

柳御史放下心裡的包袱，攜汪氏離開柴房。柴房的門重新從外面被鎖上，門板擋住了外面的光線，屋裡又是一片昏暗。

有些話趙大玲一直不敢問，怕揭開長生心底的傷疤，誰料長生靠在柵欄上，主動提起了他的過去。

「我的名字叫顧紹恆，顧家幾代為官，到我父親這一輩官居一品，又曾任太子太傅，做過前太子蕭弼的老師。前太子病逝後，聖上本屬意立三皇子晉王為太子，我父親也在朝堂上稱讚晉王有儲君之能，後來太子之位落在二皇子蕭衍的頭上，當初擁立晉王的大臣紛紛被打壓，我父親也落得一個結黨營私、妄議朝政、謀逆犯上的罪名，病逝在大理寺的天牢裡。母親得知父親的死訊，在獄中自縊，只留下我一個人。」

趙大玲很欣慰他終於向自己敞開心扉說起過去的事情，但是又為他的遭遇感到心酸。「那你還有別的親人或是朋友嗎？沒有人站出來為你父親說一句話？」

長生苦笑。「與我父親交好的大臣也都受到牽連，不少人與我父親一樣獲罪入獄，其他人在腥風血雨之下只求自保，不落井下石已算仁至義盡。至於親人，顧氏是江南的大族，聖上下旨說我父親雖罪大惡極，但念在顧氏一門世代忠良，暫不罪及九族。顧氏宗族感念聖上的恩德，已將我父親這一脈從族譜中除去，曾經的好友也音信全無，再沒聯繫，如此說來，我如今孑然一身，無親無故。」

趙大玲心痛得說不出話來，只是默默地握住了長生的手，手指摩挲著他的手背，無聲地安慰他。

她明白，對於他來說，他寧可自己只是長生。

大柱子將早飯送來，友貴家的讓大柱子帶來了一盆小米粥、四個素包子和兩個水煮雞蛋。

看門的僕婦讓大柱子放下東西，就把他轟出去了。大柱子只來得及向趙大玲問道：「姊，妳好些了嗎？妳多吃點兒，我中午再給妳送好吃的來。」

趙大玲覺得自己比昨天好了一些，較能自主地運用四肢，但是她沒告訴長生，由著長生伸手過來餵她。畢竟生病的人都是要給自己一些特權、找些安慰的。

她喜歡長生小心翼翼餵她時那份專注的神情，也喜歡看他骨節分明的手拿著粗瓷湯匙時那種精緻與粗獷的對比。他的手很穩，在半空中舉著湯勺都不會抖動，這是常年懸腕寫字練出的腕力。

兩人閒來無事，天南地北地聊著天，趙大玲問長生：「我在你面前顯擺了那麼多的對聯和詩句，你懷疑過我嗎？」

長生點點頭。「妳第一次跟我說項羽自刎烏江的時候，我就覺得很奇怪，只是我當時狀況不好，所以沒有深究，後來妳說了那麼多我不知道的對聯和詩句，又都推託到妳父親和話本上。我私下問過妳娘，才知道趙大玲的父親並非博學之人。」

「原來我早就露餡了……」趙大玲有些垂頭喪氣，遂又不解地問：「既然你早就發現我不是趙大玲，為什麼沒有問也沒有說？」

長生看著她笑了笑，目光澄澈，還帶著一絲羞澀。「我只要知道妳很好就足夠了。」

趙大玲心神一蕩，忽然覺得就算被這麼關一輩子也沒什麼大不了了。

三天後，丹邱子身邊的小道姑來到御史府，向汪氏道：「我師父丹邱子讓我來向夫人回話，師父親赴玉泉山拜見了師祖玉陽真人，真人尚未出關，但她老人家在玉泉山的紫金山巔齋醮作法，卜得一卦。貴府鸞星籠罩、氣運長久，並無災禍，也沒有邪魅作怪。玉陽真人說她功滿出關後必來貴府拜訪，遂師父讓我來轉告夫人，之前的事是一場誤會，請夫人先放了趙大玲，待真人前來再做打算。」

趙大玲的身分被玉陽真人壓了下來，平白讓丹邱子背了個黑鍋。丹邱子雖然不敢違抗師命，但心中暗恨不已，覺得在這件事上丟了臉面，索性對外聲稱要在道觀中閉關修行幾個月，只派了小徒弟前來交代一聲。

玉陽真人許久沒有現身俗世，此刻竟然說要親自拜訪御史府，汪氏且驚且喜。「如果能見到玉陽真人的真顏，也是府上幾世修來的福分。」

汪氏雖然不敢質疑玉陽真人的說辭，但總覺得玉陽真人是因為長生所說的約定一事有意放過趙大玲，心中還是有個疙瘩。府裡放著這麼一個人，睡覺都不安穩，就算有心把趙大玲弄出去，又擔心玉陽真人來了見不到人會怪罪，思來想去，只能先不動聲色地把這件事壓下去，等玉陽真人前來。

汪氏送走了小道姑，讓人從內院的柴房裡將長生和趙大玲放了出來，只說之前是個誤會，又三令五申當日在枕月閣裡的人都要守口如瓶，不得洩漏出去，以免給御史府惹來麻煩。

趙大玲又回到了枕月閣當丫鬟。五小姐膽子小，到汪氏跟前哭訴了一番，說自己不敢再要趙大玲，反被汪氏罵了一頓，讓她不要生事。

友貴家的喜出望外，感覺這個閨女跟白撿回來的一樣，驕傲地向眾人宣布：「我就知道我家大玲子不可能是什麼精怪，如今終於五更天下大雪，天明地白了。若是讓老娘聽到還有人嚼舌根子，可別怪老娘翻臉不認人。」

因為靈魂和身體的契合關係，趙大玲下不得床，只能在炕上躺著，只說是那日被煙燻到，傷了身子。

友貴家的忙不迭地在灶上做了好吃好喝的端到趙大玲面前，趙大玲看著忙碌的友貴家的和一直守在床邊看著她的大柱子，心中感慨萬分。

前世因父母各自組建新家庭的關係，她總覺得自己在哪邊都是多餘的，爸媽疼她多少也要顧忌另一半，所以很少能體會到這種全心全意、毫不掩飾的親情。

白天裡友貴家的盯得緊，趙大玲連跟長生說話的機會都沒有，只能豎著耳朵聽著院落裡的動靜，知道他在劈柴或是挑水。她可以輕易地從嘈雜的腳步聲中辨認出他的腳步，舒緩輕柔，帶著從容的節奏，彷彿走在煙花三月的楊柳岸邊。

她細數著他的腳步，默默計算著他與自己之間的距離，每一次靠近都感覺怦然心跳。

只有晚飯後友貴家的去找李嬸子打牌，大柱子也去找鐵蛋他們玩，趙大玲才能打開窗戶，將胳膊扒在窗臺上向外面喚：「長生？」

院子裡的長生放下斧頭走到窗根下。趙大玲遞給他一杯水。「嚐嚐，我放了蜂蜜的。」

長生接過來，在趙大玲的殷殷注視下舉杯，一飲而盡。

趙大玲笑彎了眼睛。「甜不甜？」

長生抿著嘴點點頭，將杯子遞還給她。

兩個人一個在窗裡，一個在窗外聊著天，趙大玲將自己所在時空裡的事一一告訴他。

「劉邦建立漢朝後是魏晉、南北朝、隋、唐、宋、元、明、清……一直到我們那個時代，整整兩千二百多年。在我們的歷史上，唐朝還出過一位女皇帝呢，在位十五年，她建立的朝代也叫『周朝』，巧不巧，跟你們現在的國號是一樣的。你們這裡有沒有出過女皇帝？」

長生搖頭。「只有大楚之後的黎朝出過一位把持朝政二十餘載的皇后，她在皇帝死後想要稱帝，卻被她的兒子囚禁起來。」

除此之外，趙大玲還喜歡跟長生說現代的科技和理念，即便長生聰慧異於常人，還是聽得一頭霧水，跟聽天書一樣。

趙大玲就是喜歡這樣欺負他，看他露出饒有興味又迷茫懵懂的表情，想問又不知從何問起，實在呆萌得很。

但是她也敏感地察覺到長生又恢復成以前的拘謹，在她想伸手去觸碰他的時候，他會往後退，這讓趙大玲頗為鬱悶，決定主動出擊。

山不來就我，我便去就山，不都說女追男隔層紗嗎？她想起前世閨蜜傳授的撩男秘計，拉下臉來問他。「長生，你們古代男人都結婚得早，你有沒有？」

長生傻傻地問：「有沒有什麼？」

「老婆啊！」趙大玲又解釋了一句。「就是你們所說的『娘子』。」

聞言，長生的臉一下子紅了。

趙大玲不滿地催促：「到底有沒有？」

長生趕緊搖頭，低聲道：「我尚未娶親。」

趙大玲抿嘴而笑，忽然想起還不能掉以輕心。「不對，沒有老婆，那小老婆呢？妾室呢？通房丫鬟呢？紅顏知己呢？」

趙大玲每說一句，長生就搖一次頭，站得規規矩矩的，兩手垂在身側，像個被老師叫到講臺前的學生。

趙大玲心裡偷樂，嘴上卻依舊不依不饒。「之前沒有，不代表以後沒有。反正你們這兒的男人都是女人越多越好，不怕死地往家裡娶。」

長生苦笑。「我都是下奴了，上哪兒妻妾成群去？」

趙大玲一時語塞，隨即轉轉眼珠，霸道地說道：「這是觀念問題，不在於你能不能，而在於你想不想。你說心裡話，你想嗎？」

長生認真地搖搖頭。「顧家祖訓：『除非原配無所出，否則不得納妾』。父親一生也只有我母親一位妻子，琴瑟和鳴，羨煞旁人，正如妳所說的，一生一世一雙人。」

趙大玲覺得自己撿到了寶，在三妻四妾盛行的古代，竟然有長生這樣的異類。

「一生一世一雙人……」她喃喃唸著，忽然覺得滿樹的枯枝都要開出美麗的花朵，心情好像棉花糖，浮浮悠悠地飄在半空中。

她滿懷期待地問：「那……你想過和誰『一生一世一雙人』嗎？」

趙大玲凝聲屏氣，等待長生的回答，他卻久久不說話。

長生明白趙大玲的心意，也明白自己對她的心意，只是奴僕的身分讓他無法將承諾說出口。男兒立業成家，讓妻小衣食無憂，受人尊敬，這是他心中最基本的認知，但如今的他除了滿腔熱情，無法給她帶來任何生活上的保障。

趙大玲知道他對自己的身分還是有顧慮，遂輕喚他的名字，索性挑明道：「長生，錢財和地位只是身外之物，人活一世，何必拘泥於此？」

「人為刀俎，我為魚肉。我不想妳一輩子過這種日子，妳有機會跳出這種生活。」長生聲音中透出苦澀。

趙大玲將頭伏在胳膊上，悲哀道：「長生，你難道也跟我娘一樣，覺得只有讓我去做別人的小老婆，人生就會幸福圓滿了嗎？那樣的生活我不想要。」她向他伸出手，懇切道：「我們一起努力好不好？我們離開這裡，帶著我娘和大柱子找一個山明水秀的地方住下。我們蓋幾間茅屋，種一小塊地，春天種下稻穀，秋天就能有收成；我們也可以在市井中開一間小茶館，你做掌櫃的，我做老闆娘，沏一壺清茶，笑迎八方來客。長生，人生的路有很多條。」

長生動容地看著她。一個女孩子要有多大的勇氣才能主動說出這些話？她所描繪的市井人生平凡卻安樂，那樣的日子同樣是他夢寐以求的。但是他只能退後一步，將自己隱身在黑暗的陰影中，彷彿他的人生，晦暗不明，沒有光亮。

「趙姑娘，我是皇上御筆親判的官奴，這一生都無法擺脫，我的面前只有這一條路，而妳的人生之路卻有很多條。以妳的聰慧，即便過得不盡如人意，也都要比我的這條路容易很多。」

趙大玲洩氣不已，她忽然很懷念前幾日被關在內院柴房時與長生共度的時光。他就是這樣，每次她遇到危險，他都會義無反顧地挺身而出，哪怕是暴露自己最在意的隱私和尊嚴也在所不惜。當她消沈失意的時候，他會堅定地陪伴在她身邊，主動牽起她的手，將溫暖傳遞給她。他會給她餵飯餵水，會將自己的棉衣給她，細心地關照她不要著涼。

可一旦危機過去，她回到陽光下，他又默默地退回陰暗的角落，生怕自己身上的陰影影響到她的光芒。

趙大玲在床上躺了十天，才覺得自己又是完整的趙大玲。

府裡的僕役們對神鬼妖狐之事諱莫如深，都本著寧可信其有，不可信其無的想法。雖然汪氏說是一場誤會，但是府裡離奇的傳言卻越傳越邪乎，說得有鼻子有眼，有的人甚至信誓旦旦地說曾經看到趙大玲在漆黑的夜晚拖著一條毛茸茸的尾巴在府裡遊蕩。

為此，友貴家的已經跟人打了好幾場架，只是她再彪悍，也擋不住府裡的悠悠眾口，而趙大玲雖然躺在裡屋的炕上，但風言風語還是灌進了她的耳朵。

這日，齊嬤嬤早早地便來領飯，進門就誇張地用手搧著鼻子。「哎喲，廚房裡這是什麼味啊？不香不臭的。」

她向裡屋扒扒頭，見趙大玲躺在炕上，面向裡面，遂回身向灶上的友貴家的道：「我說友貴家的，我一進門就聞到一股狐狸的騷味，老姊姊得關照妳一句，妳也得當心點兒，妳家大玲子被大仙附了體，就不是妳閨女趙大玲了，那要是發起癲來，可不會認妳這個娘。」

友貴家的氣得用鐵勺敲著灶台。「妳少在這兒滿嘴胡扯。我家大玲子打生下來就沒離開過我，她要不是我閨女了，我能不知道？什麼大仙附體，妳哪隻眼睛看見了？」

齊嬤嬤也不含糊，指著友貴家的鼻尖。「狗咬呂洞賓，不識好人心。我那是好心提點妳，等妳被狐狸精啃得連骨頭渣子都不剩的時候就知道厲害了！」

兩個人鬥了一通，齊嬤嬤罵不過友貴家的，見友貴家的擼胳膊挽袖子又要動手，心想好漢不吃眼前虧，趕緊挎著食籃跑出了外院廚房，一邊走一邊嘟囔罵著：「早就看那丫頭妖裡妖氣的，不是個省油燈，回頭讓道長再作場法事收了那個狐狸精……」

「可惜呀，道長的法力不強，不是我的對手，這可怎麼辦呢？」拐彎處忽然傳來女人的聲音，語調慵懶嫵媚，最後一個字的尾音拐了好幾道彎。

齊嬤嬤定睛看去，前方霧濛濛的，一個妖嬈的身影站在小徑旁的一棵大樹下，身體好像沒有骨頭似的，慵懶地倚靠在樹幹上。

齊嬤嬤一抖，食籃差點兒掉在地上，待看清是趙大玲，方勉強笑道：「喲，是大玲子啊，嚇了嬸子一跳。妳能從炕上起來了？剛才我去廚房拿飯，看妳還在裡屋躺著呢。」

趙大玲冷笑。「妳回去再看看，趙大玲還在炕上躺著呢，我嫌悶得慌，自己出來逛逛。」

齊嬷嬷的腿肚子都開始打顫，哭喪著臉道：「不興跟孀子開玩笑啊！大玲子要是還在屋裡躺著，那、那妳是誰？」

趙大玲勾起嘴角，笑得邪魅無比，伸出舌尖舔了舔自己的上唇。「齊嬷嬷，妳怎麼連我都不認識了？我是趙大玲啊！」

面前的女子眼神陰沈，笑容詭異，襯著蒼白的臉色，有說不出的嚇人。齊嬷嬷只覺一股涼氣從腳底竄到頭頂，渾身都打起擺子來。

她哆哆嗦嗦地指著趙大玲。「妳、妳不是大玲子！」

「啊？」趙大玲趕緊扭頭看向自己的身後，又用手拂了拂後腰，方鬆了口氣，拍著胸口膩聲道：「嚇死我了，還以為露出來了呢！」

齊嬷嬷不用問也知道會露出什麼來。狐狸的尾巴唄！

「大、大仙，饒……饒命啊！」齊嬷嬷嚇得直往後退，結結巴巴地開口求饒。

趙大玲上前兩步。「我又不會要妳的性命，只是躺了這許多日，口渴得緊，不喝點兒人血壓不住呢。」

眼見趙大玲步步逼近，彷彿隨時會露出尖利的獠牙，齊嬷嬷慘叫一聲，扔了食籃，連滾帶爬地撒腿就跑。

看著齊嬷嬷狂奔而去的背影，趙大玲方呻吟一聲，不支地以手撐膝，彎下了腰。

這是她十天來第一次下床，還是感覺腿軟疲憊。

大柱子趕緊從樹後轉出來扶住趙大玲，擔憂地問：「姊，妳沒事吧？」

趙大玲抹去額上的冷汗，搖頭道：「姊姊沒事，扶我回去吧，一會兒娘發現咱們兩個不在屋裡會著急的。」

大柱子一邊扶著趙大玲往回走，一邊解氣道：「那個齊嬤嬤討厭死了，剛才她臉都嚇白了，還摔了好幾個跟頭，這回夠她在炕上躺上十天半個月的，看她還敢來咱家嚼舌根不！可是姊，妳為什麼要裝成狐狸精呢？妳不怕那個齊嬤嬤向別人胡說八道嗎？」

趙大玲撐著大柱子瘦小的肩膀。「姊姊不怕她瞎說，就讓他們以為姊姊是狐狸精好了，這樣他們反而不敢來招惹咱們。」

大柱子點點頭。「反正不管別人怎麼說，我和娘都知道妳不是狐狸精變的。」說著仰起頭看著趙大玲。「但是長生哥不許別人這麼說妳呢。」

「什麼？」趙大玲怔了一下。「你長生哥怎麼不許別人說了？」

「上午的時候，二少爺跟前的奎六兒跟別人說妳白天看著好好的，一到晚上就會現出原形，腦袋上長出尖尖的耳朵，身子後頭會長出毛茸茸的尾巴。他還說有天晚上，他睡不著在外面遛達，結果看見妳摸進長生哥住的柴房。旁邊幾個小子就笑著說，那是妳看長生哥長得好，去勾引他的，還說怪不得長生哥那麼瘦、那麼白，原來都是被妳吸了陽氣。姊，這陽氣要怎麼吸啊？是用嘴吸嗎？」

趙大玲拍拍柱子的腦袋。「上次就告訴過你別瞎說，不長記性。」

大柱子吐吐舌頭。「我也知道肯定不是好話。後來長生哥聽見了，也沒說話，過去就打了奎六兒一拳，結果被那幾個人揍了一頓。」大柱子一下子捂住自己的嘴，只剩下骨碌骨碌的眼睛，隨即懊惱道：「長生哥不讓我告訴妳的，許是打不過那幾個小廝，嫌丟人吧。」

趙大玲吃驚得下巴都快掉到地上了。在她的印象裡，長生是溫文而安靜的，總是不言不語，他會作詩、會寫字、會雕刻木頭，就是不會主動跟人打架。

「快點兒回去。柱子，帶我去柴房看看。」

趙大玲讓大柱子去廚房拖住友貴家的，自己則推開柴房的門。屋裡光線暗，她適應了一下才看見長生坐在鋪板上。

長生見她走進來，欣慰道：「妳能下床了？」

趙大玲點點頭，扶著牆走近幾步，長生跳起來想扶她，卻是踉蹌一步，差點兒跌倒。他有些難堪地撐著牆壁站直身體，向牆角的陰影裡躲去，將臉也藏在光線照不到的角落。

趙大玲來到他近前，伸手去撥他的臉，他躲閃著不讓她看，卻被她一手按著肩膀，一手扶著臉頰，將他的臉扳了過來。

藉著從氣窗照進來的光線，可以看到他半邊臉都是青腫的，一邊唇角破了，同一側的眉骨處也破了一道一公分長的口子，臉頰上還有沒來得及抹乾淨的血跡，乾涸在白皙的皮膚上，異常刺眼。

長生不好意思地低下頭，小聲道：「上午打水的時候不小心摔了一下，磕破了臉。」

趙大玲心疼得鼻子發酸。「別騙我了，大柱子說漏了嘴，說你跟幾個小廝打架來著。除了臉，還傷到哪裡沒有？」

長生抿著嘴搖了搖頭。

趙大玲上上下下地打量他，伸手要去解他胸襟上的衣帶。

長生惶急中，一把攥住她的手。趙大玲抬起眼，漆黑的瞳仁一眨不眨地看著他。在她的目光下，長生緩緩鬆開了握著她的手，由著她解開他的衣襟。他赤裸的胸膛白皙如玉，遍布著深深淺淺的傷痕，有鞭傷，也有烙鐵燙傷的痕跡。

這些傷痕她都熟悉，當初他被抬到外院廚房時，曾經在這些傷痕上抹過草藥。尤其是他肩膀上的一處鞭傷深可見骨，半年多了還留有一道淺褐色的凹印。

除去趙大玲知道的舊傷痕，他的身上又添了很多新傷，好幾處杯口大的青紫，一看就是被拳腳打的，肋骨處的青腫尤其明顯，也不知道是不是傷了骨頭？

「你傻啊？你是打架的人嗎？你會打架嗎？一個人去惹幾個人，很威風是不是？」趙大玲嘴裡埋怨著，眼淚卻忍不住撲簌而下。「別人愛說什麼就說什麼唄，有什麼了不起的？說我是狐狸精怎麼了？說我採陽補陰怎麼了？我不在乎！」

「可是我在乎。」長生輕聲道。

趙大玲怔了一下，眼淚流得更凶，咬著手指嗚咽著將頭抵在長生滿是傷痕的胸膛上。長生渾身僵直，一動不敢動。她的眼淚帶著滾燙的熱度，滲透進他的皮膚，滴落在他的心房。

屋裡，友貴家的在大柱子幾次阻攔打岔後，終於發現趙大玲沒在裡屋的炕上，扭著大柱子的耳朵，焦急地大聲問：「你姊呢？剛才還在炕上躺著呢，這會兒去哪兒了？」

柴房中的兩個人一驚之下迅速分開，長生手忙腳亂地掩上衣襟，就聽大柱子說道：「我姊上茅廁去了！許是忘了帶紙了，我給她送過去！」

關於趙大玲是妖精的風言風語愈傳愈烈，大家為了方便稱呼，統一給她取名為狐狸精。

趙大玲對著銅鏡照了照，實在看不出自己的長相哪點兒配得上這個稱號？不過就她看來這樣挺好，府裡的人都對她避之唯恐不及，眼神中都帶著敬畏。比如說齊嬤嬤，在炕上躺了好幾天，卻落下了病根，剛想跟友貴家的炸刺兒，只要趙大玲一個清清冷冷的目光瞟過去，保管齊嬤嬤渾身哆嗦、汗出如漿。

趙大玲再也不用躲著奎六兒。奎六兒雖垂涎於她，但是性命更重要，如今看見她就遠遠地躲開，生怕被她採陽補陰，煉了內丹。

雖然友貴家的時常擔憂趙大玲頂著這樣的名聲嫁不出去，但是卻正中趙大玲下懷。

身體恢復後，趙大玲繼續回枕月閣幹活。五小姐又驚又怕，不敢再讓她進屋。趙大玲樂得只在外面掃掃地，打理院子裡的花花草草，自在又逍遙，索性連每日向五小姐請安都省了，時間到了就來，時間到了就走，跟前世上班一樣。

最怕趙大玲的是蕊湘。自從得知趙大玲從柴房裡出來後，她就一直惶惶不可終日，如今見到趙大玲活蹦亂跳地出現在枕月閣，更是嚇得每日縮在枕月閣後院的下人房裡，再也不敢隨便去前院溜達。

不過趙大玲可不打算就這麼放過她。這整天找茬又腦子拎不清的丫頭差點兒害死她，還連累到長生，怎麼也得讓她吃點兒苦頭，長點兒記性。

這天晚上，蕊湘在去茅廁的路上看見了兩團鬼火，在不遠的前方閃爍幽綠的光芒。她頭皮一毛，感覺頭髮根都立了起來，這會兒茅廁也不想上了，哆哆嗦嗦地轉身往回跑，不想卻被人從後面揪住了衣襬。

蕊湘嚇得閉眼大叫，身後卻傳來趙大玲的聲音，貼著她的耳朵。「蕊湘姐姐，跑這麼快做什麼？那日要不是妳，我也不會被那個臭道姑用陣法生生消去三分的法力，不過剩下的七分對付妳也足夠了。」

蕊湘胡亂求饒。「我不是成心拉妳出來的……冤有頭，債有主，妳要找就找那道姑算帳去，不關我的事……」

「這話說得也有些道理，不過要對付那個臭道姑，總得先把失去的法力補回來才有必勝的把握。」趙大玲語氣幽幽，彷彿隨時會露出雪白的獠牙。

「別、別！妳要修煉不是需要男人的陽氣嗎？我與妳同是女子，我身上沒有妳用得上的……」蕊湘彷彿抓到了救命的稻草。

趙大玲的手指輕撫過蕊湘脖頸上的肌膚，讚嘆道：「誰說沒用？趙大玲的皮囊我已經用膩了，再說頂著她的皮囊還得做掃地燒火這些力氣活兒，妳這一身皮囊這麼好，正好讓我換一個，我也能頂著妳的身子做點兒清閒活計。」

蕊湘大驚失色，帶著哭腔道：「那妳怎麼不去換五小姐的呢？妳換了她的皮囊就能做主子，豈不是好過做個奴才？還有，二小姐是嫡出，身分比五小姐還金貴，三小姐也比五小姐貌美得多，妳去隨便換誰的不行？」

這時「呼」地一聲輕響，蓮湘在黑暗中吹燃了火摺子，點亮了手裡的燈籠。蕊湘面如死灰地看到五小姐和蓮湘就站在幾步開外的迴廊裡，而那所謂的鬼火，不過是掛在樹上的兩個糊了綠紙的燈籠。

蕊湘怔了一下才想明白，發瘋似地撲向趙大玲。「妳竟然害我?!」

趙大玲閃身躲開，躲在暗處的邢嬤嬤和王嬤嬤立刻上前，一左一右按住蕊湘的胳膊。

趙大玲冷冷地看著她。「都說這世上有妖孽，其實妖孽只活在人的心中。」說著轉向了五小姐。「五小姐，如今府裡傳言奴婢是狐狸精，奴婢實在是冤枉。有道是清者自清，奴婢也不想多解釋什麼，只想請五小姐想一想，奴婢可曾害過您？可曾做過什麼對不起您的事？今天奴婢演了這麼一齣請您和蓮湘姐姐看，只是為了讓您看清身邊的人。」

她指向依舊掙扎叫嚷的蕊湘。「奴婢是不是妖孽暫且不論，但是您的身邊不能留著這樣背主的奴才。」

蓮湘也冷眼看著蕊湘。「這賤婢心裡壓根兒就沒有主子，這麼輕易就將五小姐您賣了，若是將來真遇到危急的事，為了保全自己，她還指不定會做出什麼事來呢！」

若只說換皮囊也就罷了，五小姐最恨別人拿庶出的身分和不出眾的容貌跟府裡其他幾位小姐比，她對邢嬤嬤吩咐道：「堵上蕊湘的嘴，把她關到後院的雜物房裡。明日我去回夫人，蕊湘在背後講主子的壞話、挑撥是非，這個丫鬟我是留不得了，但憑夫人處置。」

一塊破布塞到蕊湘嘴裡，蕊湘嗚嗚搖頭，一下子哭暈過去。

第十六章　表白

第二日，五小姐果真去找汪氏回話。汪氏本就為趙大玲的事煩心，一時半會兒動不了她，正好拿其他丫頭出氣，也沒仔細盤問，就索利地將蕊湘調到最累、最髒的漿洗房。只是這樣一來，五小姐跟前就沒有可用之人了。

之前蓮湘就跟趙大玲商量過接替的丫鬟人選，趙大玲推薦了大萍子，而五小姐本就是沒什麼主見的人，蓮湘在跟五小姐商討這件事的時候吹了吹風，只說大萍子這孩子忠厚老實，於是汪氏問五小姐的時候，五小姐便要了大萍子，為她改名為萍湘。

如今五小姐不敢管趙大玲，蓮湘和萍湘又都與她交好，這讓趙大玲在枕月閣的日子輕鬆了許多。

這日掃完地，她遛遛達達地去棲霞閣找三小姐，一進屋就看到三小姐面色紅潤、眉眼飛揚，臉上帶著難掩的笑意。

「什麼喜事這麼高興？」趙大玲打趣地問。

三小姐與趙大玲已頗為熟稔，又佩服趙大玲的經營頭腦，早就不把她當作一個普通的丫鬟，聞言笑道：「剛才我聽父親和大哥說，晉王殿下在燕北邊陲大敗烏國，殲滅烏國數萬騎兵，剩下的散兵游勇狼狽逃竄，晉王殿下親自帶兵直追出去三百里，將烏國人趕回賀連山以北。捷報已經傳回京城，晉王殿下被大家譽為『戰神』，聖上召他回京，說要封賞他。」

紫鳶兩眼發光，拍手道：「這真是天大的好消息！我和小姐見過這位晉王殿下，那真是高大又威風。一年前，我和小姐進山上香，當時晉王殿下騎馬經過小姐的馬車，他那匹馬通體烏黑，一看就是日行千里的神駒，就像一道黑色閃電一樣『嗖』地奔過，府裡拉車的馬哪裡見過這等陣勢？當時就驚了，拉著馬車往前亂闖，我和小姐在馬車裡跟搖元宵似的，嚇得只顧得叫。後來晉王殿下騎馬趕過來，跳到驚馬背上，將馬拉停了救下小姐。小姐謝他救命之恩，晉王殿下還一直盯著我們小姐看呢。」

三小姐羞紅了臉，用手帕輕打了紫鳶一下。「別瞎說！人家哪有盯著我看，不過是略說了兩句話就騎馬走了。」

紫鳶躲到趙大玲身後，伸出頭來向三小姐道：「奴婢聽說這位晉王殿下還沒有娶王妃呢！」

三小姐一下子頓住，瞬間神情有些懨懨的，勉強道：「別胡說八道了，大玲子聽見也就罷了，若是被別人聽見成何體統？他娶不娶妃跟我有什麼關係，橫豎京城裡有那麼多的名門閨秀任他挑選。」

紫鳶知道三小姐計較自己的身世，吐吐舌頭不敢再說話，老老實實地退了出去。

三小姐這才回過神來，將八兩銀子的分紅交給趙大玲。「花容堂又送來上個月的盈利，比之前的翻了一倍還多，新推出的玫瑰香脂膏一下子就被搶空了，現在好多官家小姐都打發管家來訂貨呢。就算妳今天不來，我也會讓紫鳶去找妳，正想跟妳商討一下接下來要推出什麼新產品？」

趙大玲見三小姐對她並無芥蒂，促狹地問：「大家都說我是狐狸精，難道妳不怕我？」

三小姐冷哼一聲。「當初夫人還一口咬定我娘是狐狸精呢，也從外面請個道士來作法驅妖，直到我娘生下我，這才漸漸消停。其實這世上哪有那麼多的妖怪，不過是人心作祟罷了。」

三小姐能夠這樣開明，趙大玲也挺高興。經過這段時間的來往，她發現三小姐雖然給人感覺面上冷冷的，但她對身邊的人很是隨和大度，是個面冷心熱的人。之前大家都說她對丫鬟很嚴厲，其實看看紫鳶在三小姐面前的行事，便能知道傳聞並不屬實。

趙大玲暗暗慶幸自己找對了合作夥伴。兩個人現如今已經超越主僕關係，沒有尊卑的約束，只有攜手致富的合作關係，這讓趙大玲感覺很是舒暢。

趙大玲又給了三小姐一個製作胭脂的方子，用這種新方法熬製胭脂比傳統方法更省時省力，尤其經過蒸餾提純，胭脂的品質更加純淨，不帶一絲雜質，還能大大減少花瓣的使用量，成本也能降下來。

她替這款胭脂設計了桃紅、櫻紅和海棠紅三種不同的顏色，還同時想好了胭脂的外盒——一朵嬌豔的海棠花。

接下來，兩個人便針對店鋪的經營和新產品聊得熱火朝天。

「友貴家的在不在?出來一下。」

友貴家的正在廚房裡擇菜，就聽外面有人用不耐煩的腔調喊著。

「誰呀?叫你娘的叫，沒看見老娘正忙著嗎?」友貴家的扔下手裡的青菜，罵罵咧咧地出了屋，沒想到外面赫然站著二小姐和她的貼身丫鬟染墨。

原來剛才叫友貴家的出來的正是染墨，瓜子臉上帶著鄙夷的神情。她身旁的二小姐穿著一件錦緞煙霞紅緹花褙子，頭上插著金晃晃的髮簪，與廚房破舊的環境格格不入。

友貴家的沒想到二小姐竟然屈尊俯就來到這裡，誠惶誠恐之餘，哈著腰把二小姐往屋裡讓。「二小姐快裡面坐吧，外面風大，別吹著您。」

染墨立眉呵斥道：「沒眼色的東西!二小姐什麼身分?這麼矜貴的人能進妳那豬圈一樣的屋子嗎?」

「是是是。」友貴家的把手在圍裙上抹了抹，訕笑道：「老奴見到二小姐，一時高興糊塗了。」

二小姐用手裡的帕子摀著口鼻。「我只問妳顧紹恆在不在?」

今日二小姐會來此，只因昨日夫人跟她聊起婚事，不小心說了一句：「妳也不小了，眼瞅著今年的親事就得定下來。最近有幾家的夫人都旁敲側擊地打聽過，只是沒有特別能入娘的眼的。妳在外頭有幾分才女的名聲，若是名聲能更響些就更好了。如今咱們府裡倒是有一位，可惜他那身分，妳也不能去找他指點。」

二小姐一聽，纏著問這個人到底是誰？汪氏一開始不肯說，後來禁不住二小姐的磨纏，又覺得反正是自己的親閨女，便小聲告訴她了。

二小姐沒想到當年名譽京城的才子竟然在自家府裡做奴僕，這個消息太震撼了，便偷偷跑了過來，想看看這個人人口中傳頌的京城第一公子是個什麼模樣？

友貴家的擺著雙手。「回二小姐話，老奴並不知道什麼姓顧的。」

「就是妳這裡打雜的小廝。」染墨提醒。

友貴家的這才恍然大悟。「哦，說的是長生啊，他在屋後翻土呢，這不是春天到了嘛，我讓他在屋後墾一塊地種點兒蔥、蒜和蔬菜，用著方便，也能給府裡省幾個菜錢。既然二小姐找他，老奴這就叫他去。」

「先不用。」二小姐發話。「他住在哪裡？」

友貴家的指了指柴房。「我們娘兒幾個住屋子裡，他一個後生在跟前不方便，所以就把柴房收拾出來給他住。」

二小姐朝染墨使了個眼色，染墨會意，推門走進柴房。友貴家的有些丈二和尚摸不著頭腦，也沒敢問。

不一會兒染墨捧著一個竹籃走了出來，滿臉嫌棄地向二小姐稟報。「一屋子雜物破爛，什麼都沒有，只找到這個破籃子，裡面的爛木頭上都刻著字。」

二小姐隨手拿了一塊出來，只見上面寫著「清水出芙蓉，天然去雕飾」，二小姐瞬間瞪大了眼睛，跟發現寶藏一樣癡迷地翻看著一塊塊的木牌。

這時長生翻完地，拿著鋤頭從屋後走了過來，看到友貴家的和兩個不認識的女子聚集在柴房門前，也是一愣。

二小姐從木牌上抬起眼，見到長生，上上下下地打量。「你就是顧紹恆？那個名滿京城的才子？」

她本以為顧紹恆會是個白衣翩翩的如玉公子，誰料一見之下甚為失望。不過是一個穿著黑色短衫、手裡拿著鋤頭的僕役，臉上還帶著傷痕和瘀青未消盡留下的黃色印記，一點兒也看不出什麼芝蘭玉樹、俊美無雙的樣子，可見傳聞也不可盡信。

染墨小聲嘀咕：「小姐，會不會是弄錯了？妳看這個人灰頭土臉的，還一臉的傷，怎麼看都不像是什麼才子。」

二小姐拎著手裡的木牌，皺眉道：「人看著是不像，不過這詩詞確實不錯。」

長生看到自己枕邊的一籃子木牌被搜了出來，不禁蹙緊了眉頭。

二小姐指著那籃木牌問長生。「這些詩詞是不是你做的？」

長生搖頭，沈聲道：「不是。」

二小姐一驚，忙問：「不是你做的？那還有誰有這文采？」

長生一時不知如何回應，他不願說出趙大玲，猶豫了一下才道：「是我從話本上看到的。」

二小姐自然不信。「什麼樣的話本，我竟然不知道。」

她凝眉想了想，隨即眉頭一展。「也罷，你不承認就算了。」接著回頭吩咐染墨。「我們走！」

長生上前一步攔住二小姐。「還請這位姑娘將木牌留下。」

染墨立眉罵道：「什麼東西也能這麼稱呼我們小姐？睜開你的狗眼看清楚了，這可是御史府裡嫡出的二小姐，還不滾一邊去，一個下奴也敢擋著二小姐的路！」

友貴家的一看不對勁，趕緊上前拉住長生，陪笑道：「二小姐別見怪，這孩子腦子不大好使。」又拽了拽長生。「長生啊，你天天劈柴還沒劈夠，幾塊木頭既然被二小姐看上了，就讓二小姐拿去。」

長生置若罔聞，堅持道：「在下沒有冒犯二小姐的意思，但是這些木牌對在下來說非常珍貴，還請二小姐將木牌留下。」

染墨啐了一口。「呸，還才子呢，沒見過這麼寒磣的才子，幾塊爛木頭還當成寶貝了？」

二小姐神色倨傲道：「我粗略看了一下，有幾句寫得還算工整，我帶回去品鑒品鑒，看完了自會還給你的。之前你做的〈蘭閣賦〉、〈臨江詞〉那些文章詩詞的我也看過一些，還是有幾分文采的。你既是京城中的才子，應該聽說過「閒雲公子」的名號，就你看，閒雲公子的詩比這些如何？」

長生想了想，搖搖頭。「在下沒聽說過這位公子，也沒有見過他的詩句，因此不好評斷。」

二小姐瞬間白了臉。她以「閒雲散客」為名，做過不少閨閣中的詩詞，流傳出去，被一些好事者傳頌，進而得了「閒雲公子」的名號，她對這件事特別得意，素以才女自稱，以為自己的詩詞在京城中無人不知、無人不曉。而顧紹恆既是才子，必然對自己的詩詞崇拜不已，說不定還暗自仰慕，只因自己養在深閨而不得結交。

然而面前的這個人不知道「閒雲公子」是自己的雅號也就罷了，竟然還說沒看過自己的詩作?!這讓一向自傲的二小姐非常惱火。

她寒著臉冷笑道：「我還當你這位曾經的探花郎有多了不起，不想今日一見，失望至極。也難怪聖上會貶你為奴，你這樣的才子簡直就是文人中的恥辱。」

長生抿緊了嘴，不發一言，連一句道歉求饒的話都沒有。

染墨也叫囂道：「奴僕就要有奴僕的規矩，你惹惱了二小姐，還不趕緊跪下！」

友貴家的見長生還像根棍子一樣直挺挺地站著，忙飛起一腳踹他的腿彎，長生猝不及防，撲通一聲跪在地上。

二小姐見到這個聖上欽點的探花郎、京城中人人稱頌的顧公子、翰林院最年輕的小顧大人以這樣卑微的姿態跪在地上，頓覺有種自己受到膜拜的快感。

她昂著頭從長生身旁經過，染墨抱著竹籃趕緊跟上，不忘向友貴家的吩咐道：「妳看好他，讓他跪足兩個時辰，他若是少跪了一分鐘，我就唯妳是問！」

「是，老奴一定盡心盡力地看好他，絕對讓他受到教訓。」友貴家的拍著胸脯保證。

趙大玲回到外院廚房時，就看見長生直挺挺地跪在地上，友貴家的則在一旁教育他。

「你說你這個孩子，怎麼這麼缺心眼呢，你要多少柴火咱們這裡沒有？幾塊破木頭而已，讓二小姐拿去怎麼了？你惹了她能有你的好果子吃嗎？要不是我踹你一腳，你還梗著脖子呢。這讓你跪著是輕的了，你沒見我家大玲子惹了她是什麼下場……啊呸，不說這個，就說你吧，既然當了僕役，就別心高氣傲的，心思活泛點兒才能活得長久。」

趙大玲趕緊上前問：「這是怎麼了？」

友貴家的見是趙大玲，簡短地向她說了剛才的事，臨了道：「我還得去屋裡做飯呢，染墨那小蹄子說了讓他跪兩個時辰，妳看著他，等二小姐院裡的人來領完飯再讓他起來，免得把話傳到二小姐耳朵裡。」說完友貴家的就進屋忙乎去了。

趙大玲趕緊伸手去拉長生的胳膊。「起來，別理她們。」

長生沒動，抬起晶亮的眼睛看著她，隨即又垂下眼簾。「我沒事，別給妳娘惹麻煩。」

趙大玲拽了幾下沒拽起他，只能蹲在他身旁，手指撥著地上的土，憤憤不平道：「虎落平陽被犬欺啊！」

長生淡淡一笑。「也沒什麼，跪下的只是我的身體。」

趙大玲明白長生的意思。有時候人在屋簷下不得不低頭，但是心底的堅持和驕傲卻不會隨著頭顱一起低下。

「只是那個二小姐把所有刻著字的木牌都拿走了。」長生嘆息，歉然地看著趙大玲。「上面都是妳說過的詩句和對聯，我擔心會惹出什麼麻煩。」

趙大玲冷笑。「能有什麼麻煩？最多是她厚著臉皮說是自己做的，拿出去唬人，掙個才女的名聲，她那個什麼『閒雲公子』的名號就能在京城裡叫響了。」

「『閒雲公子』是二小姐？」長生皺眉問，隨即恍然大悟。「怪不得我說沒看過閒雲公子的詩詞，她那麼不高興。」

「你呀，就是太老實了。」趙大玲嘆氣。她也知道，讓長生說阿諛奉承的話簡直比殺了他還難。

這時一陣鑼鼓喧天，夾雜著人們的歡呼聲隱隱從高牆外傳來。

「不年不節的，怎麼這麼熱鬧？」趙大玲嘟囔了一句，隨即醒悟道：「哦，我知道了，剛才在三小姐那裡聽說晉王在邊陲大敗烏國，捷報已經傳回京城了，肯定是大家聽到這個消息上街歡慶呢。三小姐還說，聖上讓他回京，說要封賞他。長生你說，這已經是親王了，還能賞什麼……」

趙大玲正說得起勁兒，一扭頭看見長生一臉怔忡，用手指戳了戳他的肩膀。「你怎麼了？沒事吧？」

長生回過神來，下意識搖搖頭，心中卻已是翻江倒海，腦海瞬間掠過那人爽朗的笑臉。

他是他最好的朋友，年少時一起讀書、一起騎馬；他也是父親最頭痛的學生，雖然天資聰穎，卻從不把心思放在讀書學問上，一個皇子整天泡在兵營裡，研究作戰兵法，與將士打成一片。他是那麼耀眼奪目，連父親都曾在私下說過：「聖上五子，太子聰穎敦厚，有仁君之質，只可惜身體孱弱。餘下四子唯有三皇子性情耿直，果敢剛毅，可堪重任。」

一年前太子蕭弼病逝，朝中掀起奪儲之爭，父親曾是太子之師，舉薦與太子蕭弼同是先皇后江氏所出的三皇子晉王蕭翊為新任儲君，可最終卻是繼后潘氏所出的二皇子蕭衍奪得太子之位。

正值烏國進犯，幾次越過邊界燒殺掠奪，現任太子蕭衍與潘氏一黨力薦晉王禦守燕北邊陲，明面上說是歷練，暗裡不過是一個陰謀，讓他遠離京城的權力核心，等到邊關平定，太子也已坐穩東宮儲君之位。

蕭翊臨走時，曾拍著他的肩膀道：「我那二皇兄好弄權術，又生性多疑，是睚眥必報的陰狠之人，你跟你父親顧太傅小心提防些，若有什麼事情即刻通知我，我定會趕回來相助。好歹我是個掌兵的親王，總是能說上話的。」

蕭翊走後，最初兩個人還通過密信，從信中，長生得知他在邊關的日子也不好過，總是有人明裡暗裡的監視他，處處掣肘，讓蕭翊非常煩惱。後來新任太子一黨開始剷除異己，父親顧太傅首當其衝，被誣陷入獄，父母均死在獄中，自己也被貶為官奴，蕭翊卻再也沒聯繫過他，好像消失了一般。

雖然他知道蕭翊如今的權勢不比從前，肯定是舉步維艱，但想到最好的朋友就這樣眼看著他家破人亡，卻連一句問候都沒有，長生心中苦澀不已。只有在人生的最低谷才能看清世態炎涼、人情冷暖。

陸續有僕役前來領飯，好奇地對著一跪一蹲的兩個人指指點點。趙大玲衝著他們一齜牙，眾人嚇得落荒而逃，一個膽小的還大叫了一聲。「狐狸精啊！」

長生對她搖搖頭。「妳這樣只會讓別人的誤會更深。」

趙大玲無所謂道：「那樣更好。」

「有什麼好的？」長生不解地問。

趙大玲笑而不語。等到各院都領完飯，天色也黑了下來，四周靜悄悄的，只有廚房裡有一點溫暖的火光。

長生跪得久了，被趙大玲拉起時還一個趔趄差點摔倒，幸虧她一把扶住他，手臂挽著他的腰，才沒有跌倒在地。

他們離得如此之近，近得呼吸可聞，兩個人俱是心神激蕩，好像一顆石子落入水中，激起層層漣漪。

即便明白目前的艱難處境，卻不能阻止兩顆心不受控制地靠近。趙大玲能感覺到長生「怦怦」的心跳聲，跟自己的心跳是同樣的頻率。

「對不起，趙姑娘，在下一時沒站穩。」長生慌忙往後退了一步。

趙大玲抓住了他的手臂，不讓他離開。

「長生，我的面前有很多條路，但是我只願意走有你的那一條。」她要感謝這片黑暗給了她開口的勇氣。

長生一震。「可是我配不上——」

趙大玲一把摀住他的嘴，不讓他說下去。「長生，你那麼聰明，有一肚子的錦繡文章，長得也好看，你自己可能都沒意識到，府裡好多小丫鬟都會藉著來外廚房領飯的機會偷偷看你。我總是覺得好擔心，我只是一個不起眼的掃地燒火丫鬟，天天一身的灰塵，還有一身的油煙味。」

「趙姑娘……」長生在她手下嗚嚕了一聲，被趙大玲捂得更緊。

她不管不顧地接著道：「而且我還頂著一個狐狸精的名號，要不是你救我，我早就被當作妖精燒死了。如今，全府的人都說我是狐狸精，沒有人會願意娶我，你也不想看到我嫁不出去做個老姑娘吧？要不然，你救人救到底，把我這個黑鍋揹了得了。」

兩世加在一起，第一次這麼主動表白，逼迫一個男子就範，連她自己也禁不住面孔發燒起來。

長生終於明白為什麼趙大玲從不避諱眾人說她是狐狸精，甚至還有意製造出這樣的誤會。她自毀名聲，竟是為了斷絕自己的後路，也同時斬斷他卑微的顧忌。

他動容地看著她，只覺得一股衝動在心底咆哮，讓他的頭腦失去了思考的能力，手臂情不自禁地環住她纖柔的腰肢。

這姿勢帶有肯定的意味，趙大玲滿心歡喜，心中彷彿綻放滿園的花朵。她踮起腳尖，蜻蜓點水般在他的面頰上落下一個吻，嘴唇碰在他的臉上又立刻彈開，那種感覺實在是太美好，她意猶未盡，忍不住又小雞啄米似的輕啄了一下。

長生只覺得頭腦轟鳴，柔軟芬芳的觸感猶如花瓣落入水中，圈圈漣漪從面頰一直蕩漾到心湖之中，她嬌豔的嘴唇近在眼前，微微開啟著，讓他彷彿受到了蠱惑，俯下頭去……

這時友貴家的在屋裡喊了一嗓子。「大玲子，吃飯了！」

長生一下子回過神來，這才意識到自己差點兒做了什麼，垂著頭不敢看她，紅著臉輕輕道：「快去吧！」

趙大玲握住他的手，小聲卻執著地道：「一起去。」

屋裡，友貴家的看著趙大玲和長生一前一後走了進來，長生臉紅紅的，趙大玲嘴角隱隱帶著藏不住的笑意，友貴家的立刻塞給長生一個饅頭把他轟走，手指戳著趙大玲的腦門。「妳又跟那小子在外面嘀咕什麼了？」

趙大玲有點心虛，嘴硬道：「沒嘀咕什麼，不是妳讓我看著他跪到人都領完飯嗎？」

「我讓妳看著他，沒讓妳跟他有說有笑。」友貴家的恨鐵不成鋼。「那天那個臭道姑說妳不是大玲子，老娘真有點兒糊塗來著。今天這麼一看，就妳這傻勁兒，說妳是妖怪那都是抬舉妳了。」

趙大玲噘起嘴，拿筷子戳戳饅頭。「娘，有妳這麼說自己閨女的嗎？」

她知道早晚要過友貴家的這一關，經過這半年多的時間，她已經完全拿友貴家的和大柱子當作親人了，所以她在意他們的想法，更希望能得到他們的祝福。

她鼓起勇氣道：「娘，其實您想想，我要是跟了長生也挺好的，這樣我可以留在府裡，就不用離開妳和柱子了，咱們一家人在一起不好嗎？」

友貴家的大驚失色，此刻後悔得恨不得搧自己兩巴掌。「我就知道你們兩個眉來眼去的肯定有事，老娘也是一時讓糊塗油蒙了心，竟然還讓妳去看著他，這不是讓黃鼠狼看著雞嗎？」

趙大玲一臉呆滯地叫出來。「娘！您是誰的娘啊？怎麼我是那個黃鼠狼，他是雞呢？」

「可不是嘛！長生那孩子老實，妳要是不往前湊，他不敢有那心思。」友貴家的大手一揮，說得鏗鏘有力。

趙大玲被友貴家的說得啞口無言，悻悻地不再說話。

友貴家的苦口婆心地勸道：「玲子，娘是過來人，知道妳願意找個可心可意的，這姑娘大了，都有這麼個心思。可是長生的身分在那兒擺著呢，妳跟了他，還是奴才，將來妳的兒女也一樣是奴才，沒有翻身的機會。不怕妳笑話娘，說句揭老底的話，當年娘在老夫人跟前做丫鬟時，不是沒機會指給老爺做小，四小姐的娘珍珠就是跟娘一塊兒的，後來被指給了老爺。老夫人也問過我的意思，可我就是看上了妳爹趙友貴，死心塌地地嫁給他。但怎麼樣呢，妳爹早早撇下咱們娘兒幾個走了，現如今咱們在府裡守著這個破廚房，被人呼來喝去，隨便什麼人都能在咱們頭上撒野。」

趙大玲面前的饅頭都快被她戳成渣了。「娘，我明白妳的意思，可是妳當初不願意給老爺做妾，而是隨著自己的心意嫁給了爹，如今為何一定要逼我呢？」

友貴家的嘆了口氣。「妳隨娘哪點兒不好，偏偏隨我個死心眼。娘不是非要貪圖個富貴，娘只是不想妳將來跟我一樣過苦日子。」

趙大玲聽了也有些心酸。她明白友貴家的處境和心願，不過是希望一雙兒女能跳出這卑賤的身分，不要一輩子受人差遣。

她下定決心道：「娘，妳放心，我不做小老婆也一定能讓妳和柱子過上衣食無憂的日子，再也不受人欺負！」

幾日之後，京城裡流傳出閒雲公子的一篇文章〈蓮賦〉：予獨愛蓮之出淤泥而不染，濯清漣而不妖，中通外直，不蔓不枝，香遠益清，亭亭淨植，可遠觀而不可褻玩焉。

一石激起千層浪，眾人奔走相告，紛紛猜測此人的真實身分。一時閒雲公子聲名鵲起，後來竟然有傳聞說這閒雲公子是個閨閣女子，就是柳御史家的二小姐柳惜慈。

世人紛紛盛讚柳御史教女有方，柳成渝也因女兒風光了一把，嘴裡還謙遜著。「小女平日倒是喜歡吟詩作賦，那日不過隨口胡謅了幾句，哪裡當得上『才女』二字？」

京城裡的才俊們對二小姐起了傾慕之心，汪氏本來正為二小姐的婚事發愁，這回也不急了，對二小姐笑吟吟道：「本來我替妳相中了戶部侍郎家的次子，如今看來，竟是配不上我兒的。這回咱們要慢慢挑，定要挑選一個家世人品都拔尖的人來。」

汪氏又歷數了幾家適婚的權貴男子，二小姐卻志得意滿道：「娘，不急，如今我的名聲越傳越遠，早已出了京城，待我再做幾首詩，賺足了名聲再說。」

另一頭，遠在燕北邊關的小鎮因打了勝仗，一派祥和。

晉王蕭翊在邊陲小鎮的酒館中喝著酒。他明日就要啟程回京，受封領賞，可遙遠而未知的京城、陌生而不得不面對的那些所謂的親人，這一切都讓他感到徬徨無措。他不知道將來要面對的是什麼，然而他也知道皇上的旨意是不能違背的，所以心煩之下，連侍衛也沒帶，一個人跑到小酒館裡喝悶酒。

他從懷中掏出一枚印章，印章是用上好的壽山石雕刻的，明透潤澤，上面刻著「蕭翊印」三個字，字跡飄逸清雋，即便他對書法石刻瞭解不多，也知此印從材質到字體雕工皆非凡品。

這是他在這裡養成的習慣，每到心煩意亂的時候，就會把這枚印章拿出來把玩，堅硬又溫潤的石頭握在手心，忐忑的心也能漸漸安定下來。

旁邊坐了幾桌人，其中一桌正在大談最近京城裡鋒頭正健的曠世才女。

「真乃奇女子也，古今才女都無能出其右者，一首〈蓮賦〉讓天下文人為之傾倒。『予獨愛蓮之出淤泥而不染，濯清漣而不妖』……」

「噗！」蕭翊一口酒噴了出來，他一伸手拽過那人，焦急地問：「這是何人所做？」

那個人正吟誦得投入，猛地被人揪住了衣領，定睛一看，只見面前之人一身威風凜凜的黑色鎧甲，眉飛入鬢，眼若寒星，一臉肅殺之氣，此刻正一眨不眨地瞪著他，滿眼的期待。

那人忙嚥了口唾沫道：「這位軍爺，小的也是聽說京城那邊的傳聞，做這〈蓮賦〉的才女是柳御史的次女柳惜慈。」

御史家的柳惜慈……蕭翊放開那人的衣領，默默記住了這個名字。

趙大玲從花容堂賺到的銀子，終於還清了一家人的欠債。

友貴家的追問錢是從哪兒來的，趙大玲只能告訴友貴家的自己在幫著三小姐做胭脂水粉，三小姐見她做得好，所以給她工錢。

友貴家的將信將疑，後來三小姐親自來一趟外院廚房向友貴家的解釋，才讓她疑慮盡消。不過這也提醒了趙大玲，之後的分紅得先存在三小姐那裡，只拿一點兒零錢回家就好，既能貼補家用，又不至於讓友貴家的起疑心。

只是花容堂的田氏也帶來一個讓趙大玲感到不安的消息。曾有人打聽花容堂的牌匾和門外兩旁的對聯是何人書寫的，趙大玲這才意識到自己之前的疏忽。長生的字跡俊秀清雋，風骨天成，自為一體，難免不會被昔日相熟的人認出來。

她心事重重地回到外院廚房。這些日子友貴家的跟防賊似的防著她和長生接觸，連大柱子都被指派為盯梢的眼線。不過大柱子好哄，趙大玲給他幾塊糖讓他去找胖虎他們玩，他就將友貴家的給他的任務丟在腦後了。

趙大玲在屋後找到長生，將這個擔憂告訴他，懊惱道：「都怪我一時疏忽了，不該直接把你的字跡暴露在大眾之下。」

長生安慰道：「認出來又如何？我這官奴的身分也不是秘密，沒有哪條律法不允許官奴寫字吧？」

趙大玲還是不放心。「下次蓮湘的嫂子再來府裡，我讓她把匾額摘下來換一副。」

只是趙大玲沒想到，她沒來得及等到田氏再次進府，卻等來了長生的噩夢。

第十七章　噩夢

三少爺柳敬辰最近頗為煩惱。去年翟姨娘因為身邊婆子的兒子黃茂調戲了府裡一個燒火丫頭而受到牽連，被汪氏禁足。這大半年的光景，柳老爺也很少往翟姨娘院子去，今年過完年，更是從翟姨娘那裡將當初在江北荊州任知府時得的體己銀子收了回來，交給梅姨娘保管。

以前翟姨娘還能時不時偷偷塞給他一些銀子，可是如今這個進項也沒了。

京城中的一群紈袴子弟本就嫌棄他爹柳御史迂腐、官職不高，又嫌棄他的庶子身分上不得檯面，如今他沒了銀子，更是讓那些人瞧不起，這當中又以慶國公的獨子潘又斌為首。

說起潘又斌，絕對是京城裡的霸王，仗著他是當今皇后的親姪子、太子的姑表兄弟，一向在京城裡橫行霸道，無惡不作。

這一日中午，潘又斌作東，在百香樓擺了一桌花酒，要了幾個粉頭陪酒助興，柳敬辰坐末席，臉上掛著拘謹討好的笑容。

眾人對於他這種不請自來的人都嗤之以鼻，其中又以陵江郡王的小兒子王庭辛先嚷嚷開了。「今日雖說是潘公子作東，但是各人喝花酒的錢可是要自己掏的，沒見過讓別人幫著付花酒錢的。」

眾人應好，紛紛拿眼睛掃過柳敬辰。柳敬辰尷尬不已，奈何囊中羞澀，只能從一眾粉頭兒中挑了一個又老又醜、花酒錢最少的坐在自己身邊。

那粉頭兒看上去三十多了，還是一副妖嬈少女打扮，戴著一腦袋廉價的絹花，臉上的贅肉都快掛不住香粉了，一笑就撲簌簌地往下掉，引得眾人一陣反胃。

百香樓的老鴇臉孔塗得雪白，花枝招展地搖著團扇進來，向幾位貴客招呼，尤其要刻意討好的自然是出手一向闊綽的潘又斌。

「喲，世子爺，今兒什麼風把您吹來了？您可是好久沒來咱們百香樓了，這樓裡的姑娘們可是惦記著您吶！」

潘又斌托起旁邊粉頭兒的俏臉，拱著嘴親了上去。「真的想爺了？身上哪兒想跟爺說！」

那粉頭兒眼中滿是驚恐，面上還不敢顯現出來，勉強笑著躲閃。京城裡煙花之地的人都知道潘又斌雖然面貌英俊又出手大方，但是卻有個特殊的癖好——喜歡凌虐人。府中隔不久就會悄悄拖出一具屍體，不知埋到哪裡去了。

有人看見過，說死的大多是年輕姑娘，有時還有面貌清俊的少年，都是衣無寸縷，遍體鱗傷，死狀極慘。

雖然家裡美妾成群、婢女無數，足夠潘又斌淫虐，但是潘又斌還是喜歡逛花樓，點幾個青樓中的花魁粉頭兒來伺候他。用他的話說，歡場裡的女子禁得起玩，不會還沒折騰幾下就丟了性命。所以雖然潘又斌出手闊綽，給的花酒錢比旁人多好幾倍，但還是沒人願意拚著一身傷甚至是一條命來賺這份銀子，只怕是有命賺、沒命花。

潘又斌見懷裡的女子一個勁兒地躲閃，越發拱上了邪火，索性起身一把將那女子抱起來，在一眾狐朋狗友的嬉笑聲中去了隔壁。大家知道他的嗜好，也不去打擾他，只顧著跟剩下的幾個粉頭兒喝酒取樂。

幾聲淒厲的慘叫傳過來，聽得人膽寒，隨即又沒了聲息。過了不到半個時辰，潘又斌回來了，衣襟和錦袍的下襬處染著點點鮮紅的印跡，他一撩衣襬，大咧咧地一屁股坐在桌前的凳子上，端起一杯酒仰頭飲盡。

在座老王爺的外孫白硯平跟他最為熟稔，兩個人自小一起鬼混，這會兒已經喝得舌頭都大了，摟著一個粉頭兒嬉笑道：「潘公子怎麼這麼快就回來了，難不成是個銀樣蠟槍頭？」

潘又斌「呸」了一聲，無趣道：「還以為那粉頭兒是個老手，誰料這麼沒用，爺才剛起了個頭，她就暈死過去。」

外頭傳來老鴇刺耳的尖叫聲。「郎中——快找郎中！哎喲，我的女兒啊……妳可是嬤嬤的搖錢樹，嬤嬤在妳身上可是花了大錢的，妳可不能就這麼丟下嬤嬤……」

潘又斌正拿起筷子挾菜，聽見外面的聲響，不耐煩地向屋裡的隨從道：「出去告訴那婆子別鬼叫了，爺給錢就是，夠她再買十個、八個清倌人的。」

隨從出去傳話，那老鴇果真不叫了。

潘又斌吃了幾口酒菜，又開始蠢蠢欲動，那股子邪火沒有壓下去，反而越燒越旺。他揚聲叫老鴇。「再招幾個姑娘進來！爺挑一個！」

剛才那一床的血讓一向見多識廣的老鴇都覺得心驚膽戰，雖說潘又斌出手大方，但是開門做生意講究的是和氣生財，誰也不願意惹出人命來，可她又不敢得罪這個京城一霸，人家可是正經的皇親國戚，跺一跺腳就能震塌這百香樓，於是只能戰戰兢兢地陪笑道：「哎喲，我的爺，姑娘們嬌弱，您這龍馬精神，她們可是承受不起。您看，要不多給您找幾個一起伺候？」

潘又斌也嫌無趣，揮手轟走老鴇，只一個勁兒地喝酒。

白硯平最是他肚子裡的蛔蟲，提議道：「要不去街東頭的楚館吧？聽聞新來了幾個清秀識趣又可人意的孩子，這男人總是耐折騰些。」

一句話勾起了潘又斌的念頭，摸著下巴回味道：「要說最盡興的就是那次遇到姓顧的那個小子，真不愧是京城第一公子，那眉眼、那腰身，還有帶著韌勁的皮肉，簡直妙不可言。鞭子打上去的聲音清脆悅耳，先是肉皮兒一下子裂開，跟小孩兒張了嘴似的，接著血才會『呼』地一下子湧出來。」

潘又斌舔舔嘴唇，無限陶醉。「最重要的是那小子真硬氣，幾次三番地尋死，我不得不把他手腳綁上，怕他咬舌自盡又用繩子勒住了他的嘴。誰知他兩天兩夜竟然一句求饒的話也不說，死咬著牙一聲不吭，他昏死過去好幾次，回回被我用鹽水潑醒或是用火鉗子燙醒，這樣都不服軟，真帶勁兒，簡直讓人欲罷不能。」說著眼中閃耀著瘋狂而嗜血的光芒。
旁邊翰林院的侍講李彧驚問：「京城第一公子？姓顧的？你說的不會是……」
潘又斌冷笑。「還能有誰？就是曾與你同僚的小顧大人。」
李彧倒吸一口涼氣。「想當初的白衣公子引來多少人豔羨的目光，誰料他竟落入此等田地，也著實令人唏噓！」
王庭辛笑道：「別說得這麼文謅謅的，生怕別人不知道你是從翰林院出來的。你不總抱怨他在翰林院裡處處壓你一頭嗎？這回可報了仇了！」
隨即向潘又斌抱怨道：「潘公子，這就是你不仗義了，這等好事怎麼不告訴兄弟？」
潘又斌白了王庭辛一眼。「你又不好這一口，平日拉你去楚館你都不去，說什麼男子再柔媚也不如女子可人疼，想著噁心。」
王庭辛一拍大腿。「我又不是非得嫖他去，打幾鞭子出出氣也好。我就討厭他總是一副高高在上看不起人的樣子，好像這天底下就他清白、就他乾淨似的。我要是知道他淪落到了楚館，花多少銀子都要點他，我要讓他趴在我腳下磕幾個響頭，再叫幾聲爺爺。」
白硯平笑話王庭辛。「看你那點子出息，那麼絕色的人物放在你面前，你只想著當爺爺，就沒點別的想法？」
潘又斌呷了一口酒，遺憾道：「就算有想法也是白搭。隔幾天再去的時候說是人不在了，早知道我那日就下手輕點兒，難得遇見這麼烈性的尤物，還真有些可惜。」

李彧吃驚道：「你把他打死了？」

潘又斌手撫下頷想了想。「當時我下手是重了點，掰斷了他的腿，骨頭戳出來了，那會兒他雖然暈死過去，但我摸著還是有口氣的，後來太子殿下召我入宮，我便急著走了。後來再去時，楚館裡的人說是看著不行了，便退回了官府。想來是死了，楚館怕擔責任，便隨口尋了個說辭。」

白硯平忽然想起一事。「說起這顧紹恆，我倒想起前幾天陪著我新納的妾室去買胭脂，到了一家據說是如今京城裡最好的胭脂水粉鋪子，叫什麼『花容堂』的，我抬頭一看那牌匾就是一愣，再看門外兩旁的詩句，更覺得不對勁。顧紹恆當年在京城詩詞一絕，書法亦是一絕，那字跡我看著甚是眼熟，很像是小顧大人的親筆……」

潘又斌兩眼放光。「真有此事？你沒仔細打聽打聽？」

白硯平無奈地攤手道：「我到店裡問了掌櫃的，掌櫃的也不知情，那個掌櫃家的媳婦只說是東家交給她的，但她也不知是何人書寫。」

「花、花容堂？」角落裡一直被大家忽視的柳敬辰終於找到可以加入的話題。「那是我父親一個姨娘的鋪子。」

「真的？」一群人呼啦一下子圍住了柳敬辰。

柳敬辰第一次受到這樣的注目，拍著胸脯道：「自然是真的，這個我還會作假不成？待我回府問問，就知道那匾額是誰寫的了。」

潘又斌勾住柳敬辰的肩膀。「還問什麼，不如今日我們就去你府上作客，你看如何？」同桌兩個膽小怕事的藉故溜了，李彧也想溜走，卻被白硯平一把揪住。「李大人不想跟舊時同僚打個招呼嗎？」

接著一群人便呼朋引伴來到御史府，柳敬辰將眾人領進外院的花廳裡，央求道：「那花容堂是府裡姨娘的產業，內院都是女眷，我進去問問姨娘養的妹妹，一會兒得了信兒就出來。」

潘又斌不耐煩道：「少囉嗦，快點兒去問，問出來的話，以後走到哪兒提你潘哥哥的名號，眾人都不敢不賣你個面子。要是問不出來的話……」潘又斌獰笑。「看你一身細皮嫩肉的，長得還算不賴，不知道在我手底下能禁得住幾鞭子……」

柳敬辰嚇得屁滾尿流地跑進內院，直奔三小姐的棲霞閣。三小姐柳惜妍見到他頗覺奇怪，世家規矩大，雖是親兄妹，平日裡也只有在夫人和老夫人那裡請安時才能遇見，很少會登門拜訪。

柳敬辰急得臉都白了，進門也顧不得客套，直接問：「三妹妹，我只問妳，那花容堂的牌匾和門外的對聯是何人的筆跡？」

三小姐撇撇嘴。她向來看不上翟姨娘養的這兩個同父異母的哥哥，一個會對周圍看得過眼的丫鬟下手，弄得院子裡雞飛狗跳；一個則天天跟在幾個紈袴子弟的屁股後面逛花樓、喝花酒，都不是什麼好人。

她敷衍道：「三哥哥問得好生奇怪，那鋪子是姨娘在找人打理的，我怎麼知道什麼匾額的事？」

「姨娘還不都是聽三妹妹的！」柳敬辰急得要上房。「好妹妹，妳就告訴我吧，現在有幾個人在外頭等著信兒呢，那可都是咱們惹不起的人物，隨便跺跺腳，整個京城都會顫，今日若是問不出來，拆了咱們這個御史府都是有可能的。」

三小姐聞言，變了臉色。「父親早說過讓你不要跟那些人來往，咱們家『高攀』不起人家，你偏偏不聽，如今讓人家堵到門上來，你又害怕。要我說，別理他們，只管讓小廝打出去，我就不信了，父親也是朝廷命官，這青天白日的他們也敢在御史大人的府上動粗？他們眼裡還有沒有王法！」

柳敬辰跺腳道：「哎喲，我的姑奶奶，那是正經八百的皇親國戚，可不是咱們可以比的，他們可不就是王法嘛！說句不怕挨打的話，父親的官職在人家眼裡也不算什麼。」他也知道這個妹妹有主意，從她嘴裡是問不到什麼了，一撩衣襬，轉身往外跑。「罷了罷了，我問梅姨娘去！」

三小姐看著柳敬辰的背影，恨得手裡的帕子都要扯爛。她知道自己的娘是個沒主見的，禁不住柳敬辰三兩句，肯定會將知道的說出來。

照柳敬辰剛才的速度，紫鳶是不可能跑在他前面去知會梅姨娘，只能吩咐紫鳶：「妳快去找大玲子，告訴她有人來府上追問花容堂匾額上的字跡，我也不知道是怎麼回事，總之讓她自己當心些。」

紫鳶一溜煙出了棲霞閣，算算時間，這會兒趙大玲應該在枕月閣，便一路跑到了枕月閣，找到正在侍弄花草的趙大玲。

紫鳶氣喘吁吁道：「大、大玲子……三小姐讓我來告訴妳……三少爺剛才到棲霞閣，說是帶了人來問那個匾額上的字跡是誰寫的……我們小姐也不知道是什麼人、要做什麼，不過看上去不像是好事，現如今三少爺去找姨娘了，姨娘那裡恐怕是瞞不住，肯定會說出妳來……」

趙大玲的腦袋「嗡」地一聲，一股惶恐從心底蔓延，心中好像架著一鍋燒沸的水，手腳卻是冰涼的。

她一把推開紫鳶，心急火燎地跑回外院廚房，著急地問友貴家的。「娘！長生呢？」

友貴家的指指屋後。「在後面種菜呢！妳別說，這小子還是挺聰明的，有不懂的地方還知道去找花房的秦伯指教，如今屋後那片地被他侍弄得有模有樣……」

趙大玲顧不得聽友貴家的嘮叨，衝出房門，到屋後一把揪住正在給菜地澆水的長生。長生手裡的水瓢掉到地上，好脾氣地由著她揪著，依舊溫言細語。「怎麼了，這麼著急？」

趙大玲扯著他往柴房走，將他推進柴房，見他眼神無辜，莫名地看著她，這才啞聲道：「有人認出你的字跡了，來府裡找你。」

長生的臉龐瞬間失去血色，勉強安慰她道：「是敵是友還不一定呢，妳不必這麼擔心。」

趙大玲惶然地搖頭。「是三少爺帶來的人，跟他打交道的都不是什麼好人。」她驚慌四顧，柴房裡狹小，根本沒有地方能藏住長生。

外面已經隱隱傳來說話聲，聽上去是一群人一邊聊天一邊往這邊走，趙大玲來不及安排別的，只看著長生的眼睛，鄭重道：「長生，答應我，無論出什麼事，你都不要出來，答應我！」

她的目光充滿了驚惶和祈求，長生下意識地點了頭。

趙大玲從外面將柴房門關緊，又用一根木棍頂在房門上。長生獨自在黑暗中，最後看見的是趙大玲在門縫中消失的身影。

外面的說話聲漸漸清晰，就聽見三少爺柳敬辰得意的語氣。「錯不了，我問過那個姨娘，她說花容堂的匾額和門口兩旁對聯上的字是外院廚房裡的丫頭趙大玲交給我三妹的，三妹讓掌櫃的媳婦拿出去刻的匾。」

潘又斌的聲音陰沈，略帶沙啞。「一個掃地燒火的丫頭會寫出那樣的字來？柳三兒，你最好別騙爺，不然爺就拆了你的骨頭餵狗。」

屋裡的長生聽到這個聲音，只覺得頭腦轟鳴，渾身如同墜入冰窟一般。他感到喉頭發緊，嘴裡帶著一股腥甜的味道，竟是自己不自覺咬破了嘴唇。

那不堪回首的一幕、地獄般無止境的痛楚、整整兩個晝夜滅絕人性的折磨和羞辱，隨著那聲音硬生生地闖入他的腦海，彷彿無數個夜晚作過的噩夢一樣，讓他止不住顫慄。

柳敬辰拍著胸脯保證。「我跟梅姨娘再三確認仔細了，她不敢騙我，那字就是那丫頭交給我三妹的，即便不是她寫的，她也一定知道出處。」

柴房外，趙大玲裝作若無其事的樣子收拾著院子裡的雜物。柳敬辰見到她，指著她問：「妳是不是就是趙大玲？」

趙大玲抬起頭，規規矩矩地行了禮。「回三少爺，奴婢就是趙大玲，不知您找奴婢何事？」

「花容堂匾額上的字是哪兒來的？」潘又斌推開柳敬辰，來到趙大玲的跟前。

趙大玲看了他一眼又垂下頭，烈日當空，身上卻冒出冷汗來。

眼前這人大約二十五、六多歲的年紀，看得出養尊處優。單看樣貌，長得頗為俊秀，只是面色陰沈，一雙狠戾的眼睛死死盯著她，那雙眼睛沒有絲毫人類的感情，有的只是獸性和殘忍。

在這樣的目光下，趙大玲本能地感到恐懼，好像有一條吐著毒信的蛇爬過後背。

潘又斌忽然抓起趙大玲的手，手指撫過她手上的薄繭，仔細感受。「是雙幹活的手，但不是寫字的手。」

趙大玲想抽回手，卻被潘又斌緊緊攥著，掙脫不出。

友貴家的在屋裡聽到動靜，舉著飯勺就出來了，一眼看到潘又斌抓著趙大玲的手，瞬間氣得頭髮都立了起來，用手裡的飯勺指著潘又斌就衝了過來。「哪裡來的下作不要臉的玩意兒，握著我閨女的手做什麼！」

潘又斌帶來的隨從輕而易舉地按住友貴家的，奪下她手裡的大鐵勺扔在地上。大柱子跟著跑出來，嘴裡叫著：「你們這些壞人！放開我娘，放開我姊！」他還沒跑到近前，就被一個隨從揪著衣襟提了起來，在半空中掙扎。

趙大玲驚叫。「別難為我娘和我弟弟，我說、我說！」

潘又斌揮揮手，隨從便放開友貴家的和大柱子。「現在說吧，那匾額上的字是誰寫的？」

友貴家的緊緊地抱著大柱子，生怕被人再奪了去，又擔心閨女，啞著嗓子哀求道：「這位大爺，我家大玲子大字不識幾個，她哪裡知道什麼匾什麼字的？」

趙大玲知道今天的事說不知道是混不過去了，只得強作鎮定道：「這位大人，您是問花容堂的匾額嗎？幾個月前奴婢在掃院子的時候看見一張紙，只覺得上面的字跡好看，想著三小姐識文斷字的就拿去給她，她一看也喜歡得不得了，還說這上面的字正好能當作梅姨娘名下一間胭脂水粉鋪子的名字，後來聽說三小姐果真拿出去找人刻成了匾。」

「院子裡撿的？」潘又斌嘲諷地勾起嘴角。「妳膽子可真不小，還沒有人敢在我面前耍花招。」他漸漸收緊握著趙大玲的手，五指好像緊鎖的鋼條，把趙大玲的指骨弄得咔吧咔吧地響，好像要斷了一樣。

一股劇痛從手指傳來，趙大玲臉色刷白，額上的冷汗涔涔落下。

她向來是個怕痛的人，手指破個小口子都要哼哼兩天，但這一刻心中有了要呵護的人，她生怕長生聽見她的叫聲會不管不顧地衝出來，所以愣是咬著牙沒有發出一絲呻吟。

潘又斌挑挑眉毛，神情中透出一絲興奮。

「有趣，好久沒見過這麼硬氣的人了，尤其還是個女人。」他湊近趙大玲。「只是不知道，如果我拔掉妳十根手指上的指甲，再一根一根掰斷妳的指骨，妳是否還會說那字跡是妳撿到的？」

這樣狠毒的話從他的嘴裡說出來，好像只是在說今天天氣不錯一樣平淡，他的臉上甚至還掛著淡淡的笑容，但是那陰冷暴虐的眼神卻讓人毫不懷疑，他下一秒鐘就會這麼做。

趙大玲顧不得害怕，心中只有一個念頭，豁出去自己的命也絕不能讓長生落到這種人手裡。

她恨恨地盯著面前的人，從牙縫裡擠出幾個字。「那你就試試！」

潘又斌一愣，上下打量她，須臾伸出另一隻手攀上趙大玲的脖頸，感受著她年輕健康的血脈在手掌下的脈動，接著收攏手指。

趙大玲因為呼吸困難，臉孔漸漸發紫，卻依舊倔強地閉口不言。

潘又斌滿意地點頭。「沒想到御史府還藏著這樣的貨色，也罷，爺今天也不算是白來，帶回去慢慢審，有妳哭喊著說實話的時候。」

「求求大爺，求您放過我閨女吧！」友貴家的爆出尖利的哭嚎，大柱子也扯著嗓子哭了起來。

就在這時，柴房門「哐」地一聲被撞開，長生單薄的身影出現在洞開的房門口，他臉色慘白卻平靜道：「那些字是我寫的。」

彷彿被陽光刺痛了眼睛，潘又斌瞇起眼打量著突然出現的長生，眼中閃爍著狂喜和瘋狂的光芒，聲音也因極度的亢奮而打顫。「顧紹恆，我就知道你沒那麼容易死！」說著放開趙大玲朝長生走去。

趙大玲叫了一聲，剛想撲過去卻被潘又斌的隨從攔住，按住了胳膊。

潘又斌頭也不回地向侍衛吩咐道：「這個丫頭賞給你們了。」

幾個隨從猥瑣地笑著，乘機在趙大玲身上亂摸一把。「謝世子爺！」

柳敬辰此刻才覺出害怕，掙扎著說道：「這、這……潘公子，怎麼說這丫頭都是御史府的人，您不能說賞人就賞人，我得先問問我爹去，我爹……」

潘又斌瞪了柳敬辰一眼，柳敬辰嚇得一縮脖子，躲到角落裡，大氣也不敢出。

長生的目光越過逐漸走近的潘又斌，落在抓著趙大玲的人身上，澄澈如水的目光乾淨剔透，容不下世間任何的污濁和醜陋。那幾個人被震懾住，竟有種自慚形穢的感覺，沒有再輕薄趙大玲，只是按著她不讓她動。

長生手裡是一柄刻木頭的小刀，手指翻飛間，將鋒利的刀尖比著自己的咽喉，一眨不眨地看著潘又斌。「放了他們一家人，不然你得到的只能是我的屍體。」

潘又斌猛地瞳孔一縮，歪著頭舔舔嘴唇道：「要我放了他們也可以，你就得乖乖跟我走，並且保證不自己尋死，除非是我弄死你。」

長生眉頭都沒有皺一下，沈聲道：「好，我答應你。」

「長生，不要答應他！」趙大玲哭得泣不成聲。她太清楚長生的承諾意味著什麼，那將是生不如死的境地，是與惡魔最殘酷的交易，而長生在承受這一切苦難的時候，卻連最後的逃路都被生生截斷。

潘又斌抓起柴房外一根綁東西用的粗麻繩，揪著長生的衣襟，將他拖到門前的空地上。長生的衣襟被扯開，露出清冷的鎖骨，他下意識攏上衣襟，引來潘又斌的嘲笑，曖昧道：「小顧大人還是那麼害羞。」

長生臉色又白了幾分，搖搖欲墜地晃了晃，卻又緊抿著嘴，穩住了身形。

潘又斌用麻繩仔細地將長生的胳膊一圈一圈捆好，又彎腰將繩子捆繞在長生的腿上，神情專注而享受，最後只餘一截繩頭牽在手裡。

其實這麼多人，長生根本不可能逃跑，潘又斌只是單純享受著這個捆綁的過程罷了。

他退後兩步欣賞自己的傑作，手下輕輕一抻，長生站不穩，趴伏著跌倒在地，髮髻也散了開來，黑亮的長髮垂在地上，遮住了臉頰。

潘又斌蹲下身，一手揪著長生的頭髮迫他揚起臉，一手撫上長生的面頰，手指摩挲著他光滑的皮膚。「一會兒拖你的時候你要揚著臉，我可不希望你這麼標緻的臉這麼快就擦出傷痕來。」

長生一甩頭，躲避潘又斌的手。潘又斌哈哈大笑，瘋狂到病態。「我就喜歡你這股子勁頭，上次咱們還有好多沒玩完的花樣，這次我帶你回我府裡，有一間專門的刑室等著你，我保證裡面很多刑具都是你沒見過的。你是不是也很期待呢？」

言語間，潘又斌手掌順著長生的脊背滑下，停在他纖窄的腰上。那種好像毒蛇在皮膚上爬行的感覺讓長生噁心欲吐，但他知道自己越是掙扎，只會讓凌辱他的人越興奮，所以只有緊閉著眼睛，咬著牙一動不動。

潘又斌仔細觀察著長生隱忍的表情，忽然伸出舌頭，從他耳廓由下至上地舔過，留下濕膩的水痕。

長生終於忍不住哆嗦了一下，如玉的面頰露出羞憤的紅色。

潘又斌啞著嗓子在他耳畔道：「很難耐嗎？我知道你身上每一寸皮膚的秘密，知道你哪裡最怕疼、哪裡最敏感、哪裡碰一下就會讓你忍不住地扭動身體，臉紅得跟要滴出血來一樣。這些日子以來，我連作夢都會夢見你輾轉掙扎，大聲哭泣著求我放過你。」

眼前的情景讓圍觀的幾個禽獸感覺血脈賁張，白硯平咂著嘴道：「潘公子，這人落在你手裡還能剩個人樣嗎？怎麼著囫圇個的時候也讓我們先享用享用。」

潘又斌大方道：「這有何難？一起來吧，我那間刑室大得很。」

白硯平笑道：「這倒是個好主意，我還想見識見識潘公子的手段呢。」他一拍王庭辛。「你不是還想抽小顧大人幾鞭子嗎？潘公子那裡可是有各式各樣的鞭子，你可以隨便挑個順手的。」

王庭辛光想就知道潘又斌的刑室會是一副什麼樣的血腥光景。他膽子小，上次看了一眼被潘又斌整治過的妓女，那觸目驚心的傷痕與血漬，嚇得他幾天吃不下飯，更別提讓他親眼觀摩過程了。

他臉色發白，勉強笑著推託道：「我就算了吧，我對男人不感興趣。」

白硯平勾著他的脖子，曖昧笑道：「說不定這次之後你就感興趣了呢，男人比起女人來別有一番風味，保管你能感受到這中間的妙處。再說這等人物，你可是打著燈籠也再難找到的。」

他揪著王庭辛不放，又一把拽住想腳底抹油的李彧。「李大人，說好了一起的嘛！人多才熱鬧！」

李彧擦了擦腦門的汗，看向長生，只見後者趴伏在地上，扭過頭靜靜地看著他，目光平靜，既無哀求，也無憤怒。

在這樣的目光下，李彧感到自己無所遁形，只覺得衣冠楚楚的自己比起一身僕役黑衣、被綁得跟粽子一樣拖在地上的顧紹恆更加狼狽。

他與顧紹恆同在翰林，雖說比起顧紹恆，自己顯得黯淡無光，但是認真說來也沒有太大的齟齬，同僚時也曾一同吃過飯、喝過茶。

當初顧家獲罪，家破人亡，他也曾唏噓過幾句，誰料昔日同僚再次見面，竟然是這般境地。

再者李彧畢竟是個讀書人，再想巴著潘又斌這條大腿往上爬，有些事終究還是做不出來，他哆哆嗦嗦地向潘又斌等人作揖道歉。「在下忽然覺得腹中疼痛難忍，還是先回去了，改日再擺酒謝罪。」言罷頭也不敢回，匆匆逃走了。

白硯平指著他的背影叫了幾聲。「李大人？李大人！哎！怎麼說走就走了，掃興！」

潘又斌冷笑。

「走了也好，省得待會兒嚇破了膽，還得讓人抬著送回他府裡去。」

潘又斌拽動著手裡的繩子。長生本來就瘦，又被捆住，站不起來也無法掙扎，被他拽得在地上拖動了幾米，粗礪的石子瞬間就劃破他裸露在外的皮膚，點點血跡滲透進身下的土地裡。

潘又斌目光猙獰地看著長生身上的擦傷，彷彿野獸嗅到了鮮血的氣味，興奮得身體微微發抖，亟不可待地向一個隨從示意。

「去把我的馬牽到門外候著。」

長生被潘又斌拖著往外走，經過被隨從按住的趙大玲身前。

「長生……」趙大玲哭著叫他的名字，恨不得以身相替。

長生深深地看了她一眼，彷彿要把她的樣子刻在腦海中，最後，他只來得及留下一句話——

「忘了我。」

第十八章　留下

柳敬辰縮在牆角，看著他們一群人嘻嘻哈哈地走遠，沒人搭理他，彷彿他根本不存在。他自己也沒想到會是這個結果，想著剛才潘又斌嗜血的雙眸和被拖拽在地上的那個人，渾身打了個哆嗦，灰溜溜地順著牆根逃回自己的院子。

直到主子走遠，潘又斌的隨從才扔下趙大玲一家三口，揚長而去。

趙大玲發瘋似地從地上爬起來要追上去，友貴家的一把抱住她，痛哭道：「大玲子，妳不要命了嗎？」

趙大玲淚流滿面，掙脫友貴家的手。「娘，是我害了長生，我得去找他。」說完頭也不回地跑出去。

趙大玲追到門口，卻被御史府的門房攔住。對於府裡的奴婢來說，她連這個府門都出不了。她遠遠地看見潘又斌等人騎馬絕塵而去，卻不敢去仔細尋找長生的身影，她用手抹了一把眼淚，轉身跑回府內直奔三小姐的棲霞閣。

三小姐看到披頭散髮、哭得悽慘的趙大玲也是嚇了跳，待聽聞三少爺帶來的人抓走了長生，更是一驚。

「好好地抓我們家的僕役做什麼？剛才三哥來找我問話時說來的都是京城裡的權貴，左不過是他那些狐朋狗友，只是到底何人如此囂張，竟敢在御史府裡隨便抓人？」

趙大玲的心像是在沸騰的油鍋裡翻滾，但還勉強保留著一絲理智。「我聽他們叫為首的那個人為『潘公子』。」

「潘公子？難不成是潘又斌？」三小姐蹙緊了眉頭。「潘又斌的父親是慶國公，也就是當今的國舅，他仗著自己是皇后娘娘的親姪子，欺男霸女、無惡不作，是京城裡有名的霸王。外廚房的那個僕役落在他手裡，只怕是……」

此刻的趙大玲每一次呼吸都感到痛徹心腑，她不敢想像那些禽獸會怎樣對長生，只知道每耽誤一秒鐘，長生就會多受一秒鐘的折磨和凌辱。

她抓著三小姐的手，好像抓著最後一根救命的稻草。「我不知道還能找誰救長生，只能來找妳。妳帶我去見老爺，長生是官奴，下放到御史府，不能被人隨便帶走，現在只有老爺能去找那些人要人。」

三小姐為難道：「雖說這樣招呼也不打就從御史府裡把人抓走確實折了御史府的面子，但妳覺得我爹會為了一個官奴去得罪皇后娘娘的親姪子嗎？」

趙大玲痛哭失聲，她已經走投無路，只能一遍遍地哀求。「求妳了、求妳了……」

三小姐嘆了口氣。「罷了，我帶妳去找我爹，他今日正好休沐，不過他答不答應我可是一點譜都沒有。」

而此時此刻，御史柳老爺也沒閒著，只因御史府來了一位不速之客。

柳御史正倚在書房裡的矮榻上看書，聽門房來報有人求見，他還想著休沐的日子不願見外人，看兩眼書就準備去梅姨娘屋裡坐坐，於是眼睛都沒有離開書頁，隨口問道：「什麼人？可有拜帖？若是沒有，打發走便是了。」

門房遲疑了一下。「來人自稱是蕭翊。」

「什麼？」柳御史心想不是自己聽錯了，就是下人聽錯了。

門房拍著胸脯道：「錯不了，老爺，那人身量高大，眼神很是銳利嚇人。他說他叫蕭翊，今日剛從燕北邊關回京，特來府上拜見老爺，我便讓他在門廳等候。」

蕭翊？燕北？柳御史扔下手裡的書冊，從矮榻上一骨碌爬起來，一邊忙著正衣趿鞋，一邊罵道：「混帳東西！那是晉王，大周朝的三皇子，他的名諱也是你隨口叫得的，不要命了嗎?!」

門房聽了哭喪著臉。「奴才見他穿得普通，連身官服都沒穿，手上也沒個拜帖，只以為是哪兒來了個想巴結大人的……不好了，老爺，奴才見那人神色囂張，還隨口呵斥了他幾句，讓他老實在門廳候著，這可如何是好？」

柳御史一個趔趄差點兒摔倒，顧不得罵那愁眉苦臉的門房，一溜煙地趕到門廳，見到一人背身而立，正在看牆上的字畫。

他身材高大，雖然只穿著一件半舊的藍色衣袍，卻掩不住身上金戈鐵馬的僕僕風塵，讓人觀之便生出敬畏之感。

柳御史納頭便拜。「下官不知是晉王殿下駕到，有失遠迎，還望殿下恕罪！」

那人緩緩轉身，面貌剛毅，目光深邃犀利，只點了點頭淡淡道：「柳御史不必多禮，本王今日登門也實屬唐突之舉。」

柳御史稍稍緩了口氣，恭敬道：「剛才下人有眼不識泰山，對殿下多有得罪，下官即刻將他攆出府去，給殿下一個交代。」

蕭翊皺了皺眉頭。畢竟是沙場上打過滾的人，森冷之色立現，柳御史只覺小小的門廳內溫度驟然降低，背上的冷汗都冒了出來。

「那倒不必，所謂不知者不怪。」蕭翊冷聲道。

柳御史偷偷擦了擦冷汗。「晉王殿下如此胸襟讓人欽佩，請移步府內一敘。」

將蕭翊讓進書房，丫鬟端上茶來，柳御史殷勤道：「晉王殿下請嚐嚐，這是今年的碧螺春，不知是否合您的口味？」

蕭翊端起茶盞飲了一口，隨即放下。「本王對茶並無偏好，不過是比白水多點味道。」

柳御史尷尬笑道：「京城中誰人不知晉王殿下極好飲茶，想來是下官這茶著實粗糙了，怠慢了王爺，實在是下官的罪過。」

蕭翊心中警鈴大作，忙掩飾道：「燕北苦寒，不像京中有這麼多的好茶，本王也是在那邊喝那些粗水，將舌頭都喝鈍了，再好的茶都喝不出什麼滋味，一來二去，這品茶的嗜好都淡了。」

柳御史嘴裡一邊客套著，腦子一邊飛快地轉著。昨日聽聞晉王殿下這兩日便會抵達京城，禮官們也在準備迎接晉王凱旋的儀典，誰知晉王竟然出現在御史府，看來他是輕裝簡行，先行獨自進京了。只是柳御史想破頭也想不出，這位大名鼎鼎的戰神，本應隨行大軍準備接受百官恭迎，為何此時此刻會坐在自己對面喝茶？

蕭翊也知道自己此舉很魯莽，可是自從聽到柳惜慈做的那首〈蓮賦〉，他就迫切地想要見到這個人。以前在邊陲還好說，周圍都是當兵的粗人，以他王爺和主帥的身分，大家不敢對他有任何的質疑。可如今進了京，一切對他而言都是陌生的，更要命的是，他還要以蕭翊的身分周旋在故人之間，面對宮中的父母兄弟和朝中的文武百官，走錯一步就可能是滅頂之災，他太需要一個人能夠告訴他如何應對眼前的一切。

因此大軍在城外五十里紮營修整時，他便帶著幾名侍衛悄無聲息地先行回到京城。然而此刻，真的坐在御史府裡，他卻揣摩著這個時空裡的規矩，不知如何開口求見人家養在深閨的女兒？

兩個各懷心事的人面對面喝著茶，久居官場的柳御史拚命地找話題。「此番殿下在燕北大敗烏國，立下不世功勛，可保我大周北境二十年的安泰，此乃社稷之福，晉王殿下英明神武，功德無量。一年前，殿下率十萬大軍開拔燕北，下官也曾到京城外送行，當時的場景至今仍歷歷在目，殿下豪氣干雲，誓不破烏國不回京城，十萬大軍振臂齊呼，威聲震天，百里外可聞。」

柳御史一邊說一邊小心地觀察著晉王殿下的表情，可後者只是淡淡地「嗯」了一、兩聲表示回應。

柳御史有些摸不著頭腦。難不成晉王殿下真是專門跑到自己家裡喝茶來的？

其實蕭翊也是如坐針氈。這個柳御史顯然多多少少是瞭解蕭翊的，再聊下去，自己很可能就會露出馬腳，於是只能硬著頭皮道：「本王此次前來叨擾府上，是因為在燕北的時候曾聽過一首〈蓮賦〉，後來幾經探詢才知道是貴府令嬡所做。」

聞言，柳御史頗為得意，嘴上客氣道：「小女不過隨口胡謅了幾句，竟被人傳了出去。其實她哪裡懂得什麼詩文，閨閣中的詩句淺顯得很，如今都說她是『才女』，實乃貽笑大方。」

蕭翊聽著柳成渝言不由衷的謙遜，不禁撇了撇嘴。周敦頤的〈愛蓮說〉在他嘴裡成了閨閣裡的淺顯詩句，周敦頤若是泉下有知也會被氣得吐血三升。

他打斷柳成渝。「柳御史不必過謙，此等詩句乃千古難見，令嬡一位十幾歲的閨閣少女能做出這樣的詩句，才女之稱是擔得起的。正巧本王前幾天路過一處荒廟，在廟中看到半句詩詞，苦思下句而不得，不知可否請令嬡看一看？」

蕭翊要來紙筆，以左手執筆，在硯臺裡蘸了蘸墨汁。

「殿下怎以左手執筆？下官記得殿下是慣用右手的，一手草書龍飛鳳舞，剛勁有力。」

柳成渝赫然驚問。

「本王的右手在戰役中拉傷，無法握筆寫字，只能以左手代替。」蕭翊一句輕輕帶過。柳成渝仍在惋惜晉王的一手好字，就見後者用左手在雪白的宣紙上寫下「同是天涯淪落人」。

詩句是好，只是這字跡……柳御史不禁抽了抽嘴角。

蕭翊也是無奈，雖然他右手寫毛筆字肯定比左手強些，但是會被看出字跡跟以前晉王的字跡不同，因此一直以來他都以右手受傷無法執筆來掩飾。

其實他挑選這句詩也是斟酌了一番。這句詩出自白居易的〈琵琶行〉，一般人都能說得上來，只是不知這位柳惜慈小姐是否如他所想的一般？

柳御史自動忽略了晉王的字跡，只對著詩句大大讚賞了一番，讓小丫鬟拿到倚雲居給二小姐。

二小姐接到這沒頭沒腦的半句詩驚訝不已，汪氏得到消息也急急地趕來倚雲居。

二小姐對著詩句冥思苦想了許久，在白紙上寫下幾個字，覺得不好，又懊惱地揉成一團扔在地上，如今地上已堆滿紙團，她仍是一籌莫展，嘴裡嘟囔著：「這位晉王殿下是什麼意思呀？這不是刁難人嘛！」

汪氏親自為二小姐打著扇子，思忖著晉王殿下突然來到府中，又出了這麼半句詩，指明了讓女兒對下半句，忽然靈光一閃。「我的兒，這可是天大的好事！妳想想，晉王今年二十有三，還沒有娶王妃，他肯定是聽聞了妳的才女之名，此番來試探於妳的。」

二小姐也不傻，很快就明白了汪氏的意思，想到晉王蕭翊的盛名，又是京城中大家傳頌的戰神，一時羞紅了臉，扭捏地捣住臉。「羞死人了，哪有這麼對詩相看的……」

母女二人作著王妃夢，但前提是要能寫出下半句詩才行。二小姐咬著筆桿氣餒不已，難道落在眼前的好事就這樣失之交臂了？

忽然她眼睛一亮，叫道：「我想起來了，那個人肯定能寫出來！」

她讓丫鬟染墨去外院廚房找長生，不一會兒染墨跑著回來，氣喘吁吁道：「小姐，聽廚娘說那僕役被三少爺帶來的人給帶走了，這會兒外院廚房亂做一團，那友貴家的也沒心思做飯，正哭著呢。」

「啊？」二小姐失望地跌坐在椅子上。這回沒有助力，只能靠自己了。

另一頭，兩盞茶的時間過去了，蕭翊不動聲色地喝著茶，漸漸感到失望，一顆心也沈了下去。難道是自己想錯了？

這時門外有小廝傳報三小姐求見，柳御史皺眉道：「貴客在此，怎麼這麼沒有規矩？讓她先回去。」

小廝唯唯諾諾地道：「小的也是這麼說的，可是三小姐說有性命攸關的事要見您。」

蕭翊聽聞來的是三小姐而不是自己想見的二小姐，並沒放在心上，從茶杯上抬起眼，淡淡道：「既然貴府的三小姐有要事，柳御史不必拘禮。」

柳御史恭謹地謝過，匆匆走出書房。

蕭翊常年征戰，耳力極好，聽見外面柳成渝低聲呵斥。「妳也太不懂事了，明知貴客在府中還要來叨擾，到底有什麼急事？」

一個清越的女子聲音焦急道：「父親明鑒，若不是大事，女兒也不敢來打擾父親。今日三哥哥帶著一夥人來咱們府上抓走了一個僕役，這不是折損咱們御史府的顏面嗎？所以女兒急著來見父親，請父親主持公道。」

柳御史也有些惱怒，皺眉問道：「究竟何人如此大膽？」

三小姐猶豫了一下方道：「來人好像姓潘。」

「姓潘？」柳御史倒吸了一口涼氣，心中隱隱覺得不妙。「長什麼模樣？」

一旁的趙大玲趕緊描述。「二十多歲，中等身材，眼神很陰冷……對了，他眉心有顆痣。」

三小姐趕緊拉了拉趙大玲，老爺面前哪有她一個掃地丫頭說話的分？

但趙大玲此刻連死都不怕，哪裡還顧得上這些？

三小姐也知道此刻不是隱瞞的時候，老實道：「聽三哥哥說他是皇親國戚。」

柳御史失聲道：「難不成是慶國公家的世子潘又斌？」言罷臉色陰晴不定。

趙大玲心急如焚。「老爺，他們抓走了外院廚房的僕役長生，長生的真實身分您也是知道的，若是官府追查起來，這人是在御史府丟的，府上自然也脫不了關係。」

柳御史大驚失色，再也沒想到皇后娘娘的親姪子抓走了官奴顧紹恆。他略一思量，心中已有了計較，斷然喝道：「大膽！府裡的奴役多，我怎麼可能人人都認得？再說那個下奴不是叫長生嗎？既然潘世子帶他出府，自然有潘世子的道理，哪容妳一個丫鬟置喙？」他揮揮手。「來人，把這不懂規矩的婢女拖下去！」

三小姐雖然一早猜到是這個結果，但是看到趙大玲絕望的眼神，還是很不忍心，小聲勸道：「父親，要不——」

「妍兒，這是妳一個閨閣女兒應該插手的事嗎？」柳御史沈著臉。「也是為父平日過於嬌縱妳了，讓妳如此不知輕重，立刻回棲霞閣面壁思過。」

三小姐愛莫能助地看了趙大玲一眼。趙大玲感到有種滅頂的絕望，好像被浸到了冰冷的湖水裡，四面八方的水將自己淹沒，看不到一絲光亮。

這時小丫鬟正好拿著蕭翊寫的紙箋回來，上面還有二小姐寫出的下半句詩詞。柳御史大喜，趕忙將那紙箋拿進屋裡，畢恭畢敬地交給蕭翊。

蕭翊拿過來一看，目光中閃過一絲失望，隨即神色冷峻地將紙箋還給柳御史，起身道：「叨擾了，本王還有要事，改日再來御史府喝茶。」

言罷，他起身走出書房，見到屋外的僕役正扯著一個披頭散髮的丫鬟要拖她走。

那個丫鬟掙扎著，喊得嗓音沙啞。「老爺，求您救救長生，救救顧紹恆！那姓潘的會殺了他的！顧紹恆是京城裡有名的才子，他若是莫名其妙在御史府銷聲匿跡，有朝一日聖上問起來，您又如何解釋？」

柳御史沒想到府中的丫鬟竟然當著晉王的面如此丟他的臉，氣急敗壞地吩咐兩旁的僕役。「還不堵了嘴帶下去！」

僕役一時找不到東西塞住趙大玲的嘴，只能伸手將她的嘴摀住。

蕭翊冷漠地看了一眼，大步往外走。

柳御史趕緊追了上去。「殿下慢步，容下官送您出府！」

三小姐本來見有外男，已垂下頭退到一旁，聽聞「殿下」二字，猛地一抬眼，只見一個長身玉立的人影從自己身前經過，那人衣角翻飛，步履極大，赫然正是一年前曾經為自己勒住驚馬的晉王蕭翊。

三小姐不想竟然在府中遇見他，不覺癡癡地看著他。

柳御史為了追上晉王的腳步，撩著衣襬，跑得氣喘吁吁，這時一陣風吹來，將他手裡的紙箋吹了起來，飄飄然地落在趙大玲面前的地上，趙大玲低頭掃了一眼，如遭雷擊一般愣住。

僕役趁她停止掙扎時拽著她的胳膊將她拖離，趙大玲腳不沾地被拖了幾步，突然反應過來，一口咬住摀住她的那隻手，趁那人吃痛地鬆開，她聲嘶力竭地叫道：「相逢何必曾相識——」

已經走到門口的蕭翊猛然回頭，目光如炬，直直地盯著趙大玲。

在老爺和貴客面前連一個丫鬟都制不住，僕役生怕柳老爺怪罪，於是下了狠手，一拳打在趙大玲的腹部。趙大玲痛得叫都叫不出來，呻吟一聲彎下腰，只覺得五臟六腑都要移位，喉嚨火辣辣的，彷彿一張嘴就能吐出一口血，忍不住乾嘔起來。

那僕役還要再打，揚起的拳頭卻被一隻如鐵鉗般的手握住，動彈不得。

那僕役覺得半邊身子都是麻的，抬眼一看，才發現抓著他的是晉王殿下，此刻正用一雙冰冷的眸子居高臨下地看著他，一股肅殺之氣撲面而來。

那僕役嚇得兩腿發顫，「撲通」一聲跪在地上，磕頭如搗蒜。「王爺饒命、王爺饒命……」

趙大玲失去支撐，委頓在地上，蕭翊長臂一伸將她撈起，仔細打量她滿是淚痕卻依舊看得出清雅秀麗的臉，半天吐出一句話，「天王蓋地虎。」

趙大玲一口氣差點兒沒背過去。這生死攸關的時候，這位仁兄還有興致跟她對暗號？她抬頭幽怨地看了面前的人一眼，咬牙道：「寶塔鎮河妖。」

蕭翊眼中閃過一抹狂喜，彷彿孤獨跋涉的人突然見到了親人，握著趙大玲手臂的手也不自覺地收緊。

趙大玲吸了口涼氣，覺得自己的胳膊都要斷了，她顧不得其他，直截了當地問：「你是誰？」

旁邊的柳御史莫名其妙地看著這一幕，此刻才如被踩了尾巴一樣跳起來呵斥道：「大膽賤婢，這是大周的晉王殿下，豈容妳褻瀆！」

趙大玲只覺得絕處逢生，恨不得跪下來感謝上蒼在自己最走投無路的時候將這個人送到自己眼前，她死死地抓著蕭翊的手臂。「幫我救一個人！」

這時蕭翊的侍衛跑過來向他耳語。「殿下，宮中已得知您回來了，聖上派禮官到城外向您宣讀聖旨，現在宣旨的禮官已經出宮了，您得盡快趕到城外營帳中準備接旨。十萬火急，耽誤不得！」

蕭翊微微點頭，向趙大玲道：「等我安頓好了，再來找妳。」

趙大玲淚流滿面，哭得泣不成聲，揪著他的手好像揪著最後一根救命稻草。「那就來不及了，長生等不到那個時候。」

旁邊的侍衛急得團團轉。「王爺，接旨不得延誤，若是聖上怪罪下來，可是大罪啊！」

蕭翊歉然地拉開趙大玲的手，鄭重地許諾道：「等我接完聖旨，一定趕去救那個人。」

柳御史本是丈二和尚摸不著頭腦。這晉王殿下怎麼跟一個燒火丫頭這麼親密？怎麼聽著都是話裡有話啊！直到聽見「救人」二字才醍醐灌頂。

對啊！晉王殿下和顧紹恆的關係可不一般，顧紹恆的父親顧太傅是前太子蕭弼之師，也曾教過與蕭弼一母同胞的弟弟蕭翊。

柳御史暗自懊惱，自己怎麼把這層關係給忘了？此刻摸透了其中的關鍵，更是恨不得抽自己兩個嘴巴。怪不得晉王一回京城就輕裝簡行地悄悄來到自己府上，他哪裡是來喝茶的？分明就是來找顧紹恆的，還裝模作樣地提起女兒的〈蓮賦〉，還對什麼詩，這兩句詩肯定是他們兩人訂下的暗號！要不然這個跟顧紹恆同在外廚房的燒火丫頭怎麼會知道下半句詩是什麼？

柳御史心裡打鼓。如今顧紹恆在御史府裡做奴僕，又被潘又斌那個有名的霸王給帶走了，還真如那燒火丫頭所說，自己怎麼也脫不了關係，晉王殿下要是怪罪下來怎麼辦？兩邊他都惹不起啊！

柳御史心想自己只能先撇清關係，佯裝驚訝道：「晉王殿下，下官也是剛剛才知道，原來府裡叫長生的奴僕就是小顧大人，只是不知道潘世子為何帶走他？想來潘世子也是仰慕小顧大人的文采，所以才——」

話還沒說完，他的衣襟就被一把抓住，只見蕭翊滿臉震驚，失聲問：「你是說『小顧大人』？」

柳御史抖動著山羊鬍子哀嚎：「殿下，下官真的不知情啊，那個潘世子來了就將小顧大人帶走了，下官也是剛剛才知道的……」

「那個潘世子是個虐待狂，」趙大玲急急道：「他們一夥人將長生……就是小顧大人抓到潘府的囚室，要折磨死他。」

蕭翊神色凝重，一把推開柳御史，快步跑向大門，一邊跑一邊向侍衛吩咐：「備馬，去潘府！」

礙於晉王的面子，柳御史並沒有發落趙大玲，只是把她轟回外院廚房。

柴房裡，趙大玲蜷縮在長生的床板上，只覺得每一分每一秒都是煎熬，她抱緊長生的被子，呼吸間都是他的氣息。

她閉上眼睛，彷彿長生就在身邊，眉目如畫，寧靜美好。他總是安靜地坐著，用溫潤的目光一直追隨她，被她發現後，又會羞澀地低下頭，好像自己的目光都會唐突了她一般。

她伸手到長生的枕頭底下，手指觸到一個硬物，拿出來一看，竟然是半塊香皂。這是她第一次做出的香皂，其中半塊給了長生，沒想到一直被他珍藏著。

還有她送他的那副枴杖，雖然他已經用不到了，卻依舊好好地倚靠在床頭。

眼睛已經酸澀得睜不開，卻還是止不住地淌著淚。她將臉埋進被子裡，滾燙的淚水瞬間消失在藏藍色的棉布中，只留下深色的淚痕。

此時此刻，她無比痛恨自己，因為自己的疏忽，竟讓長生的字跡流露在外；她更痛恨自己的無能，眼睜睜看著長生被帶走，卻沒有辦法救他。

她不知道他們會怎樣折磨他，更不敢去細想他會遭受到的侮辱。這個想法盤旋在腦海中揮之不去，心中好像刀割般疼痛，痛得五臟六腑都擰在了一起。

她是個膽小的人，從來沒有過殺人的念頭，但如果此刻潘又斌站在她的面前，她會毫不猶豫地將刀插進他的心臟。

她那麼怕痛怕死，可如果能用她的性命換來長生的平安，她會毫不猶豫地去死。

然而現在處在生死邊緣的是長生啊，長生是那麼善良美好，為什麼老天這麼不公平，把所有的磨難都加諸在他身上？

臉頰貼著的棉被已是一片濡濕，她抱著棉被輕輕搖著，好像懷裡抱的是長生，嘴裡哽咽地呢喃：「不要死，長生，求求你，一定要活下來，你要是死了，我也不活了……」

潘府的刑室位於潘又斌寢房的地下，打開臥室裡的一道暗門，走下幾十階階梯才能到達。刑室裡的牆壁是用黑色的巨大石塊堆砌而成，牆上插著火把，掛著風燈，將屋子照得明亮。

其中一面牆上的架子上掛滿了各式各樣的刑具，光是皮鞭就掛了一排，上面沾染著點點暗紫色的痕跡，還有許多叫不出名堂的刑具，一件件地陳列著，無聲地訴說這裡發生過的暴行。

房間寬敞，隔音極好，在外面聽不見裡面的動靜，無論是呼嘯的鞭子聲還是淒厲的慘叫聲都不會傳出去。潘又斌在這裡不知虐死了多少人，整間屋子透出陰森腐朽的氣息，瀰漫著一股血腥味。刑室裡明明沒有風，火把的火光卻忽明忽暗地跳動著，彷彿有冤死的亡靈在這裡徘徊不去。

長生正仰躺在刑室中央一張青石做的刑床上，刑床四角立著刑柱，他的手腳被繩索繫在上頭，呈「大」字形捆綁著；身體被抻得好像緊繃的弓弦，白皙得幾近透明的皮膚上遍布著鞭痕和在地上拖行的擦傷，鮮血滴滴答答地順著床腳流到地面，迅速聚集成一小窪。

潘又斌和白硯平圍在刑床邊，興致勃勃地在他身上嘗試不同的刑具，間或討論每一樣刑具的用途和給人體製造出的傷害。

長生緊閉著眼睛，不願去看那些猙獰醜陋的人。不，他們根本不配稱之為人，連動物都不會這樣殘忍地對待同類，他們是世上最陰暗暴虐的存在。

王庭辛彎著腰，在刑室一角嘔吐不止。那些刑具和鮮血讓他嚇破了膽，他捂著耳朵，不敢聽皮鞭呼嘯的聲音和刑具磕碰發出的清脆響聲，但是那些聲音在空曠的刑室中帶著回音，無孔不入地鑽進他的耳朵，讓人聞之膽寒。

他不禁祈求刑床上的人能發出一點聲音，哪怕是呻吟兩聲也好，至少能讓這屋子裡多點人氣，而不是像此刻在煉獄一般恐怖。

長生死死咬著牙，直咬得滿嘴血腥，劇痛彷彿洶湧的浪潮一波未平一波又起，痛得無處躲藏，讓人心生絕望，身體的存在彷彿只是為了承載鋪天蓋地的痛楚，每一寸皮膚、每一處神經末梢，都是他們凌虐的對象。他們揉碎他的尊嚴、折磨他的肉體，只為了滿足他們變態的慾望和施虐的快感。

不過這對他們來說還不夠，他們還想聽到他的呻吟聲、哭喊聲和求饒聲。他阻擋不了他們隨心所欲的肆虐，卻能咬牙忍住不從自己的嘴裡發出聲音，只有在痛得受不了的時候，才會張開嘴大口地喘著氣，胸膛劇烈地起伏著，好像離水的魚。

這是他能守住的最後一點尊嚴，即便血肉橫飛、支離破碎，也不讓他們如願。

白硯平扔掉手裡帶著倒刺的皮鞭，揉著肩膀抱怨道：「這他娘的原來是件力氣活，膀子都痠了！」

潘又斌遞給他一盒鋼針。「給你換個不費力氣的。」

白硯平拈起一根鋼針舉在眼前細看，針長兩寸，鋒利的尖頭在火光下閃著寒芒。

「要扎哪兒？」他隨口問。

「隨便你。」潘又斌答得漫不經心，手裡拿著一罐細鹽，將鹽末塗抹在長生的傷口上，仔細感受著手下的身軀不停抽搐，連肌肉都不受控制地抖動著。

白硯平抓住長生的手，見他手指緊握著一張紙，奇怪地問：「這是什麼？一張破紙也當救命符一樣。」說著去掰他的手。

誰料長生死死攥著，死活不肯張開手。白硯平惱了，將鋼針插進長生的食指指縫。長生徒勞地扭動身體，抻得捆綁他四肢的繩索都「吱嘎」作響，指甲正中隆起一個小小的棱子，過了一會兒，殷紅的血滴才順著指縫的鋼針滴落而下。

直到十指都插滿了針，白硯平感覺無處下手，潘又斌才接過鋼針，上下瞅了瞅，捏起長生胸前的凸起，將手裡的鋼針貫穿而過。

長生漂亮的頭顱往後仰，瞬間繃緊了身軀，喉嚨中發出短促的的氣流聲。

潘又斌彎下腰，一手撫著長生被汗水浸濕的鬢髮，一手按摩他緊繃的肩膀，語調甚至稱得上溫柔體貼。「放鬆些，小心抻傷了筋絡。我說過的，你身上每一寸皮膚我都瞭若指掌，沒有人比我更清楚你哪裡最怕疼、哪裡最敏感……你說是不是，我的小顧大人？」

白硯平看著長生胸口上的鋼針隨著身體的起伏輕輕顫動，針尖滴落一滴豔紅的血珠，落在白皙如玉的胸膛上，不禁覺得口乾舌燥，躍躍欲試。

「另一邊讓我來。」他獰笑著又拈起一根鋼針。

須臾，扎針都扎得手瘐的白硯平停下來。「小顧大人的嘴也太硬了，這麼整他都不開口求饒，你是不是把他弄成啞巴了？」

潘又斌眼裡滿是饕餮的滿足。「假如那麼容易服軟，就不是小顧大人了，這樣才更有趣。」說著將一盞油燈湊近長生的胸口，以火焰燒著露在外面的針尾。

鋼針很快變得通紅，一股皮肉燒焦的糊味傳了出來。

長生本已繃緊的身體向上彎成拱形，如玉的肌膚滲出一層汗珠，在火光下閃著晶瑩的光澤。

白硯平兩眼放光，讚嘆不已。「還是你法子多，我來試試。」

他接過潘又斌手裡的油燈，去炙烤各處的鋼針，周而復始，樂此不疲。

長生猛地從半空中墜落在刑床上，頭一歪，昏死過去。

潘又斌冷笑著拍著他的面頰。「小顧大人，這才到哪兒？花樣還多著呢。」

說著他捏住插在長生胸口已經冷卻的針尾，「嗖」地一下把針拔了出來。一串血珠飛濺在空中，落在潘又斌臉上，他伸出舌頭舔了舔面上的血滴，猶如猙獰的魔鬼。

王庭辛才剛吐完胃裡的東西，又聞到皮肉的焦味和濃郁的血腥味，忍不住又吐起了酸水。

白硯平拉過渾身癱軟的他。「有完沒完？打進門起你一直吐到現在，看到點血就怕成這樣。趁他還沒被潘公子大卸八塊、絞成肉糜，讓你拔個頭籌。」

王庭辛白著臉擺擺手，虛弱無力地道：「你饒了我吧，身子都吐軟了，成不了事的。」

白硯平悻悻地放開他。「瞧你那點兒出息，將來可別後悔。」

新的一輪折磨又開始了。漸漸地，周遭的一切都遠離自己，長生已經感覺不到身上的疼痛，他的靈魂彷佛已經擺脫了肉體，站在一旁冷眼旁觀。

一道光束出現在眼前，好像一座橋梁直通天際，盡頭是一座煙霧繚繞、鳥語花香的仙島，島上種植著粉色和金色的花朵，輕風拂過，花蕾紛紛搖曳著，花瓣舒展，花朵瞬間綻放，如雲錦一般鋪滿地面。

高大的菩提樹枝葉繁茂，巨大的樹冠延伸到整個島嶼，金色的陽光照射在枝葉上，折射出斑斕的光點，葉間有五彩的百靈鳥在高聲歌唱。

長生被眼前的美景吸引，漫步走進光束，天空中響起空靈的歌聲，聖潔而莊嚴。

他身上的傷痕都不見了，赤裸的身體也穿上輕軟的白色衣服，周身暖洋洋的，好像浸泡在溫泉水中。

遠方的仙島上出現了熟悉的身影，父親和母親在菩提樹下並肩而立，潔白的衣袂隨風輕舞，身上籠罩著朦朧而柔和的聖光。父親臉上帶著一貫溫和的微笑，母親也是笑容滿面，依偎在父親身旁向他招手。

長生心生寧靜，唇角也不禁揚起，步履輕快地向父親和母親走去……

這時耳邊忽然響起趙大玲哽咽的聲音。

「不要死，長生，求求你，一定要活下來，你要是死了，我也不活了……」

長生猛地一震，不由退後一步，光束倏地不見了，仙島和父母的身影也隨之消失，他又跌入無邊無際的痛楚之中……

第十九章　故人

宣讀聖旨的禮官是禮部尚書齊錚，他興沖沖地來到京郊的營帳，誰料卻被告知晉王殿下外出未歸，要他稍等。

接旨還能「稍等」，這不是公然蔑視皇權嗎？齊錚的臉比鍋底還黑，可礙於晉王的威名，只能壓下火氣。

他在營帳中喝完兩壺涼茶，還是不見晉王的身影，不禁拂袖站起身。「晉王殿下這是什麼意思？是想抗旨不遵嗎？」

副將李烈是個粗人，搓著手不知所措，只能一個勁兒地作揖。「煩請齊大人再多等一會兒，末將已經派人去找殿下了。殿下想來是被什麼事絆住，這會兒肯定正往回趕呢。」

齊錚舉著聖旨又等了小半個時辰，才見晉王未著鎧甲軍服，也沒穿親王正裝，只穿著一身普通的半舊衣裳匆匆趕了過來。

齊錚冷笑。「晉王殿下好大的架子，下官知道殿下不把下官放在眼裡，可是下官此番帶著聖旨前來，聖旨在此，如聖上親臨，殿下這個下馬威真是膽大妄為。」

蕭翊連稱不敢，趕緊跪在地上，山呼萬歲。

齊錚黑著臉宣讀了聖旨，聖上封晉王為威武大將軍，賞銀萬兩，賞地千畝。

侍蕭翊接過聖旨，齊錚冷然道：「恭喜殿下得封威武大將軍，但今日之事下官必會如實回稟聖上，請聖上定奪。下官既為司禮官，有必要提醒殿下一句，明日卯時百官會在南城門外迎接殿下率領得勝軍隊回朝，還望殿下鄭重視之。」言罷拂袖而去。

李烈上前，滿臉憂色地道：「據聞這位齊錚大人最是鐵面無私的，他肯定會向聖上稟報殿下延誤接旨的事，恐怕朝中言官不會放過此事。」

蕭翊神色嚴峻。「管不了那麼多了，快去找營裡最好的軍醫來，有個人亟需醫治。」

傍晚時分，心急如焚的趙大玲終於等到蕭翊派來的侍衛。

「殿下讓我來告訴姑娘，請您放心，人已經救下，現在正在殿下的營中。」侍衛恭敬地向趙大玲道。

緊繃的心弦終於放鬆，趙大玲差點癱軟在地上，心中一千一萬個不敢問，最後還是忍不住顫聲道：「他……還好嗎？」

侍衛臉上一變。想起當時隨晉王闖進潘府的刑室時看到的血腥場面，那種不是為了取人性命，而是純粹為了折磨的虐待，讓久經沙場、看慣生死的侍衛也不禁露出不忍的神色，遲疑了一下方道：「身上有傷，不過殿下已讓營中的軍醫醫治。」

趙大玲看到侍衛的神情，一顆心跌到谷底，心痛得連呼吸都覺得難以忍受。雖然早知道長生即便得救也不可能毫髮無損地全身而退，但是親耳聽到這個消息，還是讓她心痛欲絕。

侍衛見她神色淒婉，不禁安慰道：「那軍醫都是醫治外傷的高手，再重的傷勢在戰場上都是見過的，況且那人身上多是皮外傷，折磨他的人小心地避開了所有要害和致死的部位，應是沒有性命之憂，姑娘不必擔心。」

是的，他們當然不會那麼快讓他死，他們是要留著他的命一點一點地折磨他，好在他還活著，這已經是最大的好消息。

齊錚回宮後，將晉王延誤接旨、讓他等了半個多時辰的事如實向聖上彙報，這邊事情還沒說完，慶國公又老淚縱橫地要求面見聖上，一把鼻涕一把眼淚地訴說晉王蕭翊帶著幾名侍衛硬闖進慶國公府，打傷了他的獨子潘又斌，說完還直呼請聖上做主。

就連皇后潘氏也來到聖上跟前，不依不饒地加油添醋。

聖上一時龍顏大怒，罵了聲「逆子」，將面前的杯盞掃落在地。

第二日，晉王早早地穿戴好威武大將軍的厚重鎧甲，等著百官前來迎接，誰料在太陽底下站了兩個時辰，衣服都被汗水浸得濕透，才拖拖拉拉地來了幾名官階不高的大臣。

大軍在民眾的夾道歡呼聲中入京，晉王卸下鎧甲，顧不得換衣服就到宮中謝恩叩拜，又在宮門口等了一個時辰才聽聖上跟前的首領太監說聖上聖體違和，抱恙在床，只讓蕭翊面向寢宮叩拜了事。

與此同時，彈劾晉王的奏章如雪片般遞到聖上面前，羅列出的罪名足有幾十條，不敬聖上、藐視朝廷、羞辱朝臣、目中無人、狂妄自大……

礙於蕭翊剛立下戰功，聖上的封賞不可朝令夕改，因此所有彈劾晉王的奏章都被聖上扣下，未在朝堂上公示。但由於群臣激憤，聖上取消了原本要在宮中舉辦的慶功宴，讓蕭翊回晉王府閉門思過，也算是安撫了慶國公，進而不損皇后潘氏的顏面。

而這件事的最大獲利者便是太子蕭衍。原本他還因為蕭翊立此戰功，心中頗為煩惱，只因蕭翊是先皇后的幼子，在朝中威望很高，先太子蕭弼病逝時，擁護蕭翊為太子的朝臣不在少數，母后和潘氏一族好不容易將自己推上太子寶座，可他總覺得這個位置坐得不甚安穩。只要有蕭翊在，他始終是自己最大的威脅。

剛巧碰上烏國進犯，他特意遊說擁護自己的朝臣向聖上推薦蕭翊是最適合帶兵打仗的人選。他想著，只要遠離京城，製造些意外是輕而易舉的事。

誰料蕭翊命大，竟然躲過自己派去的死士的追殺，而且不到一年的工夫就打得烏國節節敗退，再無侵犯大周邊境的能力。這次班師回朝，在民間和朝堂間的威望空前，竟被世人奉為「戰神」。

蕭衍感到前所未有的壓力，唯恐身有戰功的蕭翊會撼動自己好不容易建立起來的根基，沒想到蕭翊自毀長城，不但在父皇和朝臣面前狠狠地丟了臉面，還被禁閉王府，這可真是意外之喜，他唯一能想到的就是他這個同父異母的弟弟打仗把腦袋給打傻了。

受皇后潘氏所託，蕭衍還特意到慶國公府探望被蕭翊打傷的潘又斌。

看到自己的表弟被打斷了三根肋骨，躺在床上呻吟，蕭衍也頗為氣憤。「那三小子是瘋了嗎？好好的跑到你府裡打你做什麼？」

潘又斌陰沈著臉，恨恨地拍著床鋪。「還不是為了顧紹恆？」

那日蕭翊帶著幾個侍衛直闖慶國公府，指名道姓要找潘又斌，府中有幾個僕從認識晉王，趕緊去通知潘又斌，誰知那晉王見了面就開打，一點兒情面也不講，還要脅著他進到刑室，將顧紹恆帶走。

潘又斌氣得兩眼冒火。這人才到手一會兒，還沒來得及盡興就又丟了，自己還挨了一頓揍，這口氣實在是嚥不下。

「顧紹恆？」蕭衍一驚。「他不是被貶為官奴了嗎？怎麼還興風作浪？」

「我把他抓到我府上來了，蕭翊那小子不知怎的得到消息，像瘋狗一樣帶著人闖進來將人劫走，不但打傷我，還打了白硯平和王庭辛。」提起這件事，潘又斌更是惱火。「那兩家怕事，沒敢鬧到御前，要不然的話，肯定更讓蕭翊吃不了兜著走。」

蕭衍轉了轉眼珠，瞬間明白過來。「你不是老毛病又犯了，看上顧紹恆了吧？」

潘又斌冷笑。「不過是一個官奴，弄死了又如何？待我好了，一定把那姓顧的小子再抓回來。」

蕭衍想了想，勸阻道：「這件事若是傳出去，對你也是不利。先前父皇問起了三小子為何闖慶國公府，你爹也是支支吾吾沒好意思說明白，後來還是我隨口尋了個理由搪塞過去。顧紹恆雖是官奴，但若是莫名其妙地落在你手裡，被蕭翊那樣的有心人追究起來終是不妥，所以你還是隱忍一下。再說這個顧紹恆，本宮留著他還有用處。」

「有何用處？」潘又斌不解地問。

蕭衍笑得高深莫測。「顧彥之當年擁立蕭翊為儲君，落得個結黨營私、妄議朝政的罪名死在獄中，而顧紹恆被貶為官奴。朝中誰都知道，蕭翊和顧家關係不一般，本宮一直等著蕭翊對顧紹恆施以援手，就能乘機揭發他與朝廷罪臣勾結，誰知他還算聰明警覺，竟然一直沒有動靜，讓本宮的計謀白白落空。」

潘又斌兩眼一亮。「那我即刻去御前狀告蕭翊從我府中劫走顧紹恆。若是能借此一舉扳倒蕭翊，殿下您今後就可以高枕無憂了。」

蕭衍搖搖頭。「那樣的話，本宮擔心蕭翊會反咬你一口，說你凌虐罪臣，他是看不過去才出手相救，這件事就算父皇責備他，說到底也不算什麼大事。如今蕭翊剛打完勝仗，又被奉為威武大將軍，可謂鋒頭正健，雖然被朝臣彈劾，但還有不少人替他說話。這種情況下越發不能打草驚蛇，有道是打蛇要打七寸，本宮要的是一擊必中，用一個足夠完美的理由，徹底讓他從父皇和朝臣的眼裡消失。」

「這也不行、那也不行的，那殿下說該怎麼辦？」潘又斌洩氣地問。

「只需以靜制動。」蕭衍胸有成竹道：「以蕭翊和顧紹恆的關係，他肯定會想著為顧紹恆脫離奴籍，要想脫離奴籍，就必須要為顧家翻案，可是顧家的罪名是父皇親自御批的，蕭翊只要提出翻案的事來，必會引起父皇的反感，到時候咱們再從中運作，必定事半功倍。」

潘又斌依舊有些悵然。「倒是便宜顧紹恆那小子，竟然被他逃脫了。」

蕭衍安撫地笑笑。「顧紹恆不算什麼，不過是本宮放長線釣大魚的餌，等到魚釣起來了，魚餌自是無用，那時便將他賞給你，任憑你處置如何？」

潘又斌眯起眼，舔舔嘴唇，彷彿又嚐到鮮血的味道。「那就再多容他些時日。」

晉王府裡，下人們誠惶誠恐，連走路都輕手輕腳，生怕惹得王爺心煩。

這倒正中蕭翊下懷，索性轟走身邊伺候的人，一個人獨來獨往。好在他還未娶妃，府中雖有幾房侍妾，他也藉口心緒不佳，一概不見。

只有他自己知道不用進宮去面見皇上，簡直是因禍得福，求都求不來的好事。先別說過去的舊事人情，認真說起來，他連宮中的禮儀都不甚清楚，最怕的就是自己一個不小心在宮中露出馬腳，被聖上或是其他人發現異樣。

這時副將李烈前來求見，一進門就罵罵咧咧。

「這他娘的都是什麼事？殿下帶著大軍打了勝仗，那些個京官們竟然還沒完沒了地彈劾殿下，一群軟腳雞，就會在皇上面前瞎嚷嚷，真讓他們上戰場，肯定都是慫包軟蛋！現如今殿下不能出王府，哥幾個都為您鳴不平呢！這京城裡還不如邊塞自在，老子都嚥不下這口鳥氣，寧可回燕北喝西北風去！」

「京中不比邊塞，你們也要謹言慎行。」蕭翊呵斥了李烈幾句。

他對跟隨自己在燕北作戰的這幾名部下非常信任，他們都是他在燕北一手提拔上來的，可如今在京城，這些大老粗失去了用武之地，整日來找他抱怨，還總是替他鳴不平，讓他也頗為頭疼。

他現在最需要的是一個熟悉京中各方勢力的人能夠指點他，他不禁想起了御史府中的趙大玲，瞬間覺得灰心。沒想到還有比自己更慘的，竟然穿成了一個掃地丫鬟，看來是指望不上了。

李烈依舊憤憤不平，但本著對蕭翊的忠心和敬重，也不敢再多說什麼。

他忽然想起一事，問道：「對了殿下，兩日前您救回來的到底是何人？我怎麼聽說抬回來時已經快沒氣了。」

蕭翊想起那個滿身傷痕、奄奄一息的人，沈默了一會兒方沈聲道：「是一位故人。」

送走了李烈，蕭翊信步來到王府中一個清靜的院落，推開門，草藥的清苦味和淡淡的血腥氣傳了出來。

床榻上的人緊閉著雙眼，臉色蒼白、毫無血色，若不是他胸口細微的起伏，根本看不出這是個活人。

這兩日他暗中派人打探，得知這個人叫做顧紹恆，淪為官奴前在翰林院任侍講，正是人們口中的「小顧大人」；其父顧彥之是前太子蕭弼和晉王蕭翊的老師，也就是說，這位小顧大人與晉王蕭翊的關係肯定不一般。

蕭翊不由想起自己剛到這個異世時睜開眼睛的場景。他本名叫蕭毅，與晉王的名字讀音相同，只有一字之差。他是特種部隊的上尉，在非洲執行任務時中彈身亡，魂魄便落在了這個異世。

當時天空下著瓢潑大雨，他躺在水窪中，雨點直直地砸在他的臉上和身上，周圍是雨水濺起泥土的濕氣，還有一股揮之不去的濃郁血腥味。

他艱難地睜開眼睛，首先看到的是自己身下被血染成紅色的水窪，那一刻他還以為自己沒有死，一邊慶幸著自己命大，一邊勉強坐起身，這才發現這裡並不是自己執行任務的地方。

這是一處小山坡，樹影在狂風驟雨中瘋狂搖曳，而他的四周橫七豎八地都是死人。就算他之前是一名軍人，也沒見過這麼多的死屍。

雨水沖刷著地面，流下的泥水裡都滲著鮮血，整個山坡都是紅色的，那慘烈的場面讓他以為自己落入了地獄之中。

他知道自己受傷了，還傷得頗重，腰腹上中了一劍，兩條腿也被刀劍刺傷。為了活命，他簡單地包紮，直到這時才詫異地發現自己竟然穿著一身古代的鎧甲，頭上是綰著的髮髻，此刻鬆散地落下，長長的頭髮濕漉漉地貼在臉頰上。

在震驚與茫然之下，他翻看著地上的死屍，一半穿著黑色的夜行衣，一半穿著跟他相似的鎧甲。好不容易他找到一個身穿鎧甲、唯一一個還剩下一口氣的人，那個人見到他，滿是血污的臉上露出狂喜的表情。

「殿下……您還活著！」

殿下是什麼鬼？他壓下滿心的疑惑，替那個人做了簡單的包紮，可那個人胸口中了一劍，再偏一釐米就會刺中心臟，此刻由於失血過多，已是奄奄一息。

「殿下……屬下知道您要趕回京城救小顧大人……但只有您保住自己的性命……才能救得了他……」

那人斷斷續續地向他說完後就死在他的面前。這麼詭異莫名的境地，讓他茫然不知所措，隱約明白自己是落入了古代的時空，這大概就是那個時髦的「穿越」吧。

他找遍自己的身上，只找到一個可能與現在身分有關的東西。那是一個壽山石的印章，上面刻著「蕭翊印」三個字。

他離開那個如煉獄一般滿是屍體的山坡，拖著受傷的腿想先找一個能藏身的地方，沒想到走沒幾步就遇到一隊穿著鎧甲的人馬，那些人畢恭畢敬地稱他為「晉王殿下」，讓軍醫替他療傷，又將他帶回兵營。

他沈默了很長的時間，大家都以為他受傷過重，不願說話，事實上他只是不知道身在何處、不知道自己是誰，也不知道該說什麼。

他花了兩個月的時間恢復，也在這段時間裡搞清楚目前的處境和身分。

這是一個架空的朝代，國號「大周」，他是皇帝的三皇子——晉王蕭翊，現在身在燕北的邊境禦守邊關，對抗烏國的進攻。

兩個月前，蕭翊帶領自己的貼身侍衛出行時遭到不明人士的伏擊，他的侍衛都死了，只有他一個人活了下來。至於是誰伏擊他、為什麼要他的命，他都一無所知，唯一知道的是，蕭翊要回京城去救一個叫「小顧大人」的人，卻在途中丟了性命。

雖然他躺在病榻上，卻也能感覺到周圍人對他的窺視和刺探，如今身邊沒有可信賴的人，那些據說對自己死忠的侍衛都死在了山坡上。沒有人告訴他應該怎麼頂著這個身分在這異世上活下去，他只能摸著石頭過河，其中的惶恐和艱險真的是不願回想。

好在是在邊關，天高皇帝遠，他又是高高在上的王爺，這大半年竟也讓他蒙混過來了，沒有出什麼明顯的紕漏。

只是這半年中，他看到烏國對邊境百姓的騷擾，燒殺奸掠，無惡不作，這激起了他身為軍人的鬥志，他開始融入這個朝代，培育像李烈那樣的親信，以現代化的軍事理念管理軍隊、改造兵器，教士兵近身搏擊的技巧，半年的時間就擊退烏國，殲滅了他們大部分的騎兵，並一舉將烏國的散兵游勇趕回烏國境內。

雖然戰爭取得了勝利，可一道讓他回京接受封賞的聖旨卻讓他徹底發了懵。

京城對他來說是權力的中心，更是自己這個身體的父母、親人所在的地方。他不是沒考慮過隱姓埋名、亡命天涯，或者是占山為王，自立天下，但是都被現實否定了。

他可以跑，可他在燕北提拔的部下怎麼辦？他們會因為他的逃跑而受到牽連。且就目前的情形來看，造反也不夠實際，畢竟他對這個時空和朝代都不瞭解，真打起來容易腹背受敵，勝算極小，所以他只能率領大軍回來，走一步算一步。

而京城裡他最想見的人就是「小顧大人」，他迫切地想知道以前的蕭翊和這位小顧大人是什麼關係？為什麼拚了自己的命也要救他？

只是沒想到他到京城的第一天，還沒來得及打聽誰是「小顧大人」，就這麼陰差陽錯地找到了奄奄一息的他。蕭翊覺得身體的原主在冥冥之中給了他這個指引，那個人雖然身已亡，卻留著這個至死難棄的執念，讓他幫助自己完成了心願。

他在心中默唸：「蕭翊，你可以安息了，你拚死相救的人我已經替你救下。」

一陣風吹過，樹葉沙沙作響，枝條輕輕搖擺，彷彿是那人的亡靈在向他點頭致謝。

只是目前來看，這位小顧大人的情形很不好。

「他的情況怎樣？」蕭翊問隨侍在側的軍醫。

「還是老樣子，不言不語，整個人都跟癡傻了一樣，最難辦的是這個人根本不容旁人近身，為他換個藥都要幾個人按著他。在下擔心他會不會是傷到了腦子？若是頭腦受損，在下也是無能為力。」軍醫也是束手無策。

蕭翊想到當時衝進刑室的情景，神色也是一黯。「那幾個畜生根本沒把他當人看，大約是受的傷太重，以至蒙蔽了心智。」

軍醫看了看時辰。「王爺請移步，在下該給他的傷口換藥了。」

蕭翊站著沒走，揮揮手只讓軍醫自去準備。

幾個五大三粗的僕役進到屋內，還未接近床榻，床上的人一下子就睜開了眼睛。

他眼中空茫茫的沒有一絲神采，目光毫無焦距地落在床帳頂部。

幾個人上前按住他的手腳，他突然無聲地掙扎起來，渾身激烈地扭動著，全然不顧滿身的傷痕。

他那麼瘦弱，幾個強壯的成年男子都幾乎按不住他，傷口迸裂開來，殷紅的血液沾染到床上的被褥，直看得一旁的蕭翊都心驚膽戰。那種不要命的掙扎，他都怕他會扭斷自己的骨頭。

軍醫手裡拿著一罐金創藥守在一旁，只能見縫插針地在他的傷口上塗抹，最終藥抹完了，那人也力竭地癱軟在床上，大口喘著粗氣，瘦得可看見胸骨輪廓的胸膛鼓起又塌陷下去，彷彿瀕死的魚。

軍醫又讓人換了染血的被褥，才愁眉苦臉地對蕭翊道：「殿下，在下已經給他用了最好的金創藥，但是每次換藥，傷口都在劇烈掙扎中迸開一次，就是神仙藥也治不好他。」

蕭翊也覺得棘手。照這種情形，這個人即便被他從潘又斌的手裡救了出來，也活不過三、五日。

他走到離床三步遠的地方，床上的人感覺到有人靠近，又繃緊了身軀。

蕭翊目光一閃，看到他的手裡緊緊握著一張紙，上面沾染著鮮血，已經被握得軟塌塌的。

「他手裡拿的是什麼?」蕭翊問旁邊的軍醫。

「他一直握著,我也掰不開他的手,想給他受傷的手指上藥也上不了。」軍醫無奈地道。

蕭翊從露在手指外的紙上隱隱看到暈染的墨跡,依稀是一個「雲」字。

他低頭想了想,沈聲道:「也許只有她能救他。」

對趙大玲來說,這幾日彷彿度日如年。

三小姐那邊打探不出什麼消息,她像是被關在一座孤島上,而長生被隔絕在孤島之外。這種感覺煎熬著她,讓她就像行屍走肉,人也迅速地枯萎下來。

友貴家的心疼閨女,煮了雞蛋剝開塞在她手裡。「大玲子,妳也別光惦記長生,妳不是說他已經被人救下了嗎?長生那孩子命大,跟野草似的韌勁足。妳想想,他第一次到御史府的時候都快沒命了,不是也活過來了嗎?這一次他被劫走也就一個時辰的時間,不會有什麼大礙的。」

趙大玲手一抖,雞蛋掉到了地上。一個時辰是多少分、多少秒,多少的痛苦和煎熬?一個時辰足夠毀掉一個人的身體和意志,足夠讓一個人痛不欲生、生不如死,而長生竟然就這樣度過了生命中最艱難的一個時辰。

就在趙大玲覺得自己快要崩潰的時候,晉王府的馬車來到了御史府。蕭翊不能離開王府，便派侍衛把長生送回來。

一來，顧紹恆畢竟是官奴，即便他是親王，也不能不經官府的批准隨意將人留在自己的府中；二來，從各方的訊息可知，以前的晉王蕭翊和顧紹恆肯定關係匪淺，這個時候自己更應該避嫌，不能讓人抓到小辮子；三來，也是最重要的，他救不活顧紹恆，將他送回趙大玲身邊也許是他最後的活命機會。

他將顧紹恆送回御史府，還帶來一車的傷藥和補品，指明要將人交給掃地丫鬟趙大玲照料，並在暗中安排幾名侍衛守在御史府外，保護小顧大人的安全，防止潘又斌之流再來作惡。

柳御史一見到面若金紙的顧紹恆，不禁倒抽了一口涼氣。

這才三兩天的工夫，怎麼就成了一隻腳邁進棺材的模樣了呢？

對於晉王將奄奄一息的顧紹恆送回來這件事，他覺得誠惶誠恐。多年在官場上打滾的經驗，早已訓練出他敏銳的直覺，他知道自己被拖進了渾水裡。

先是慶國公世子將顧紹恆帶走，後是晉王來找人，然後朝廷鋪天蓋地的彈劾晉王延誤接旨，慶國公又哭訴晉王打傷了自己的兒子，以致聖上讓晉王閉門思過。

雖然現在還沒有明確牽扯到自己，但是柳御史知道這也是早晚的事，世上沒有不透風的牆，聖上遲早會知道晉王延誤接旨是跑到自己府中喝茶來了。

而這一切的源頭就是面前半死不活的顧紹恆，也是自己運氣背到極點，顧紹恆竟然送到自己府裡。柳御史有種山雨欲來的感覺，現今晉王不能出王府，潘又斌又受傷臥床，都一時騰不出手來找他這個御史的麻煩。

他急得團團轉，跟自家夫人汪氏商議道：「這人眼看著是不行了，若是死在咱們府裡，只怕晉王和潘世子兩邊都不好交代。」

汪氏勸道：「晉王不是也指明了讓趙大玲照料他嗎？之前我請到府裡作法的道長丹邱子就說那趙大玲不是凡人，我看那丫頭多多少少是有些邪門的。要我說，不如就將顧紹恆交給她，說不定她真能救活他呢，即便死了，也可以說是謹遵了晉王殿下的安排。」

柳御史想想，確實是如此，遂讓人將長生抬到府中。

趙大玲得到消息趕了過來。雖然只有幾天的時間沒見到長生，但她覺得就像有兩個世紀那麼長。

屋子裡站了許多人，但她的眼裡只有長生。她一眨不眨地盯著他，慢慢走近床邊。

隨行的軍醫上前攔住她。「姑娘小心，這位公子不喜歡別人靠近，尤其不喜別人的觸碰，每次換藥都會掙扎。」

趙大玲置若罔聞地來到長生身邊。軍醫吃驚地睜大眼睛，因為床上的人竟然沒有絲毫的反抗，依舊安靜地閉著眼睛。

趙大玲拉起長生瘦骨嶙峋、傷痕遍布的手，眼淚滑下面頰，落在他的手上。她努力揚起笑容，輕聲道：「長生，我知道你一定會回來的。」

在趙大玲的堅持下，長生被送回了自己的柴房，因為她知道長生會希望自己身處在熟悉的環境中。

柴房裡，長生躺在鋪板上，雖然面色依舊蒼白如紙，卻神色安詳。

「好好的孩子，怎麼幾天工夫就被打成這樣？」友貴家的也想過來幫忙，可未等她靠近，長生忽然掙扎起來，好像被一隻無形的巨手扼住了喉嚨。

軍醫趕緊攔住友貴家的，簡單說了一下長生受了刺激，不讓人靠近的狀況。

友貴家的聽得心驚肉跳，馬上聯想到當日若是大玲子被那幾個畜生帶走，立刻嚇出一身冷汗，後怕不已。

怎麼說都是長生替自家閨女擋了一災，友貴家的心中感激，一拍大腿。「我給他熬粥去！」

趙大玲謝過軍醫，仔細詢問了長生的傷勢，又問清楚所有藥物的療效和使用方法，便遣走了所有的人，自己留下來照顧他。

人都走光後，她關上柴房門，回到長生身邊，揭開他身上的被子，又脫掉鬆垮地套在他身上的裡衣。

她動作輕柔地將他身上纏著細棉布的繃帶一圈圈解開，想到上次給長生換藥的時候，她還遮遮掩掩的不好意思，而這一次，長生好像初生的嬰兒般裸裎在她眼前，她第一次如此直接地面對一個成年男子的身體，卻沒有羞澀的感覺。

在她的眼裡，長生如此乾淨聖潔，面對他，不會有一絲褻瀆之心。

他身上的傷口細密，卻沒有上次那樣嚴重。那些折磨他的人果真很小心，施虐時都避開了他的要害。她看到左肋骨和大腿上有兩處撕裂的傷痕，傷口周圍有燒焦的痕跡，肯定是當時怕他失血過多而在傷口處烙燙過的。

面對他身上觸目驚心的傷痕，趙大玲沒有哭泣，她冷靜得連自己都覺得不可思議，一處處地審視他的傷痕，又仔細地用清水擦拭他身上每一處的創傷，然後按照軍醫的指示，在破損的地方塗上金創藥，燒傷的部位塗上獾油，又將幾處嚴重的傷口用乾淨的細棉布纏上。

整個過程，長生都一動不動，睡得像個孩子一樣安穩，由著她為他療傷。

最後趙大玲拿出一身乾淨的衣服。輕輕套在長生的身上，她知道，長生總是害羞，喜歡將自己遮得嚴嚴實實。

處理完他身上明顯的傷痕，她這才注意到他的手。他的手指紅腫，指尖都破損發烏，有幾隻手指的指甲也翹了起來。她用清水為他洗了手，塗上金創藥，又用布條纏繞，然後將他包紮好的手放在身體旁，再去拉他裡側那隻手。

那隻手露出來的時候，趙大玲也是一怔，只見他的手裡緊緊握著一張紙，紙片已經破損不堪。

趙大玲輕扳他的手指，柔聲道：「長生，鬆開手好不好？你這隻手的手指也有傷，不塗上藥膏會感染的。」

緊握了兩天的手終於打開，露出一張被捏爛的紙團，好像一團紙糊黏在他的掌心上。

她費力地將紙團從他掌心取下，小心翼翼地展開，紙片零零碎碎，上面的墨跡已經暈開，還沾染著斑斑血跡，幾乎將字跡全部蓋住，但她仍認出那是自己寫的字——

浮雲長長長長長長消。

當時她讓長生幫她寫店鋪的章程，就是以這副對聯利誘他的。熬了一個晚上，章程寫完了，她拿過筆在紙上寫下了這幾個字，沒想到這張字條被長生珍藏起來，一直留到現在。

方才看到長生一身傷勢時，她沒有哭，此刻卻撲在長生的身上哭得肝腸寸斷。

「長生、長生……」她叫著他的名字，恨不得將自己揉進他的骨血裡。

第二十章　夢境

在趙大玲的精心照顧下，長生身上的傷口漸漸結痂，只是人還沒有清醒過來。如今他一天要睡將近十個時辰，清醒的時間很少，即便醒著也不言不語。

趙大玲捧著他的頭，看著他的眼睛，看得到他瞳孔中自己的倒影，卻看不到他眼中本來的神采。他的眼神渙散而空茫，原本清澈如水的雙眸此刻好像被一層迷霧遮住了，不僅遮住他的視線，也遮住了他的心神，以及跟外界的聯繫，他彷彿迷失在心靈的迷宮中，無法走出來。

但是他很乖、很聽話，趙大玲給他吃的他就吃，給他喝的他也會乖乖地喝下，安安靜靜，不言不語。只是有一樣，他不許別人靠近他，連友貴家的和大柱子也不行，只有趙大玲可以待在他身邊，給他換藥療傷，甚至是餵飯、擦身。

友貴家的看不過去。「玲子，雖說老爺讓妳照顧他，可也沒讓妳這麼貼身伺候他呀，妳一個大閨女，整日跟個男人待在一個屋子裡算怎麼回事呢？這以後可怎麼辦啊？」

「不怎麼辦，他好了，我嫁給他；他不好，我伺候他一輩子。他要是先走了，我就絞了頭髮當姑子去。」趙大玲打了一盆水，將長生的頭搬到自己的膝蓋上，他的頭髮從她的腿上垂下，漂浮在水盆裡，好像一疋黑色的錦緞。

她淋了些清水在長生的頭頂，將香皂抹在他的髮根上輕輕搓揉。

友貴家的倒吸一口涼氣。「可了不得了，妳給他擦洗、上藥就算了，怎麼還讓他躺妳腿上，妳還要不要做人了？」說著就要衝過來。

趙大玲一邊用清水將泡沫洗去，一邊告訴友貴家的。「娘別過來啊，您一靠過來長生就會亂動，他一動可就真滾我懷裡了。」

友貴家的生生止住腳步，拍著大腿哀嗚。「作孽啊，妳這孩子也太拗了，哪有大閨女上趕著摟著爺們的！」

「娘，您別勸我了，都是我害了他，要不是我把他的字跡流露出去，也不會引來那些人。當時是他挺身而出救了我，不管是因為贖罪、報恩，還是因為我本來就喜歡他，我都跟定他了。再說本來大夥兒就都說我是狐狸精，頂著這樣的名號也沒人敢娶我，如今照顧長生，更會讓府裡的人說三道四，乾脆您讓我嫁給他得了，也好名正言順。」她一邊說著，一邊用乾布巾擦乾長生濕漉漉的頭髮。她知道長生愛乾淨，所以總是把他打理得很清爽。

友貴家的驚得踉蹌一步。「閨女，妳可想清楚了，長生的身分是官奴，又有過以前的這些事。其實娘對長生沒有成見，怎麼說都是他救了妳，但妳跟了他，不怕一輩子被人戳脊梁骨嗎？」

「不怕。我喜歡他，我願意跟他一輩子。」趙大玲認真道。「娘，我知道您對長生的身分不滿意，不想我嫁給他，我也知道您都是為了我好，怕我跟著他吃苦。可是娘，其他的事我都可以順著您，唯有這件事，我要自己做主。」

「女大不中留，留來留去留成愁！」友貴家的悲憤不已，掩面而去，一晚上在床上翻來覆去睡不著覺。

第二天一早，友貴家的頂著黑眼圈向趙大玲發狠道：「這窮小子也沒什麼彩禮，這些就都不論了，只有一樣，需得等到他好索利了再訂親；再者妳也知道府裡的規矩，這事還得回稟過夫人，過了明路才作數。妳也還小，才滿十六，等過兩年到了婚配的年紀，我便去求夫人，請夫人替你們做主。」

趙大玲沒想到友貴家的真的同意了，又哭又笑，含著眼淚對友貴家的道：「娘，謝謝您！」

「謝個屁啊，妳當老娘是心甘情願的嗎？妳天天伺候他，都端屎端尿了，我不讓妳嫁給他，妳還能嫁給誰去？難道讓老娘養妳一輩子不成？」說著不禁悲從中來。「怪不得世人都願意養兒子，閨女就是賠錢貨，胳膊肘都是往外拐的。」

現在友貴家的怎麼罵她，趙大玲都不會在意。「娘，您放心，我和長生一定讓您和柱子過上好日子。」

「呸，還好日子呢，老娘是越混越回去了。最早是老夫人跟前的丫鬟，體體面面的，嫁給妳爹沒過幾年舒坦日子，妳爹就撇下咱們娘兒幾個撒手走了，淪落到外院廚房做了廚娘，天天起早貪黑，沒日沒夜。好不容易把你們姊弟倆拉拔大了，妳倒好，找了府裡最末等的下奴，一輩子翻不了身。老娘就是命苦，生下妳這麼個賠錢貨，我現在只能把希望放在柱子身上了，但願他將來有出息，還能拉妳一把……」

友貴家的一邊罵，一邊將一碗加了雞蛋的湯麵放在趙大玲面前。「快端去吧，讓他快點兒吃，快點兒好，別跟木頭似的整天躺著，光吃飯不幹活，我這兒堆了一堆的木柴等著他劈呢。咱可醜話說在前頭，他要是好不起來，就別想娶我閨女。」

趙大玲知道友貴家的就是刀子嘴豆腐心。她其實是心疼長生的，只是這種心疼和關愛都要透過罵人的方式表達出來。

趙大玲回到柴房，見長生醒著，半垂著眼睛，長長的睫毛覆在眼簾上，她扶他半靠在牆壁上，又在他的腰後墊了一塊墊子，這才餵麵條給他吃。

「長生，你聽見了嗎？我娘同意咱們的親事了。你知道的，雖然嚴格來說，她只是趙大玲的娘，但是我也拿她當娘看，也很在意她的想法。只是好抱歉，我都沒有問你的意見就說非你不嫁，你不會不願意的對不對？」

長生安靜地吃著麵條，沒有一絲回應。

趙大玲也不氣餒，這幾天她一直這樣跟他說話，也不管他是否聽得見。「長生，我也覺得自己很過分，欺負你現在不說話，就跟我娘說了咱們的親事，要是你好了以後不願意娶我，我娘肯定會拿刀滿院子追你的。不過，雖然你沒有說過，但我知道你是喜歡我的，有時候兩個人互相喜歡，不需要說出來，對方也能感覺到，你也一定能感覺到我喜歡你。我自己都不知道是從什麼時候開始的，也許是在你從黃茂手裡救我的時候，也許是你幫我宰雞宰鴨的時候，也許更早，在你還不言不語卻由著我叫你『長生』的時候。你呢？長生，你是什麼時候喜歡我的呢？讓我猜猜看，是不是跟我對對聯的時候？還是我每次在你耳邊鼓噪，可勁兒地顯擺我所處的那個時空文化的時候？

「長生，你知道嗎？有的時候我會擔心，你會不會只是因為我跟這裡的姑娘不一樣，所以對我感到好奇？這種好奇是真正的喜歡嗎？如果有一天，我將我所有知道的新奇事都說完了，你還會願意跟我聊天，願意聽我沒完沒了的說話嗎？長生，我要聽你親口告訴我。」

長生吃下半碗麵條便不再張嘴，趙大玲給他喝了點兒水，讓他躺下來，揭開被子輕輕按摩他的雙腿，怕他整日躺著會肌肉萎縮。

長生閉上了眼睛，不一會兒呼吸綿長，又睡著了。她伸手拂開他額頭上的碎髮，俯身將臉頰貼在他的面頰上，嗅著他身上清爽好聞的氣息。

「長生，你為什麼這麼完美，完美得讓我自慚形穢，完美得讓我心疼。」眼中有淚湧出，濡濕了長生的面頰。

天氣好的時候，趙大玲會將長生帶到屋後的空地，避開府裡的人曬太陽。

他坐在大柱子搬來的一張破椅子上，全身沐浴在陽光之中，身影顯得單薄而透明，好像隨時會羽化成仙一樣。

雖然已是暮春初夏，但是長生的身上還是冰涼的，趙大玲怕他冷，便將一床薄被搭在他的身上。

大柱子不敢靠前，只站在十公尺外的地方對長生喊道：「長生哥，我今天給你種的菜園澆水呢！你看，菜都長出來了，娘說再過半個月就能摘下來炒著吃了。」

大柱子喊得口乾舌燥，也不見長生回應，撇嘴要哭。「姊，長生哥不理我呢。」

趙大玲胡擼了下大柱子的頭頂。「你長生哥都聽得見，記在心裡了，只是現在他不說出來而已。你乖乖去把你長生哥教你的文章背熟，等他好了背給他聽，他肯定歡喜。」

「嗯。」大柱子乖乖應了，一步三回頭地進屋背書去。

趙大玲搬了個小板凳坐在長生身邊，雙手托著臉，被太陽曬得瞇起了眼睛。

「長生，夏天就要到了，這裡的夏天是不是很難熬啊？沒有空調、沒有風扇、沒有霜淇淋，想想就覺得很痛苦，不過幸虧有你。」她拉起長生的手貼在自己的面頰上，愜意地閉上眼睛。「你的手很涼，很舒服。」

面前的陽光突然被陰影擋住，趙大玲警覺地睜開眼，就看到一個道姑站在前方。

她背對著陽光，一時看不清長相。趙大玲放開長生的手，緩緩站起來，這才看到這道姑大概五十開外的年紀，長眉鳳眼，神態安詳，穿著一件杏黃色的道袍，手中拿著一柄拂塵。

因為丹邱子說她是妖孽，還差點兒用陣法燒死她，讓她對道姑印象不大好，她上前一步擋住長生，戒備地看著面前的人。

來人微微一笑，將拂塵擺到臂彎上，單手豎掌。「這位施主便是貧道那徒兒口中的妖孽吧？」

趙大玲怔了一下，隨即反應過來。「道長就是玉陽真人？」

「正是貧道。貧道在玉泉山閉關修行，期滿出關，便如約而至。」玉陽真人語氣既慢又穩，讓趙大玲的心也不由得平靜下來。

「多謝上回真人搭救之恩。」趙大玲向玉陽真人行了一禮。

玉陽真人緩緩道：「我那徒兒信誓旦旦說在御史府中發現了妖孽，但貧道在紫金山巔卜了一卦，御史府內並無穢物邪魅，便讓她先放過妳。今日前來也是為了打探實情，若妳真如丹邱子所言是妖孽，即便我與顧彥之大人曾有約定，放過妳一次也不會放過妳第二次。」

「那真人看我可是妖孽？」趙大玲心中仍有些忐忑。誰知道她們對妖孽的定義是什麼呢？

玉陽真人眼中精光一現，趙大玲只覺得魂魄都晃了一下，那種感覺和在丹邱子的火御寒冰陣中一樣，甚至還要強烈幾十倍。不過只一恍惚，那種感覺就消失了，趙大玲恢復了神智，感覺後背的衣服都濕透。

玉陽真人一直波瀾不驚的臉上也顯出幾分訝異。「沒想到這世上真有漂泊的遊魂，怪不得我那徒弟說妳異於常人。只是她道法不精，未能窺得天機，便拿妳當作妖孽了。」

趙大玲見玉陽真人已經看透自己的底細，便不再隱瞞。「我本來生活在另一個時空，卻在我的時空裡遇到意外，我以為我已經死了，結果睜開眼發現自己變成了這個時空裡的趙大玲……」她忍不住補了一句。「我跟這裡的人是一樣的，只是魂魄來自不同的地方。」

玉陽真人思忖了一下才道：「妳確實不是什麼妖孽，但也不屬於這裡，妳應該回到自己的世界去。我可以施一陣法，送妳回去。」

「不，我不走。」趙大玲衝口而出，急急地為自己找理由。「我穿過來的時候，原本的趙大玲已經投水自盡，我再死一次，她也不可能回來。而且我的身體在我本來的時空裡遇到了事故，早已不在，我的魂魄回去了也沒有落腳的地方，所以我根本不可能回去。」

玉陽真人面容平靜。「趙大玲陽壽已盡，早已魂歸地府。如今妳頂著她的身體存活世間已是有違天道，不如歸去。六道輪迴，即便不能承接妳原來的身體，但是妳終能回到屬於妳的地方。」

這是要她再魂穿到現代，落在不知名的人身上啊！趙大玲一陣惶恐，得益前世看過的仙俠小說，她在徨急之下脫口而出道：「仙道貴生，無量度人。真人既度天下蒼生，為何一定要我生而復死？」

玉陽真人微微一怔，唸了一聲。「無量觀。沒想到施主還有這份慧根。妳不肯走，想必還有其他原因吧！」

趙大玲猶豫了一下，還是站到一旁，將身後的長生露出來。

玉陽真人隨即了然。「他便是顧彥之之子顧紹恆吧。」說著目光也柔和了幾分。「他長得真像他的母親，不過眉眼之間也能看出他父親的影子。貧道在山中之時，聽聞顧家的變故，待趕回紅塵之中，顧家已經家破人亡。貧道本想為故人保住此子，誰料遍尋京城卻沒有找到顧公子。貧道以為他也已不在人世，未曾想他卻淪落至御史府為奴。」

「真人既是得道高人，還請真人看看，他被歹人擄走虐打之後便成了現在的樣子，他還能恢復神智嗎？」趙大玲急急地問。

玉陽真人伸出右手，長生感覺到有外人，驚覺地在椅子上直起上半身，剛要掙扎，玉陽真人的手已經按在他的頭頂上。

長生立刻呆住，如木雕娃娃一般，眼睛直直地看著前方。

玉陽真人閉目感受了一會兒，才緩緩挪開手，嘆道：「這也是他命中的劫難。此前他應該是一心求死，此念執著，所以魂魄掙脫了身體。本是必死之人，但不知為何魂魄又回來了，想來是又不想死了。他軀體仍在，魂魄卻經歷了從生到死，又從死到生，因此神智不清，五感俱失。何時能抱元守一、回復神智，就要看他的造化了。」

趙大玲心疼地將長生身上滑落下來的薄被又往上掖了掖，低聲哀求。「您也看到了，只有我能接近他、照顧他，旁人只要一靠近他就會拚命掙扎。為了他，我不能離開這裡，求真人成全。」

玉陽真人看看趙大玲，又看了看在她身旁一臉祥和的長生。「妳要留下來照顧他也可以，只是貧道警告妳，不可利用異世人的身分胡作非為，將災禍引到這個世上。」

趙大玲指天誓日了一番，玉陽真人才放過她。

這時汪氏聞訊趕了過來，誠惶誠恐道：「不知真人雲遊到此，有失遠迎，實在是罪過。」

玉陽真人淡然道：「是貧道僭越，未先到內院拜見夫人，只讓僕役通報了一聲就先來外院廚房，只因貧道實在不放心貴府這個丫鬟之事。」

「道長言重了。」汪氏搓著手，神色緊張。「不知真人可否相告，這趙大玲是否妥當？」

玉陽真人歉然道：「是貧道的徒兒學業不精，信口雌黃了。貧道剛才觀其虛影，這位趙姑娘肯定不是什麼妖孽精怪，與常人無異，只是她之前曾經投水自盡，那次雖然人救了過來，卻傷了元氣，以致魂魄不穩，被貧道的徒兒誤認為是妖孽。都是貧道教導無方，才給貴府造成困惑。」

聽玉陽真人說得如此篤定，汪氏再沒有顧慮。「真人這麼說真是折煞我等了。」又誠心誠意道：「多謝真人指點迷津，還請真人入府中一坐。」

不幾日京城中便傳開，玉陽真人現身俗世，還親臨柳御史的府邸。一石激起千層浪，京中貴冑都爭相求見玉陽真人，渴望一睹真人真顏。

玉陽真人暫時住在京郊的太清觀，丹邱子親迎師尊入觀，只是她對於趙大玲的事還是耿耿於懷。「師尊，那妖女占用了凡人肉身，早該讓她魂飛魄散。」

玉陽真人搖搖頭。「異世者倒算不上是妖，不過是一縷遊魂落在這裡，只要不妄圖逆天毀地，就由她去吧。」

丹邱子雖不服氣，卻也不敢再在師尊面前說什麼，只能換個話題。「師尊此番下山到柳御史府中，京城中都傳遍，說是御史府出了妖孽，師尊是去捉妖的，如今城中人心惶惶。」

玉陽真人嘆了口氣。「世上本無事，庸人自擾之。如此說來，倒是給御史府惹上了麻煩。也罷，妳只將消息傳出去，就說為師此番下山入世，是為了再收一名俗家弟子作為關門弟子，聽聞柳御史教女有方，柳家小姐也知書達禮，頗有慧根，所以到御史府中相看。只要傳出這樣的傳聞，就不會有人胡亂猜忌了。」

消息一出，世人奔走相告，玉陽真人要收關門俗家弟子，而且還看上了御史府的幾位小姐，有意從這幾位小姐中挑選一位。御史府一時水漲船高，幾位小姐在京中的名聲大噪，這當中首當其衝的就是二小姐柳惜慈。先有了〈蓮賦〉和幾首詩詞的聲名，後有玉陽真人親自登門，於是眾人紛紛猜測，玉陽真人看上的便是二小姐柳惜慈，此番下山再入塵世就是為了要收柳惜慈為徒。

御史府中，汪氏聽到這個消息乍驚乍喜，拉著二小姐的手道：「我的兒，若是能讓玉陽真人收妳做俗家弟子，那可是天大的榮耀。」

二小姐兩眼放光。「母親，真人真是這麼打算的嗎？」

「那當然，這可是真人親口說的。看來她那日來府中，一是為了看趙大玲是不是妖孽，二則是為了收徒之事。這府中還有誰比妳更適合做真人的徒弟？剩下那幾個丫頭哪裡上得了檯面，也難入真人的眼。妳又有這才女的名聲，看來真人弟子的殊榮是非妳莫屬了。」說著又想起一事。「聽聞聖上要為太子和晉王選妃，上次晉王來府，娘還肖想了一下，如今看來，若是妳能被選為真人的弟子，難保不會有更大的造化。」

母女二人為了這件事竊喜不已，彷彿看到那個璀璨的未來在向她們招手。

柴房裡，趙大玲抱著長生，將他挪到地上的鋪板上，又仔細給他蓋上被子。她隔著被子將他擁到懷中，他安安靜靜地，臉頰依偎著她的臉頰，彷彿睡美人一樣又昏昏欲睡。

她撫著他的面頰，不禁想起那日玉陽真人的話。長生一心求死，所以魂魄離開了身體，卻又改變主意回來了，才會像現在這樣心神無法合一。

此刻她只覺得滿心苦澀。「長生，你被擄走的時候，我曾經祈求你不要死，祈求你能活下來，可現在我忽然感到迷惑。因為這樣讓你多受了更多的苦，讓你留下來是不是最好的？我是不是應該放你走，讓你去沒有痛苦和憂愁的地方？」

她把手搭在他的肩膀上。「長生，你能活著回來我真的很高興，可是我又覺得是我太自私，讓你這麼痛苦地活著本身就是一種折磨。」

她的眼淚流下來，滴在他的肩膀上。「長生，你能聽見我說話嗎？我不知道該怎麼做，不知道怎樣才是對你好？」

回答她的只有長生均勻的呼吸和沈穩的心跳聲，那種安祥和平靜感染了她，她不禁打了一個呵欠，意識也朦朧起來。

她作了一個很美的夢，夢中長生的身影有些朦朧。他微笑著撫著她的面頰。「妳在哪裡，我就在哪裡，有妳的地方，就是最好的地方。」

在夢中，她喜極而泣抱住了長生的脖頸。「長生，你終於醒了。你不知道我有多害怕，我怕我做的一切都是在害你，我怕因為我而讓你承受更多的痛苦和傷害。」

他將她緊緊摟在懷中，輕撫著她的背，這是在現實中從來沒有過的主動和親密。

他柔聲在她耳邊說道：「不要怕，我會一直和妳在一起。」

「姊、姊！」門外大柱子的叫喊聲將趙大玲從睡夢中驚醒，她翻身坐起來，這才發現自己睡著了，剛才不過是一場夢。

她趕緊去看長生，長生閉目沈睡著，神色安詳，不知是不是她的心理作用，她覺得長生唇角隱隱帶著笑意。

門外的大柱子還在拍門。「姊，有位道長找妳。」

趙大玲趕緊起身，打開柴門，就見到玉陽真人站在門外。「貧道來看看顧公子如何了。」

趙大玲趕緊將玉陽真人讓進屋內，悵然道：「他還是老樣子。」

感覺到有陌生的人走進柴房，長生的神色不安起來，搖晃著頭，眉頭也蹙緊。

玉陽真人只能遠遠地站著。「看他的樣子，身上的創傷應該是痊癒得差不多了，只是心智還沒有恢復。」

趙大玲憂心忡忡道：「是的，他還是沒有意識。」

玉陽真人嘆息道：「他神智雖然未醒，但魂魄沒有走遠，他的魂魄也在努力控制身體，說不定一個契機就能讓他衝破屏障，甦醒過來。」

玉陽真人將幾張黃色的道符交給趙大玲。「這是安神清心道符，妳貼在他周圍，能夠讓他神思清明，有助於意念集中。」

趙大玲接過道符。「多謝真人。」

趙大玲送玉陽真人出門，真人問道：「妳既是異世者，可知在你們那邊是否盛行道教？」

趙大玲點點頭。「道教是有的，尤其是距離我所處年代的一千多年前的唐朝，把道教當作國教。後來又漸漸流行佛教，放眼世界還有伊斯蘭教和天主教等眾多教派。」

「哦？」玉陽真人頗感興趣。「本朝也有沙彌自西域過來傳教，他們都要剃度茹素。至於這伊斯蘭教和天主教又是什麼教派？」

趙大玲將自己知道的一些簡單宗教知識說了出來，玉陽真人聽得很認真，不時還會提出幾個問題，之後又說起了二小姐所寫的〈蓮賦〉。

「文章寫得精妙，只是我剛才見了府裡的二小姐，倒不似是能寫出這篇文章的人。會不會是顧紹恆所作，被她冒認了？」

「也不是顧紹恆作的，而是我前世的一位高人。我一時感慨說給顧紹恆聽，他記錄下來，後來被二小姐拿走，不知怎的就成她寫的了。」趙大玲實話實說。

玉陽真人點頭。「這就是了，看那詞句文筆也不像是一個閨閣女子能寫出來的。」

兩個人在樹下又聊了一會兒，玉陽真人才離開。

趙大玲和玉陽真人聊了很久這件事，也被范嬤嬤回稟給汪氏。汪氏最近正努力想讓二小姐做真人的徒弟，好不容易玉陽真人來府中，她忙不迭地將二小姐推到真人面前，誰料真人也只是客氣地問候了幾句，就提出要去外院柴房看望顧紹恆的事。汪氏本要親自陪伴，也被真人婉拒，無奈下只能讓身邊的范嬤嬤陪著真人前去。

汪氏感到很納悶。真人與一個燒火丫頭有什麼可聊的？

「她們聊什麼？妳可聽見了？」夫人問范嬤嬤。

范嬤嬤搖搖頭。「我不敢靠得太近，所以沒聽到說些什麼。只在真人走時，聽到她對大玲子說讓她好好照顧那個人，還說回頭再來看『他』，也不知這個『他』指的是那半死的人還是指大玲子？」

汪氏越發納悶，這個時候更不願節外生枝，只有囑咐范嬤嬤。「若是真人再來府中探望顧紹恆，妳一定要盯緊他們。」

趙大玲送走玉陽真人後，將真人給的安神清心道符貼在長生周圍的牆壁上，見他睡得更加安穩，也覺欣慰。她輕輕地退了出去，幫友貴家的忙乎完晚飯，才又回來，見他還在睡，便輕手輕腳地躺在他身旁，拉著他的一隻手，自己也閉上了眼睛。

眼前是一片青色的草原，無邊無際，青草如絲。綠毯一樣的草地上開滿了繽紛的野花，微風拂過，帶著青草的味道和淡淡的花香。旁邊是一條清澈的小溪，溪水潺潺，水面上閃動著金色的波光。

趙大玲疑惑自己怎麼會到了這裡，更讓她驚奇的是，她身上的青色粗布衣服不見了，而是穿著一件淺櫻色的曳地長裙，裙襬上繡的花朵與草地上的鮮花相映成趣，髮髻上的木簪也變成了水晶的琉璃簪子。

趙大玲四處尋找，果真看見長生抱膝坐在溪邊的草地上，他沐浴在陽光之中，身上是一件質地柔軟的白色衣服。

聽到她的腳步聲，他回頭朝她微笑，笑容溫暖和煦。「我一直在這裡等妳。」

趙大玲輕快地走到他身邊坐下，櫻色的裙幅和他的白衣下襬搭在一起。

「這是哪裡？」她好奇地問他。

長生含笑不語。

趙大玲也沒有再追問。只要能看到長生，聽見長生說話，她就心滿意足了，這是哪裡又有什麼重要的呢？

一隻碧綠色的螞蚱跳到她的裙襬上，鼓鼓的眼睛斜睨著她，觸角一顫一顫的，大概是拿她衣服上的繡花當作了真的花朵。

她輕抖了下裙襬，將它送回草地上，自然而然地問長生。「我來這兒以後還沒穿過這麼好的衣服，我穿著好看嗎？」

長生點頭。「很美！」

趙大玲有點兒沒信心，悶悶道：「整天穿小丫鬟的粗布衣裳，我都習慣自己的醜樣子了。」

長生啞然失笑。「在我的眼裡，無論妳穿什麼都是很美的。」

這是長生第一次這麼直白地誇她。他總是靦覥而害羞，總是趙大玲去引他說話，沒想到他竟然會當面誇她好看。草叢裡的花朵一朵朵地綻放，聽得見「噗噗」的清響，也像是她此刻綻放的心情那般甜蜜。

趙大玲欣喜得不知說什麼好，倒有些不好意思起來。「哪有，我一直蓬頭垢面的，還一身油煙味。」

長生又笑了，唇角揚起好看的弧度。

不知為什麼，今天他很愛笑，趙大玲很少看到他笑得這麼愜意輕鬆，一副風輕雲淡的樣子，看得她心頭好像有隻小鹿在撞。

「不要笑了，長生。」她警告他。「你再笑的話，我可要……」

可要什麼，她卻沒有說出來。長生晶亮的眼睛看著她，溫柔中竟帶著一絲促狹，歪著頭問她。「妳可要如何？」

「我要……我要……」她一時語塞，舔舔乾燥的嘴唇。

他忽然湊了過來，毫無預警地在她唇上輕輕一吻，聲音輕得彷彿在嘆息。「妳應該說：『再笑，我可要吻你了』。」

趙大玲瞪大了眼睛，唇上仍有柔軟甜蜜的觸感，只是她無法相信長生竟然吻了她。她結結巴巴地道：「我、我不是在作夢吧……」

身畔清風拂過，陽光明媚卻不刺眼。

「噓……」長生修長的手指比在唇間。「妳不是想知道我是從什麼時候開始喜歡妳的嗎？現在我告訴妳，從我見妳的第一眼起就喜歡妳了。妳不嫌棄我是官奴的身分，不嫌棄我一身的血污，替我擦洗、上藥，又找來秦伯接上我的斷腿，在我痛得受不了的時候，拍著我的後背告訴我『好了好了，過去了，過去了』。從那時起，我就把妳放在心裡了。」

幸福來得太突然，趙大玲覺得腦袋暈乎乎的，有種喝過酒的眩暈感。接著耳畔又傳來長生的聲音。「妳娘總說妳上趕著我，說妳是黃鼠狼、我是雞。其實是我先喜歡妳的啊，只是我不敢說，更覺得自己沒有資格說。現在我知道，我錯了，我早該告訴妳的，讓妳知道我的心意，這樣妳就不會感到徬徨，也不會迷惘自己是做對還是做錯了。」

長生拉起她的手。「妳做得很對，我在刑室裡聽到妳叫我不要死。幸虧妳當時把我叫回來，因為有妳在這裡，我才捨不得死。」

「長生！」趙大玲激動地撲到他懷裡，攀著他的脖頸，只覺得滿心滿意都是幸福和滿足。

已經嚐過了親吻的甜蜜，就無法滿足於擁抱。她啄著他柔軟的唇，用舌尖描繪著他完美的唇瓣，他如玉的面頰染上紅霞，連耳朵和脖子都紅了起來。

趙大玲知道他一向靦覥，所以不敢再深入，怕他不喜歡。誰料他卻摟住她纖細的腰肢，將她帶到自己的懷裡，拇指摩挲著她的臉頰，嘴唇含著她的上唇輕輕吮吸，舌尖輕掃過她的牙齒。

她有些詫異，更多的是激動，微微張開嘴，他溫柔卻堅定地加深了這個吻。唇齒糾纏間，她仰躺在草地上，將他也連帶倒在她的身上。他覆著她，卻用一隻手臂支撐著地面，生怕壓到她。

身下的細草柔軟如織毯，輕掃著她的後背，她勾著他的脖頸，沈醉在他醉人的芬芳之中。

他的吻纏綿溫柔，將她帶上雲端，她顫抖的手伸向他束在腰間的腰帶。他從她的唇上抬起頭，如黑曜石般的眼睛帶著笑意。

她忽然有些臉紅。自己在做什麼呀！對她而言是情之所至，難以自禁，她太愛他，愛到不知如何表達，只知道用最原始而純粹的儀式去見證他們的感情，但他們之間的時光畢竟相隔了千年，以他的觀念，會不會覺得自己一個未婚的姑娘這個樣子太隨便？

在他的目光下，她有些訕訕地縮回手，剛想張嘴解釋，誰知他竟牽起她的手放在了自己的腰帶上，目光含笑，帶著鼓勵。

這種無聲的邀請讓趙大玲如同受到蠱惑一般，手指一用力便扯開他的腰帶。他的衣襟散開，露出毫無瑕疵的胸膛，閃著玉石般溫潤皎潔的光澤。

她被眼前的美景震懾住了，忍不住伸手撫上他美麗的鎖骨，指尖順著鎖骨滑下。他輕顫了一下，復又低頭吻住她，不同於剛才的溫存，這一次他的吻帶著幾分激烈，舌尖攪著她的口腔，追逐著她的唇舌，吮吸輕咬。

彷彿一個火球「轟」地一下子燃起，趙大玲低吟了一聲，雙手插進他敞開的衣襟，環抱住他緊窄的腰，手扣緊在他的背上。他的吻順著她的臉龐滑到脖頸，吮著她的皮膚，那種酥癢癢的感覺讓她顫慄著呻吟出聲。

幾縷髮絲從他的髮髻中散落，拂在她的臉頰上，有幾分癢，她用手指撩起他的髮絲纏繞在指間。他自她頸間抬起頭來，修長的手指也伸向她腰側的衣帶，手指輕輕一勾，衣帶上的蝴蝶結被拉開了。

感受到皮膚上掠過的徐徐清風，趙大玲睜開眼看他。陽光照在他的身上，為他鑲上一道淡金色的光暈，看得見的細碎金點在白皙的皮膚上閃動。

她伸出手，追逐著陽光，從他的胸口一直滑到他的腹部。直到現在她才發現，他身上的傷痕都不見了，那些層層疊疊的新傷舊痕，及那些凹凸嚇人的傷口都消失了，他的皮膚光潔，好像一塊完整的美玉。

她詫異地問：「長生，你身上的傷痕怎麼都不見了？」

這句話一出口，好像打破了某種幻象，眼前的景物猶如一塊巨大的鏡面被打碎，飛濺出無數的碎片，每一個碎片上都映著藍天綠草、百花溪流，還有他溫柔醉人的身影。

趙大玲猛地睜開眼睛，觸目所及的是破舊的柴房屋頂。她一時怔忡，分不清哪裡是夢境，哪裡是現實。她扭頭去看睡在身旁的長生，他蒼白的面頰竟染著一絲緋紅。

「長生，」趙大玲摟著他的肩膀。「剛才我在夢裡夢到你了。」

夢中的場景太美好，簡直讓人不願醒來。她看著長生淡櫻色的唇，忍不住湊過去輕啄了一下。

長生只是安安靜靜地躺著，沒有任何回應。

想著夢裡他熱情的擁吻，她遺憾地又在他的唇上蹭了蹭。「長生，這個夢要是再作久一點，我們是不是就能成為夫妻了？」

長生的臉好像又紅了幾分。趙大玲心神一蕩，像做賊一樣將手伸進他的衣襟，掌心的觸感沒有夢中那般光滑平整，坑坑窪窪的滿是疤痕。趙大玲神色黯了下來，對比夢中完美無缺的長生，現實中受盡磨難、滿身傷痕的他更讓她心疼。

「姊，娘讓妳回屋睡覺！」大柱子在外面喊。

友貴家的最後底線就是不允許趙大玲晚上睡在長生屋裡。雖然長生昏迷不醒，但是用友貴家的話說：「一日不拜堂成親，一日就不能睡在一塊兒。」

所以每天晚上睡覺的時候，友貴家的都會叫大柱子來把趙大玲喊回去。

好在長生睡著的時候很乖，一動都不動，所以趙大玲輕點了一下他的嘴唇，在他耳邊輕聲道：「等著我，一會兒我娘和大柱子睡著了，我再偷偷過來。」

她離開床鋪時，感覺長生的手指在她的手心處勾了一下，好像是不經意的抽搐，趙大玲驚喜地回過身，捧著他的手凝神屏氣看了半天，可他卻不再動了。

第二十一章　甦醒

玉陽真人又到了御史府幾次，每次來都會到柴房看看長生，站在遠處打量他，然後又默默的離開。有時候她也會跟趙大玲聊聊，詢問趙大玲口中的現代社會。

而汪氏跟前的范嬤嬤也都會將玉陽真人在柴房的一舉一動仔細向夫人彙報。

「今日真人又去看了外院那個癡癡傻傻的小廝，還跟照看那小廝的趙大玲聊了半天。我藉著送茶的機會湊到近前，隱約聽到她們在說什麼蜀山……什麼教派的，那趙大玲說了一句話是什麼來著——哦對，『道法自然、天人合一』，玉陽真人還誇她見識廣、懂得多，後來她們見我送茶過去，就沒再說什麼。」

汪氏眉心皺成了一個川字，揮手道：「行了，妳先下去吧。」

范嬤嬤依言退下，夫人又將瓔珞招來。「妳去把二小姐叫過來。」

不一會兒，二小姐帶著染墨過來了，撒嬌道：「女兒正在屋裡作詩呢，母親找女兒何事？」

汪氏屏退了跟前的丫鬟和婆子，只留下母女二人，將玉陽真人與趙大玲談話的事告訴了女兒。

二小姐冷笑。「這可是奇了，玉陽真人對我總是淡淡的，倒是跟一個末等丫鬟聊得熱鬧。那趙大玲不過是一個掃地燒火的丫頭，她能有什麼見識，還得到真人的誇獎？」

汪氏想了想。「說不定是那顧紹恆的關係。他獲罪落難前可是京城中有名的才子，這半年多待在外院廚房，不經意間跟那燒火丫頭說點兒什麼外面的見聞，也夠那丫頭受用了。再說了，上次趙大玲差點被丹邱子燒死，也是顧紹恆用當年顧太傅與玉陽真人的一個約定換了她一條命。這麼說來，這玉陽真人跟顧家淵源頗深，要不然她也不會去探望失了心智的顧紹恆。若是趙大玲那丫頭藉機向玉陽真人討好賣乖，再投其所好，玉陽真人看在她照顧顧紹恆的面子上對她另眼相看也是有可能的。」

二小姐也是一驚。「母親，妳是說……」她手裡的帕子擰來擰去，跺腳道：「怎麼可能，玉陽真人是昏了頭了嗎？竟然看上那麼個粗鄙的丫頭。娘，如果真人沒有收我為徒，卻看上了趙大玲，那可怎麼辦？咱們御史府的臉面往哪兒擱？」

汪氏按住女兒的手。「稍安勿躁。現在說玉陽真人看上趙大玲、想收她為徒還為時尚早。按理說，玉陽真人不會收像趙大玲身分那麼卑微的徒弟，但是因著顧紹恆這層關係，咱們也不能不防。」

二小姐眼神陰沈下來。「當初就該讓丹邱子燒死她得了，要我看她就是個禍害。」她湊近汪氏。「娘，要不然咱們乾脆……」

汪氏瞟了她一眼。「想要趙大玲的命嗎？現在還不是時候。一來，玉陽真人若是問起人到哪兒去了、怎麼死的，咱們不好搪塞；二來，那顧紹恆迷了心智，除了趙大玲，別人不能靠近他，若是趙大玲死了，怕是他也活不下去。他死活倒不值什麼，但若是晉王殿下或是慶國公家的潘世子來要人，咱們交不出人來，肯定兩邊都不會放過咱們。那兩位都不是咱們家惹得起的，所以這趙大玲不能死。」

二小姐恨恨道：「那就讓她撿了天大的便宜嗎？姑且不論玉陽真人是否真會收她為徒，光是想到她竟然跟我相提並論就讓我覺得是種侮辱。」

汪氏端起茶杯喝了一口。「慌什麼？娘自然會為妳想辦法，除掉這個障礙。」

二小姐聞言大喜。「娘，您說怎麼除掉她？要不然弄殘了她？真人總不會要一個缺胳膊少腿的關門弟子吧！」

汪氏冷笑。「那樣做也太明顯了，現成的一石二鳥的手段，整治她還不容易？」

二小姐眼睛一亮。「一石二鳥？您快告訴女兒，除了趙大玲，那隻鳥是誰？」

夫人高深莫測地一笑。「上次妳爹因為柳敬辰招來潘又斌將他罵了一頓，這次咱們就再給柳敬文製造個挨罵的機會，我要翟氏那個賤人徹底一無所有，在這府中再也沒有倚仗。」

「您說二哥？」二小姐不解地問。「他除了關起門來混吃等死，還能做出什麼事來？我聽說二哥又看上了二嫂奶娘家的兒媳婦，拿一疋紅綢子便勾搭到手了，二嫂又尋死覓活，鬧得一院子不安生呢。」

汪氏用杯蓋拂去茶杯裡的茶葉。「那趙大玲長得不差，如果好好打扮，被妳那不長進的二哥看見了收了房，鬧到我這裡來，我便順水推舟將人賞給他做妾。她一個家生子能夠做少爺的妾室，也是天大的福分了。」

二小姐一下子明白過來。「玉陽真人自是不會要一個失了身的妾室做弟子。娘，還是您有辦法。」

汪氏笑道：「萬一這件事有什麼閃失，或是玉陽真人那邊有什麼說辭，咱們也可以都推到柳敬文的身上，他那下作的毛病，府裡沒人不知道的，妳爹那裡肯定少不得罵他。」

二小姐敬佩地看著汪氏，拍手道：「如此說來，還真是一石二鳥的好計！」

趙大玲接到范嬤嬤的通知，說汪氏要見她時，感覺很是莫名其妙。好好的，汪氏怎麼想起她來了？

她匆匆囑咐大柱子讓他守在長生的柴房外頭，便獨自前往汪氏的院子。

汪氏正和二小姐有說有笑，見她來了，同時停了下來，兩個人難得都是一臉的笑容，讓趙大玲心中打鼓。

她老老實實地行禮。「見過夫人，見過二小姐。」

汪氏示意她起來，又把她叫到跟前。「這些日子以來妳也辛苦。我聽范嬤嬤說了，那顧紹恆在妳的精心照料下也好了許多。」

趙大玲不知道汪氏怎麼忽然關心起長生來了，謹慎應道：「既然是晉王殿下吩咐下來的，老爺也特意囑咐過，奴婢不敢不盡心。」
旁邊的二小姐不屑地撇撇嘴，趙大玲看在眼裡，只有不動聲色。
汪氏裝模作樣道：「即便是妳分內之事，妳也是盡了心力的。我這兒有幾件衣裳，就賞給妳吧。」
說著讓瓔珞拿出幾件顏色嬌豔、花色時新的衣裳，趙大玲一時摸不著頭緒，謝過汪氏後便接了過來。
二小姐嬌笑道：「整天看妳穿得灰頭土臉的，還沒見過妳穿好衣裳。既然母親賞了妳，妳便穿上讓我們也看看。」
「就是這個理。」汪氏點頭，又一迭聲地讓瓔珞幫著趙大玲把衣服換上。
趙大玲心中忐忑，忙擋下瓔珞的手。「夫人賞賜的衣裳太精美了，這麼好的衣裳，我還是先拿回去給我娘看看，別讓我糟蹋了。」
「妳娘看妳穿回去才會高興呢。」汪氏不為所動，面上雖然還帶著笑容，眼中卻是一絲笑意也沒有。
趙大玲抿緊了嘴，知道她們肯定沒安什麼好心。她想不通她們到底要幹什麼？難道衣服有問題，一會兒再冤枉是她偷汪氏的東西？應該不會。這屋子裡這麼多的人，一屋子的丫鬟、婆子都眼睜睜地看著汪氏把東西賞給她的，栽贓也不是這麼個栽法。
由不得她有異議，瓔珞和琉璃一左一右架著她在屏風後把粗布衣服換下，穿上汪氏賞的衣裳。裡面是月白色銀絲線水紋的襦裙，外面是一件鵝黃色繡著桃花花枝的褙子，最後琉璃還從旁邊的花盆裡剪下一朵盛開的芙蓉花簪在趙大玲的鬢邊。

汪氏滿意地點頭。「真是人靠衣裝，這麼一打扮，也不比小門小戶的小姐差。尤其是這丫頭水色好，不用敷粉就唇紅齒白的，倒是省去了好多累贅。」

二小姐也上下打量著趙大玲，目光鄙夷，卻帶著一絲幸災樂禍的意味。趙大玲突然有種自己是貨品正被人待價而沽的感覺，心中的不安更深。

正說著，有婆子進來傳話，說是二少爺求見夫人。

趙大玲連忙躬身道：「既然夫人還有要事，那奴婢就先行告退了，長生那邊離不開人；而且吃飯的時間到了，奴婢還得回外院廚房幫奴婢的娘做飯。」

汪氏不語，嘴角噙著一絲冷笑。

二小姐哼了一聲道：「趙大玲，母親還要賞妳一對紅玉耳墜子呢，妳這麼急著走做什麼？」

趙大玲聞言，心中嘆氣，也明白今天她們是不會放過她了，只能謝過汪氏，將頭埋得更低。

這時一個年輕男人大步進了屋。「兒子給母親請安，不知母親叫兒子來有什麼吩咐？」

二小姐給汪氏行過禮後又笑道：「原來二妹妹也在這兒呢。」

二小姐給二少爺見過禮，輕快地轉身。「既然二哥哥來了，那女兒先告退了，晚上再來陪母親說話。」

二小姐都走了，趙大玲卻還只能站在原地。沒有汪氏的發話，她也沒法走，心中將這兩個人罵了好幾遍，低著頭，腦袋恨不得扎到胸口上。

汪氏慢條斯理地喝著茶，待二小姐出去了，才向二少爺道：「也沒什麼要緊事，只是聽說你院子裡最近不安生，鬧得雞飛狗跳的不像話。」

二少爺有些訕訕。「都是那些女人愛爭風吃醋，讓母親跟著費心了，做兒子的實在是心中愧疚。」

汪氏瞟了他一眼。「這事我也唸過你媳婦了，好歹是做正妻的，怎麼連底下人都鎮不住，傳出去讓人笑話。不過你也別髒的臭的都拉屋裡去，讓你媳婦面上無光！」

「母親教訓得是，兒子受教了。」二少爺畢恭畢敬，眼睛卻一個勁兒地往趙大玲身上瞟。

他早就注意到屋裡多了一個眼生的丫頭。雖然夫人屋裡的琉璃和瓔珞他早就眼饞，但那兩人是夫人跟前得臉的大丫鬟，打死他也不敢張嘴找夫人討要。而這個丫頭從沒見過，此刻低著頭，露出一截白膩細潤的脖頸，看那身形十分窈窕，越發不禁多看了幾眼。

瓔珞從裡屋拿出一對葉子形的紅玉耳墜子交給趙大玲。「夫人賞妳的，放在妝盒裡頭了，讓我一通好找。」

趙大玲謝過汪氏，低頭接過，就聽汪氏發話。「戴上讓我瞧瞧。」

趙大玲無奈，只能將紅玉耳墜戴上，偏頭的工夫，正好看到二少爺正在打量她。這二少爺臉色浮白、目光游移，年紀輕輕就有青色的眼袋，長了一張縱慾過度外加過勞腎虛的臉。她手一抖，耳墜差點兒掉在地上，忙穩了穩心神，戴好耳墜再次向汪氏行禮。

「謝謝夫人，請容奴婢告退。」

汪氏揮揮手，示意她可以走了，趙大玲趕緊退出屋子。跨出屋門之際，還能感到身後如芒在背。

二少爺一直扭著腦袋看趙大玲的背影，那纖柔的小腰、完美的曲線，走起路來顯出幾分颯利勁兒，跟一般扭扭捏捏的丫頭不一樣，二少爺瞬間覺得自己院裡的都是燒糊了的卷子。直到趙大玲的身影消失在門口，他才戀戀不捨地轉回頭。

汪氏只當沒看見，不痛不癢地又聊了幾句家常，便打發二少爺回去。二少爺忍不住覥著臉問：「剛才那丫頭看著眼生，沒在母親這裡見過，是母親新收的婢女嗎？」

汪氏淡笑了下。「是外廚房的燒火丫頭，兼著在你五妹妹院子裡掃院子的。」

二少爺嘬了嘬牙花子，小聲嘟囔了一句。「這般人品倒是可惜了。」

汪氏貌似不經意道：「不過是個家生子，隨意處置就是了。我見她也不小了，正想著過了今年就配個小廝呢。」

二少爺心中暗喜，忙上趕著道：「兒子有個不情之請。這兩天白氏正跟我鬧呢，說是屋裡連個趁手的丫頭都沒有，我看剛才那個丫頭挺穩當，瞧著是個仔細人，兒子能不能替白氏跟您把那丫頭討了去？」

汪氏心中稱意，面上卻不顯露，只含笑道：「你還是疼你媳婦的，看到你們小倆口這麼和睦，我也就放心。也不是什麼大事，便如你所願吧，一個末等的丫頭，能去伺候二少夫人也是她的福分。」

二少爺喜不自禁。「多謝母親體恤。」

趙大玲穿著新衣服回到外院廚房，大柱子看見了，瞪圓了眼睛道：「姊，妳穿得真好看，跟年畫裡的仙姑一樣，比上回來咱們屋裡的幾位小姐還好看！」

趙大玲拍拍大柱子的小腦袋。「好好在門口守著，你長生哥要是有什麼事就去叫我。」

友貴家的正在揀菜，看見趙大玲也是嚇了一跳。

「剛才出門的時候還一身粗布呢，這回來怎麼就換了這麼一身金貴衣裳？妳是遇到財神爺了還是拾到聚寶盆了？」

「夫人賞的，除了衣裳，還有一對耳墜子。」趙大玲說著摘下那對紅玉耳墜扔在灶臺上，連帶著把那朵芙蓉花也摘下來扔在一旁。

友貴家的且驚且喜。「妳這是得了什麼造化，竟然能入夫人的眼，還賞了衣裳和首飾。喲，這耳墜子看著也不是一般的東西，真精細，還有妳這身衣服，瞧這繡花，肯定是外面的繡坊繡出來的。」

友貴家的看看耳墜子，又摸摸趙大玲身上的衣服，口中嘖嘖稱奇。

趙大玲心中煩悶，向友貴家的道：「娘，我總覺得不對勁，剛才在夫人那裡還碰到二少爺。」

友貴家的一聽，瞪大了眼睛。「誰？二少爺？閨女，妳可得離他遠點兒，這府裡誰不知道，他把他院子裡的丫鬟都禍害一個遍，有兩個丫頭大了肚子還沒名沒分的，二少夫人給她們灌了打胎藥，二少爺可是連屁都沒放一個！」

友貴家的一看自家閨女那水靈靈的模樣，頓時心中警鈴大作。「快把這身衣裳換下來，別再穿了。沒的入了不該入的人的眼，看眼裡拔不出可就麻煩大了。」

還沒等趙大玲進裡屋換衣服，范嬤嬤就樂顛顛地來到外院廚房，臉上的皺紋都笑開了花。

「恭喜啊，友貴家的，妳家大玲子是要飛上高枝了。這不，二少夫人相看上妳家大玲子，跟夫人要了大玲子過去伺候，到了二少夫人那兒就是二等丫鬟，月例銀子也能翻一倍呢。夫人也說是件好事，你們娘兒幾個日子過得苦巴巴的，這下大玲子出息了，妳也能過上順心日子。」

范嬤嬤嘰哩呱啦說了一大堆，友貴家的怔了一會兒，總算是聽明白了。「那不成，大玲子還得幫我做飯呢；再說了，老爺讓她照顧長生，除了大玲子，長生可不讓別人近身！」

范嬤嬤皮笑肉不笑。「友貴家的，這是主子給的福分，輪得到妳說行與不行嗎？就說長生那小廝，我去看過了，人好著呢，老老實實地待著，不過是餵個飯餵個水的，能耽誤多少時間？這麼著，讓大玲子每天回來一下，也儘夠照顧長生的了。至於妳這外院廚房的活計，大柱子也不小了，虛歲七歲了吧，能幫襯著妳。若實在不行，妳再跟馬管家提提，再給妳撥來一個小丫鬟，這不就得了嗎？」

范嬤嬤說完，得意地在外廚房裡轉了一圈。「瞧瞧妳這兒，是人待的地嗎？二少夫人房裡那是多華麗的地方，讓妳家大玲子去見見世面，將來還有更大的造化也說不定呢。」說著范嬤嬤看了看外面的日頭，「喲，都這時候了，讓大玲子立刻就到二少夫人院子裡去，就穿著夫人賞的衣服，這是體面，到了新地方也能讓那裡的人高看一眼。可別耽擱了時間，讓二少夫人不高興，這第一天當差，要留下一個好印象不是？」

范嬤嬤像一陣風一樣地走了，留下友貴家的和趙大玲呆若木雞。

「哎喲，我的娘啊！」友貴家的突然嚎出來。「這不是怕什麼來什麼嗎？這水靈的大姑娘去了二少爺的院子，可不是羊入了虎口嗎？不行，我得找夫人去，讓她許了妳和長生的親事。」

趙大玲頓時想起剛才汪氏的賞賜和故意留下她直到二少爺進屋，已然明白汪氏打的是什麼主意。只是她想不透的是，汪氏這麼大費周章是為了什麼？看她不順眼想打發了她，自然有很多種法子，為什麼非要把她塞給二少爺呢？

趙大玲也懶得在想不明白的地方費腦子，這會兒她反而鎮定下來，拉住就要跨出門檻的友貴家的。「娘，沒用的，妳找夫人也白搭。我虛歲十七，夫人只說我還不到配小廝的年紀，就能把妳打發回來。」

友貴家的也沒了主意，白著臉問：「那妳說怎麼辦？這夫人指明了讓妳去二少夫人跟前當差，妳能不去？這去了，要是被二少爺惦記上，妳一個姑娘家能怎麼辦？」

趙大玲自嘲地笑笑。「我不過是府裡的家生子，主子隨便扒拉到哪兒，還會管我願不願意嗎？」

「玲子，那是火坑啊。」友貴家的哭了出來。「都是娘沒用，害妳和柱子生下來就為奴為婢，早知道這樣，娘還不如不要你們兩個。」

趙大玲摟住友貴家的肩膀。「娘，妳別哭了，兵來將擋，水來土掩，我就不信他們還能吃了我不成。」

趙大玲也沒什麼好收拾的，她先去了長生的柴房，看著熟睡的長生，在他的唇上落下一吻。

「長生，還記得我給你講過的睡美人的故事嗎？可惜我的吻喚不醒你，但是你要知道，這輩子除了你，我誰也不嫁，誰也不會跟。」

說完，趙大玲起身走出了柴房，睡夢中的長生皺緊了眉頭，伸出的手指只無力地碰了一下她的衣角，指尖彷彿有流雲掠過，卻終究一片空虛。

友貴家的魂不守舍地做了晚飯，來領飯的人見盆子裡只有一坨炒得爛乎乎的白菜，不滿道：「友貴家的，妳這是插豬食嗎？這是人吃的東西嗎？」說著又嚐了一口湯，「呸」地一聲吐了出來。「這湯裡放了多少鹽？妳外廚房的月例錢是不是都買了鹹鹽了？」

「愛吃不吃，不吃就滾！」友貴家的本就心煩意亂，眼瞅著日頭落山了，閨女一點兒消息都沒有，這會兒更是如坐針氈，在屋裡走來走去。

她心疼閨女，一想到二少爺院子裡那兩個被硬生生灌了打胎藥、滿地打滾的丫鬟，就覺得心口跟壓著大石頭一樣。

她是恨不得閨女能攀上個主子然後飛黃騰達，可二少爺實在是個雜碎，閨女過去白白讓他糟蹋。這麼說來還不如跟著長生呢，好歹能守在自己身邊，而且長生那孩子又老實，不會欺負了自己閨女去。

友貴家的心裡貓抓狗咬，恨不得衝到二少爺院子裡去把趙大玲領回來，又知道自己去了也是白搭。

眼看天都擦黑了，她只能叫來一直在柴房外玩石子的大柱子。

「柱子，認識二少爺的院子不？你去找你姊，就說娘腰疼犯了。」

大柱子瞪圓了眼睛。「娘，您又腰疼了？我給您揉揉。」

友貴家的胡擼了大柱子一下。「傻小子，娘好著呢，這不是找個由頭讓你姊回來嘛。你人小，巡院的不會管你，快去吧。」

大柱子明白過來，蹦蹦跳跳地跑到二少爺的院子。二少爺的院子在外院的西南角，繞著蓮花池走到那頭就到了。

院子裡人挺多，大柱子探頭探腦地往裡瞧。一個剛留頭的小丫鬟看見他了，喝問道：「哪兒來的野小子，看什麼呢？」

大柱子咧咧嘴。「這位姐姐，我是來找我姊趙大玲的，她今天剛到二少夫人跟前當差。可我娘腰疼犯了，下不了床，我就想找我姊回去看看。」

這時一個在院子裡幹雜活的婆子過來，認出了大柱子。「這不是友貴家的小子嗎？回去吧，告訴你娘，你姊攤上好事了，這一來就被二少爺看上了，這不，已經到二少爺屋裡伺候去了。」

旁邊幾個婆子、丫鬟摀嘴笑。大柱子雖然人小，也覺出她們笑得不對勁，小黑臉一垮。「怎麼伺候二少爺就成好事了呢？少爺們不是都有小廝和長隨們跟著嗎？」

那婆子笑得直顫。「傻小子，少爺們在外頭當然是有小廝和長隨跟著，這屋裡頭還是要用到丫鬟的。你快回去吧，你姊今晚上不會回去了。也是個有造化的，一來就被少爺相中，這要是福分再大點兒，被二少爺留在身邊，抬了身分也是說不定的。」

大柱子機靈，一看這些人是不讓自己進院子找姊姊了，趕緊跑回外院廚房。

友貴家的正百爪撓心地在屋裡團團轉呢，見到大柱子跑回來了，趕緊上前問：「怎麼樣？柱子，看到你姊沒？」

大柱子搖搖頭，氣喘吁吁道：「沒有，院子裡的婆子說二少爺看上我姊了，讓我姊在屋裡伺候呢。」

屋裡伺候？伺候伺候著不就伺候到床上了嘛？友貴家的只覺得五雷轟頂，驚得三魂七魄都不在原位了。雖然早就知道二少爺的院子是個狼窩子，但好歹抱了一絲僥倖，說不定是自己想多了，人家二少爺壓根兒沒看上自己閨女呢。

這會兒最怕的事變成事實，友貴家的只覺悲從中來，從肺腑中發出一聲慘厲的嚎叫。「我的閨女啊，妳怎麼這麼命苦啊——」

大柱子嚇了一跳，小黑臉也嚇得刷白，雖然不知道為什麼，但是被友貴家的哭聲感染，也嚎啕大哭起來。「娘，怎麼了？我姊是不是回不來了？」

友貴家的只顧得自己嚎，一把鼻涕一把眼淚，直著嗓子喊：「玲子，我苦命的閨女，是娘害了妳啊……」

大柱子陪著嚎了一會兒，見友貴家的哭得昏天暗地，覺得再哭下去也沒用，忽然靈機一動，扭頭跑進柴房。

這屋子一直不讓他進，怕長生感覺到其他人會掙扎不安，但是此刻大柱子也顧不了這許多。在他的眼裡，長生哥是個有辦法的人，他懂得那麼多的學問，肯定知道怎麼救姊姊。

長生感覺到有人進屋，眉頭緊鎖起來，頭也開始左右搖晃。

大柱子不管不顧地撲到他身上，手抓著他的衣服搖晃著哭叫道：「長生哥，你醒醒，你救救我姊吧！我姊被關著回不來，我娘哭得要昏死過去了。長生哥，我不知道還能找誰去救姊姊……你醒醒，你救救我姊……」

彷彿有一股巨大的力量直擊長生的心房，打開了他緊閉的心竅，他騰地一下子從鋪板上坐起來，劇烈地喘息著，兩眼發直看著前方。

大柱子嚇得後退一步，一屁股坐在了地上，舌頭都打結了。「長……長生哥……你……這是……咋……咋啦……」

長生慢慢轉動著眼球，將視線調到大柱子臉上，一把抓住他的胳膊，嘶啞著聲音問：「你姊……你姊……在哪兒？」

大柱子反應過來，驚喜地又撲上前。「長生哥，你醒啦！」

長生顧不得回答大柱子，喘息著問：「你姊呢？」

大柱子想起自己為什麼來找長生了，扁扁嘴，帶著哭腔道：「我姊去二少夫人的院子當差，我娘說那是狼窩子，還說是火坑，讓我去叫我姊回來。我去找她，可是那裡的人說二少爺看上我姊了，讓我姊在他跟前當差，還說我姊今晚回不來了。我回來跟我娘一說，我娘就嚎上了，說我姊命苦，現在她還在屋裡地上嚎呢。我也不知道該找誰去救我姊？長生哥你說，二少爺憑什麼不放我姊回來？那我姊晚上睡哪兒……」

大柱子說得顛三倒四，但是長生還是聽明白了，只覺得眼前一陣迷霧，繼而心痛得好像被巨石碾過一般，那種痛比加諸在自己身上所有折磨還要嚴厲千萬倍，耳畔迴響著趙大玲臨走時說的話——

這輩子除了你，我誰也不嫁，誰也不會跟。

「噗！」一口鮮血衝口而出，染紅了他身上素白的衣襟。大柱子嚇傻了，呆愣著不知所措。長生跟打擺子一樣渾身顫抖著掀開被子翻身下了床鋪，卻因為太久沒有下床，一下子跌倒在地上。

大柱子趕緊過來扶他，長生撐著大柱子的肩膀勉強站起來，一把拿過立在床邊、以前趙大玲給他做的枴杖，拄著枴杖跌跌撞撞地往外走。

外面天早已黑透，明月高懸，風吹得樹葉沙沙響，近處有小蟲的呢喃，遠處有蛙聲低鳴。

廚房裡，友貴家的還在繼續哀嚎，聲音悽苦，嗓子已經哭啞了。「閨女啊，我的玲子……」

大柱子亦步亦趨地跟著長生，握著小拳頭道：「長生哥，我知道二少爺的院子在哪兒，就在蓮花池子那頭，我陪你去把我姊搶回來！」

長生搖搖頭，推了推大柱子。「你去陪著你娘……」

大柱子還要說話，長生搖搖欲墜地晃了一下，趕緊用枴杖穩住，艱難地向大柱子道：「聽話……」

大柱子乖巧地點點頭。「長生哥，你一定要把我姊帶回來啊……」

長生點頭，轉身踉蹌著向二少爺的院子走去。夜風吹在身上帶著絲絲涼意，但此刻的風卻吹不散他心頭的焦慮和恐懼。

他能聽到她說的每一句話，卻無力回應，他痛恨自己躺了這麼久，在她最需要他的時候卻神志不清，沒有給她一絲幫助和安慰。

前頭的路好長，長生覺得好像永遠也走不到頭一樣，幾次跌倒在地上，又掙扎著爬了起來。頭髮散了，衣服沾滿泥土，手掌也擦破了，一身狼狽不堪，他卻渾然不覺。

前方就是蓮花池，遠遠地可以看見對岸院子裡的燈火，在漆黑的夜晚好像潛伏著的怪獸的眼睛。她在那裡，被人囚禁著，這個念頭讓長生五內如焚，他甚至沒有去想如何能把她救出來，他只知道她需要他，他瞭解她對他的心意，拚著自己這條命也要去找她。

前方的蓮花池邊，一塊凸出的巨石上站著一道窈窕的身影，身姿修長而曼妙，一襲月白色的長裙在暗夜中若隱若現，銀色的繡線在裙襬上閃著細微的光芒。月亮從雲彩後露出來，月華如銀色的薄霧從天空中灑下，她整個人都籠罩在如水的清輝中，彷彿是月中的仙子，隨時要飛升而去。

那道身影站在巨石上彎腰向下看，打量著映襯著波光的水面。須臾她直起身，舒展了身體，雙臂上伸成筆直的線，接著一個魚躍，在半空中劃出一道驚豔的弧線，躍入了水中。

「噗通」一聲響，伴隨著飛濺的水花，一圈圈漣漪在月光下蕩漾開來。

長生彷彿被重錘擊中，渾身的血液都凝固了，他呆立了半秒，倏地扔掉枴杖，往前跑了兩步，毫不猶豫地跟著跳入水中……

第二十二章　定情

蓮花池旁邊的地上，趙大玲一下一下按著長生的胸膛，又捏住他的鼻子，猛吸一口氣俯下頭用嘴唇覆住他的嘴唇，將氣送到他的嘴裡，吹兩口氣後再直起身接著按他的胸膛。

「長生，你不要嚇我啊……」她的聲音帶著哭腔。

剛才她在水中就聽見身後又是「噗通」一聲，她詫異地從水下鑽出頭來，看見長生也落入水中，散開的頭髮漂浮在碎銀波動的水裡。他看著她，目光無限留戀，向她伸出一隻手，似要抓住她，自己卻掙扎了兩下便沈入水面下，一串氣泡從他的嘴裡冒出來，他直直地看著她，目光鎖在她的身上，向池底墜去。

趙大玲趕緊游到他身邊，一把抓住他的胳膊，將他揪起來，讓他的頭露在水面外。

她一個人游泳沒問題。想當初在大學時體育課還選修過游泳課，但是沒有經過專業的訓練是救不了人的；再者長生雖瘦，終究是個成年男子，對她來說還是很吃力。

唯一慶幸的是他失去了意識，沒有絲毫的掙扎，只閉著眼睛由著趙大玲一手托著他的頭，一手拽著他的胳膊在水面上艱難地游著。

趙大玲費了九牛二虎之力，自己也嗆了兩口水，才把長生拖到岸上。她拍拍長生蒼白的面頰，見他毫無反應，也顧不得去想長生為什麼會出現在蓮花池，只心急如焚地利用心肺復甦術對他施救，她交替著按壓他的胸膛和做人工呼吸。「快啊，長生，快回應我！」

終於，在交替做了好多組，幾乎要絕望的時候，長生一歪頭，吐出一口水，繼而咳嗽著吐出更多的水，人也悠悠地醒轉過來。

趙大玲喜極而泣。「太好了，長生，你要嚇死我了！你要是醒不過來，我只能再跳一遍蓮花池了。」

長生本還有些迷茫，不知身在何處，聽到「跳蓮花池」，忽然清醒過來。

他坐起上身，一把抱住趙大玲的肩膀，下頷扣在她的肩窩上，抱得那樣緊，彷彿一鬆手她就會消失不見。

「我不在乎的，不在乎……」他一迭聲地說著，聲音顫抖卻異常堅定。「我娶妳，我們立刻成親，要活我們一起活，要死我們一起死……」

趙大玲聽到他親口說要娶她，還說要活一起活，要死一起死，心中軟得化成了一汪水。但她還是扒拉下他的手。「你先告訴我，你怎麼醒了？怎麼會出現在這裡？」

長生緊緊地抓著她，生怕她再想不開。「大柱子說妳被二少爺……困住了，我就醒了，然後出來找妳……」

趙大玲吃驚地張大嘴巴，繼而抱著他又哭又笑。「太好了！長生，太好了，你終於醒過來了！」

笑過之後，她咧嘴哭了起來。幸福來得太突然，有種不真實的感覺。

長生握著她的胳膊，手掌下是她單薄的衣服，濕漉漉地貼在她的身上。衣料本就薄，此刻濕透，更是讓她曲線畢露，隱約可見白皙的肌膚從衣料中透出來。他將她再次摟在懷裡，心痛得快要窒息。

「是我不好，我來晚了。」他拍著她的後背，好像在拍一個孩子，眼淚衝出眼眶，順著臉頰流到她的脖頸。他哽咽道：「我知道活著很艱難，但請妳不要再做傻事。想想妳娘和大柱子，他們不能沒有妳，我也不能。我不在乎妳的身分，不在乎所謂的貞節，我這輩子娶定妳了。妳曾經對我說過：『你死了，我也不活了。』現在我要把同樣的話告訴妳，請妳跟我一起勇敢地活下來，即便我們的身體千瘡百孔，但是我們的愛不會因此而褪色半分，如果妳實在堅持不下去了，也不要丟下我一個人，在這個世上，除了妳，我一無所有，就讓我追隨妳，天涯海角、黃泉地府，妳在哪裡，我就在哪裡……」

「啊？」趙大玲雖然很感動，但也聽出他誤會了。她從他的懷裡鑽出來。「我沒想尋死。」

長生怔怔地看著她，遲疑地問：「妳……妳不是因為被……二少爺……那個……不堪受辱……」

「沒有！」趙大玲推了他肩膀一把。「想什麼呢！我是下水洗洗，我真想死也不會跳水，我會游泳，淹不死的。」

長生吶吶著，想問又不敢問。「那……二少爺……」

「別提那個雜碎。」趙大玲揮揮手，好像要揮走一隻惱人的蒼蠅。「又好色又猥瑣，還想占我便宜。」

她在長生身邊坐下，換了個舒服的姿勢。「夫人和二小姐那個壞丫頭設了個圈套給我，讓二少爺惦記上我，把我調到他的院子裡當差。我知道躲不過，臨去前吃了一顆大蒜，又隨身揣了一個臭雞蛋。等到了晚上，二少爺讓我去他的房間，我就偷偷把臭雞蛋抹在腋下。月黑風高，他那個激動啊，結果我一脫外衣，熏他個跟頭。他本來想捏著鼻子忍忍的，我騙他說：『奴婢有這說不出口的毛病，冬天也還好，就是夏天時味道重了點，不過穿著衣服也聞不大出來的，所以奴婢平常都不敢進主子屋裡，只敢在外頭院子裡做些粗使活計。承蒙二少爺您不嫌棄，以後奴婢就貼身伺候您了。』

「我故意對著他臉說，那一嘴大蒜味，熏得他睜不開眼。他徹底服了，二話沒說就把我轟了出來，讓我哪兒來的回哪兒。這不，我想著別回去熏到你和我娘他們，路過蓮花池見裡頭水還清澈，就跳下來洗一洗。」

趙大玲拎著一隻濕了的袖子湊到鼻子前，嫌棄地用手搧了搧。「媽呀，這臭雞蛋的威力都趕上生化武器了，洗都洗不掉，不行，我得回去用香皂好好搓一搓，自己都快被臭暈了……」

長生一顆心終於落回胸腔裡，緊繃的心弦放鬆了，人也虛脫地委頓在地上。

趙大玲趕緊去扶他，他順勢將她攬在懷裡。趙大玲在他懷中扭動了一下，說話也儘量偏著頭。「我這味連我自己都受不了，別再把你熏暈過去。」

長生眼圈發紅，抖動著嘴唇，將她緊緊抱住。「不管妳是什麼樣子，我都喜歡。」

「臭雞蛋味你也能忍？」趙大玲皺著鼻子。

「嗯。」長生將唇埋在她濕漉漉的髮間，一股清新的水草味帶著淡淡的蓮花香，將她身上的怪味道也掩去了些許。

擔心有夜間巡院的家丁，兩個人相互攙扶著從地上站了起來，長生一低頭看到她胸前玲瓏的曲線蹭著他的胳膊，面色一紅，別過臉去，從地上撿起她跳水前脫下的褙子，披在她的身上。

兩人從小徑走回外院廚房，友貴家的已經哭傻了，嗓子啞得話都說不出來，只呆滯地看著他們，彷彿看著天外來客。

趙大玲心疼地將友貴家的從地上扶起來。「娘，我沒事，二少爺沒看上我，打發我回來了。您別哭了，您看長生也醒了，這是多大的好事啊！」

友貴家的過了好半天才明白過來，又哭又笑地起身，抱著閨女彷彿抱著失而復得的珍寶，一旁的大柱子也撲過來抱著趙大玲。

趙大玲彎下腰抱著大柱子。「柱子，是你把你長生哥叫醒了，得給你記一個功！」

大柱子從姊姊的懷裡掙脫出來，揉了揉小鼻子，苦惱道：「姊，妳是不是掉茅坑裡了？」

趙大玲趁著友貴家的熬薑湯的工夫，拎了一壺熱水到柴房，柴房裡點著一盞小小的油燈，一室昏黃。長生正在脫身上浸濕的衣服，露出白皙瘦削卻遍布傷痕的胸膛，見她拎著壺進來，趕緊掩上衣襟。

她將水倒進床旁的木盆裡，又拿出乾淨的布巾，作勢放進水裡。

長生伸手接過布巾，羞澀道：「我自己來。」

趙大玲倒有幾分懷念他乖乖躺在那裡，一動不動地由著自己為他擦身的時光。不過長生已經醒了，自然不能還和那時候一樣，她只能略帶遺憾地將布巾交給他，一邊囑咐著。「就著水熱趕緊擦洗，我娘熬了薑湯，一會兒我讓大柱子給你送來一碗，你要趁熱喝。現如今雖然熱，但是晚上還是涼的，你落了水，又一路走回來，可要當心別著涼了。」

長生點點頭，低聲催促她。「妳也快去擦洗一下，把濕衣服換了。」

趙大玲花了半個晚上的時間洗澡、刷牙，用掉整整一塊香皂，身上都快搓破皮了，才洗去那讓人抓狂的味道。她用粗鹽刷過牙，又吃了幾粒生花生，嚼了兩把茶葉才敢對著人說話。

友貴家的看著她樂得合不攏嘴，圍著她團團轉，一會兒送薑湯，一會兒遞毛巾，最後在她的勸說下，才心滿意足地帶著大柱子去睡覺。

好不容易打理完自己，外頭已是月上中天，趙大玲穿上一身乾淨清爽的細布衣服溜出房間，踏著月華，輕巧地一閃身進了長生的柴房。

「長生，你睡了沒有？」

黑暗中，長生一直坐在床上等著她。「進來吧，我沒睡。」

趙大玲摸黑來到他的床邊，長生自然而然地往裡挪了挪，給她讓出地方。

趙大玲一矮身坐在床沿，還沈浸在長生終於甦醒過來的巨大喜悅裡，卻又覺得患得患失。在他昏迷的這段日子裡，他那麼乖，由著她為他擦身換藥，由著她時時都去占他的便宜，把他抱在懷裡，如今他醒過來了，一切會不會又回到從前？

黑暗中，她只能看見他隱約的輪廓，挺直的鼻梁、完美的側臉線條，都讓她愛得心中發疼。她伸出手握住他的手，他的手指微涼，握在手裡很舒服，讓驛動的心都漸漸平靜下來。

「長生，」她喚他的名字。「我知道我們未來的路很難走，但是我跟定你了，我也跟我娘說過，這輩子非你不嫁，即便粗茶淡飯、為奴為婢，我也要和你在一起。不要再拒絕我，所有的艱難困苦讓我們一起去承擔、一起去面對，當然，前提是你也喜歡我，而不是我一廂情願，自作多情。」

長生安靜地聽著，直到她說完才嘆息一聲。「我跟妳說過的話妳都不記得了。」

「什麼？」趙大玲有些拿不準。「剛才在蓮花池畔，你說過要娶我，當時突然看見清醒的你，我光顧著高興，沒有仔細琢磨；而且我擔心你是因為怕我再尋死，所以才這麼說的。」

「之前我就對妳說過，妳在哪裡，我就在哪裡，我會一直和妳在一起。」長生閉目道，聲音中透出幾分委屈。

趙大玲怔了一下，好像回到了夢境中。長生第一次出現在她的夢裡，抱著她的時候就說過會一直和她在一起。她一下子握緊長生的手。「太巧了，長生，我作過一個夢，夢裡的你就是這麼說的。你昏迷的時候我作了好多的美夢，夢裡咱們兩個人一起遊山玩水，每次醒來後我都會悵然若失，恨不得一輩子活在夢裡。」

「遊山玩水？」長生的聲音不知為何有些遲疑。

「對啊，我們在小溪邊坐著聊天，在桃花園裡摘桃花、釀桃花露酒，我還夢到我穿過來之前的那個時空，咱們兩個坐在纜車上看整個城市的燈火輝煌……」趙大玲興致勃勃地說著，忽然發現長生很安靜，不禁有些惆悵。「是呢，都是我一個人的夢，你又沒有看見。」

長生面色有些發紅，伸手拉了拉她的衣袖，又拍了拍旁邊的枕頭，示意她躺下。

趙大玲有些不好意思，坐著沒動。

長生低聲道：「這些日子，妳不是一直躺在我旁邊嗎？」

趙大玲還端著點勁兒，扭捏道：「那時你不是昏迷著，沒醒過來嗎？」

長生的聲音小，但異常清晰。「雖然我動不了，也睜不開眼睛，可是我什麼都知道。我聽見妳對我說的每一句話，也知道只要沒人注意，妳就會躺在我身旁，還會摸我、親我……」

此刻饒是趙大玲皮厚如牆，還是覺得臉孔熱騰騰地發燒。原來自己鬼鬼祟祟做的事他都知道？

她一把摀住他的嘴，不讓他再說，嘴裡威脅道：「不許說了，你再說的話，我可要……」

長生輕輕地掙開她的手，低聲問她：「妳可要如何？」說著他抬起上身，在她唇上落下蜻蜓點水似的一吻。「妳應該說：『我可要吻你了。』」

此情此景與曾經的夢境如出一轍，趙大玲的唇上還留著他的唇柔軟微涼的觸感，一時不知身在何處，到底是夢中，還是現實？

如果說剛才趙大玲還以為長生提及了她夢境中的話是一個巧合，此刻卻吃驚得舌頭都打卷兒了。「你……你怎麼會知道？」

「前一段時間裡，我的魂魄與身體無法融合，反而沒有了約束，想去哪裡就去哪裡。」長生安靜說道。

趙大玲忍不住向他印證。「你在我的夢裡對我說，你其實早就喜歡我了，從第一次見面就把我放在心裡了；你還說因為我在這裡，所以你捨不得死。」

「嗯。」長生點頭。「這些話都是我在小溪邊跟妳說的，我們坐在草地上，周圍都是鮮花，後來妳扯開我的衣服……在桃花園裡，我們摘桃花釀酒，妳說要灌醉我，結果自己喝醉了，唱了一首我從沒聽過的歌，還繞著我跳舞……」

趙大玲抽抽嘴角，用手摀住了臉。她記得那個夢，在雲蒸霞蔚的桃花樹下，她跳的是採戈，來回來去地撥浪腦袋就算了，還抬起一條腿掛在他腰上。

長生緩緩道：「在那個高高的纜車裡，妳說妳怕高，一直躲在我懷裡，還拉著我的手摸妳的心跳……」

趙大玲徹底崩潰。原來不管是現實還是夢境，她對長生的遐想都毫無掩飾地暴露在他面前。她低吟一聲，將臉深深埋在掌心裡，死活不肯再抬起來，嘴裡咕噥著：「還有更丟人的事沒有？你一口氣全說了吧，省得我還要回憶。」

「還有很多。」他輕輕拉下她的手，將她的指尖放在唇邊輕吻，黑暗中，雖然看不清他的樣子，但是聽得出他的聲音中帶著幾分羞澀，輕聲嘆道：「我只想告訴妳，我很喜歡……」

因為他的喜歡，趙大玲不再感到難堪。夢裡的那些旖旎，原以為只是自己一個人的遐想，沒想到竟然是兩個人的夢境。那些鳥語花香、纏綿悱惻是他們共同的經歷，那些讓她感動的誓言並不是她的臆想，是長生真真切切對她說的話。

趙大玲放鬆了心弦，緊緊挨著長生並排躺下，兩個人的頭靠在了一起，一聲滿足的嘆息衝破她的胸膛。「長生，原來你一直和我在一起。」

「是的。」長生側過身，將手臂環著她的肩膀，臉頰也依偎在她的頸間。「以前，我總覺得我是個官奴，自卑於自己的身世和遭遇，我怕自己會連累妳，所以總是在逃避，一直不敢回應妳的感情。但是經過這次的事，我終於明白，真正的感情連生死都可以置之度外，俗世中的框架又有什麼是不能克服的呢？尤其妳作為一名女子都如此勇敢執著，在我生無可戀的時候，是妳喚回了我，讓我知道這個世上還有我割捨不下的人。在我昏迷的時候，妳天天都對著我訴說妳的心事，說妳有多喜歡我、多心疼我。當時我就想，即便我的身體不在了，只要妳願意，我的魂魄也可以陪伴妳到地老天荒。」

「長生……」趙大玲呢喃著他的名字，想笑卻又流出淚來。

原來他從沒有放棄她，即使是他飽受折磨、在地獄徘徊的時候，也沒想過離開她；即使他昏迷不醒，魂魄也會進到她的夢裡陪伴她、安慰她，是他的堅守讓他們兩人終於能像現在這樣敞開心扉。這一刻，她心中湧起的愛意氾濫成河，足將兩人淹沒。

兩個人緊緊相擁在一起，帶著不顧一切的執著。卑微的地位、困苦的生活、險峻的環境、渺茫的未來，這一切都無法阻擋兩顆靠在一起的心。

第二日一早，天還濛濛亮，長生已經將院子裡堆積的木柴都劈成了小塊，堆放整齊，又將兩口水缸裡的水注滿。

屋裡友貴家的正忙著做早飯，一邊從籠屜裡往外撿饅頭，一邊數落趙大玲。「昨天半夜我醒過來，伸手往旁邊一摸，怎麼妳被窩是空的，黑燈瞎火的妳跑哪兒去了？」

趙大玲知道自己半夜溜出去見長生被友貴家的發現了，一邊低頭熬粥，一邊悶聲道：「去茅廁了。」

友貴家的恨恨地扔下鍋蓋。「去趟茅廁要去半個時辰？妳掉坑裡了不成？」她壓低嗓門。「妳說妳一個大姑娘家的，總往爺們屋裡鑽，他沒醒來時妳得伺候他就算了，如今一個大活人，妳也好意思？」

趙大玲嘟囔：「有啥不好意思的，妳不是同意我嫁給他了嗎？我嫁了他，也省得別人惦記我。」

友貴家的氣個仰倒。「這不還沒過明路嗎？這要是被人看見了，以後妳在這府裡還怎麼做人？還不得被人戳斷脊梁骨！再說了，萬一出點什麼事，妳個大閨女怎麼說得清楚？妳以後怎麼辦？」

「娘，我就是去跟他說兩句話，沒一會兒就回來了，他好不容易醒了，我總得把之前發生的事跟他說道說道。我們什麼閒白都沒做，妳別多想。」趙大玲知道友貴家的擔心什麼，趕緊安慰她。

夢裡可以肆無忌憚，真到了現實中，不可能隨心所欲，這個道理趙大玲還明白。這個社會的禮教比現代嚴苛多了，想在這個世道上活下去，就得遵循這個世道的規矩。所以她和長生再情難自禁，也會發乎情，止乎禮。

友貴家的哼了一聲。「老娘都想帶著燒火棍去柴房裡捉妳了，還好妳自己回來了。」

友貴家的一邊數落趙大玲，一邊彎腰把灶台旁邊的柴火扔進灶膛裡。長生正好進屋，趕忙走上前接過友貴家的手裡的木柴。

「岳母，您腰不好，還是我來吧。」

「哦，好，火燒旺一點兒，還有兩鍋饅頭要蒸呢。」友貴家的捂著後腰直起身，轉身去拿盤子，走沒兩步，突然警醒過來。「臭小子，你叫老娘什麼？」

長生站起身，畢恭畢敬地將手垂在身體兩側，微微低著頭，小聲卻堅定道：「岳母。」

友貴家的倒吸一口涼氣，直愣愣地看著長生。長生在她的目光下更加侷促，手指不自覺地揪著衣服兩側的布料。

趙大玲滿心歡喜地看著長生。他一直很害羞，卻用這種方式表明了心意，也承擔起了男人的責任。她怕友貴家的刁難他，上來打圓場道：「娘，這不是早晚的事嗎？」

「妳給老娘閉嘴！」友貴家的呵斥趙大玲，指向長生。「讓他自己說。」

趙大玲悻悻地閉上嘴。長生越發手腳都不知道該放哪兒，緊張得聲音都繃緊。「岳母大人，得知您將令嬡許配於我，小婿內心欣喜萬分，小婿雖身無長物，但與令嬡情投意合……」

「等等、等等。」友貴家的不耐煩地打斷他。「好好的，別咬著舌頭說話，老娘聽不懂。」

長生點點頭，老老實實地又翻譯了一遍。「我昏迷的那幾天，雖然不能動也不能說話，但是耳朵卻能聽到聲音。我聽到您說要將女兒許配給我，我非常高興，所以我想向您正式提親，懇請您把女兒嫁給我。雖然我什麼都沒有，但是我發誓我會一輩子對她好的。」

「你這挺屍挺得還挺有水準，不耽誤你聽見要緊的話！」友貴家的憤憤不平。她看了看緊張的長生，又看了看凝神屏氣等著自己答覆的趙大玲，終是無奈地揮揮手。

「得了，你病的時候，我閨女都貼身伺候你了，我這個當娘的還能說什麼？我也不圖別的，只要你對我閨女好就行。不過，」她話鋒一轉，瞪眼道：「咱們醜話說前頭，你要是敢欺負我閨女，老娘可饒不了你。」

長生和趙大玲欣喜地對望一眼。友貴家的這是正式首肯了。

其實友貴家的嘴裡說著狠話，是因為要給新女婿一個下馬威，不能讓他覺得這個媳婦娶得太容易，但是友貴家的越看長生越覺得喜歡。

長生這孩子雖然身分差些，但是人老實，對自己閨女那是死心塌地，為大玲子死都行，就這點來說，友貴家的對他很感激。而且長生長得好，雖說爺們家的長得好不能當飯吃，但是沒有人不喜歡長得俊的。不過友貴家的心裡也嘀咕，長得實在是太俊了，也是毛病啊。

雖然友貴家的已經認可了長生，可她還是替自己閨女委屈。人家嫁閨女都風風光光的，怎麼的男方也得準備間新房吧？自己家嫁閨女倒好，只能拿柴房當新房了。

想到這兒，友貴家的心裡不自在起來。「我知道你窮得叮噹響，彩禮什麼的就不用了，不過你也不能空著手就要把我閨女娶走，總得有點兒表示吧？」

趙大玲垮下臉來。「娘，妳這不是為難人嗎？」

友貴家的瞪了她一眼。「妳還沒嫁給他呢，就向著他！」

長生想了想，手忙腳亂地從懷裡掏出一根木雕的蓮花髮簪。

友貴家的一看，差點兒沒背過氣去。「這不是劈柴雕的嘛！」旁邊的趙大玲兩眼放光。這是去年過年時她在長生枕頭邊看到過的那支蓮花簪，當時長生沒有將這個新年禮物送給她，還讓她鬱悶了好久。

她一把拿過那支木簪，抑制不住欣喜和激動。「好漂亮、好精緻，我好喜歡。」

友貴家的徹底沒了脾氣。攤上這麼個胳膊肘往外拐的閨女，也真是上輩子欠下的兒女債。

大柱子打著呵欠從裡屋走出來，一看到長生，立刻黏了過來。「長生哥，你好索利了！你今天能接著教我讀書嗎？你之前教我的我早就背得滾瓜爛熟了。」

趙大玲笑吟吟地向大柱子道：「柱子，以後得改口了，不能再叫『長生哥』了。」

「那叫啥？」大柱子一臉茫然。

「叫『姊夫』。」趙大玲眉飛色舞，樂得合不攏嘴。

大柱子還不大能理解這個詞的真正意思，呆呆地問：「姊夫？」

「哎。」長生雖然羞紅了臉，卻還是嘴角含笑地小聲應下了。

友貴家的目瞪口呆地看著自己閨女和新晉女婿，終於忍無可忍。「一對沒羞沒臊的，出去出去，帶上妳那個『好漂亮、好精緻』的破木頭簪子，別在我跟前礙眼！」

長生和趙大玲被友貴家的轟出了屋，清晨時分，薄霧藹藹，露水在草尖上搖搖欲墜，顯得小草越發青翠喜人。

兩人走到屋後的空地，坐在樹下的大石頭上，眼見四下無人，長生將那根蓮花木簪拿過來，趙大玲會意，微微低下頭，讓長生將髮簪插在她的頭上。

「一直壓在我枕頭底下，早就想給妳了。」

趙大玲滿心歡喜，只覺得頭上戴的是無價珍寶。

長生卻歉然地嘆了口氣。「委屈妳了。岳母大人肯把妳嫁給我，真的讓我很感激，這份恩情無以為報。」

趙大玲把頭靠在長生的肩膀上。「長生，會好的，一切都會好的。」

忽然，她想起一事，從長生的肩膀上抬起頭來。「以後我還是叫你長生，那你要叫我什麼？」

長生遲疑了一下。「叫妳『玲兒』可以嗎？」

「不好。」趙大玲不滿地搖頭。

長生沒想到叫什麼也這麼糾結，仔細想了想。「那我叫妳『阿玲』吧？我娘親是江南人，那邊都是這麼叫女孩子的。」

「也不好。」趙大玲還是搖頭。

「娘……」長生紅著臉，聲如蚊蚋。

「啊？」趙大玲嚇了一跳。

「娘子。」長生的聲音更小了，若有似無地飄進趙大玲的耳朵裡。

趙大玲手撫胸口。「這還成！不過咱們兩個畢竟沒有正式成親，這麼叫還是早了點。」

長生神色呆萌，一副只等趙大玲示下的表情。

趙大玲轉著眼珠想了想。「你叫我『大玲』吧。」

「大玲。」長生唸了一遍。

「嗯……第一個音再短促一點兒，發成『噠』的音，第二個字讀音虛一些，不用咬實。」趙大玲耐心地糾正著。

「達令。」長生的領悟力很強。

趙大玲滿意地點頭。「對了，再叫兩聲，我愛聽。」

長生聽話地重複了兩遍。「達令……達令。」

趙大玲樂不可支，笑倒在長生肩上，心中暗爽，好像偷吃到香油的小老鼠。

友貴家的忙乎完早飯，換了身沒有油煙味的乾淨衣服，又用清水抹抹頭髮，收拾索利了才來到汪氏的院子裡。

她本想過一、兩年再定下長生和女兒的親事，可如今形勢逼人，又出了二少爺那檔子事，讓她心驚膽戰，索性回了汪氏把這事定下來，省得夜長夢多。

汪氏正在用早膳，一屋子的丫鬟和婆子都安安靜靜，友貴家的在花廳外等了好一會兒才被傳進去。

友貴家的一進屋就規規矩矩地跪在地上。「感謝夫人抬愛，讓我家大玲子到二少夫人那裡去伺候，誰知道這孩子上不得檯面，人蠢笨又沒眼色，惹二少夫人不高興給趕回來了。老奴今天是來向夫人賠不是的，白白糟蹋了夫人的一片心意。」

汪氏已經知道昨天晚上趙大玲被二少爺轟出來的事，心中頗為詫異。難不成那不長進的庶子突然轉性了？她有些不耐煩，好好的計畫被打亂了，也不知中間出了什麼岔子，不由得皺眉道：「那妳是想替妳閨女再謀別的好去處？」

「不是、不是！」友貴家的腦袋搖得跟波浪鼓一樣。「老奴想的是，那孩子也就那樣了，笨手笨腳的，原是不配在主子跟前伺候的，也就掃掃地，再在廚房裡幫我搭把手。只是這段日子以來，老爺讓她照顧那個受傷的小廝長生，早上那後生終於醒過來了。我想這一個大姑娘一直伺候一個後生，說出去不好聽，便想求夫人一個恩典，乾脆讓我家大玲子嫁給長生得了，也省得府裡有人說三道四，壞了我家大玲子的清白名聲。」

夫人一驚。「那顧紹恆醒過來了？」

「醒了，今天早上突然就睜開眼，人也清醒過來，已經能劈柴、擔水了。」友貴家的存了個心眼，沒提昨天晚上的事。

汪氏思量了一下。這顧紹恆醒過來不知是好事還是壞事，慶國公世子和晉王兩邊明裡暗裡的都盯著這件事呢。

其實讓顧紹恆和趙大玲結親，怎麼看都是有利無弊的。既然二少爺那邊沒能收了趙大玲，索性就讓她嫁給小廝，這麼低的身分，又是家生子，又是官奴的婆娘，想必不會給女兒造成阻礙。再者，若真如友貴家的所說，趙大玲的名聲在那擺著，前有傳聞說她是狐狸精，後有貼身照料小廝的事實，日後想配其他小廝，也沒人願意要她。

汪氏沈吟道：「既然妳這個當娘的來求我，我也沒有不同意的道理。只是趙大玲虛歲才十七吧？府裡的規矩妳是知道的，丫鬟要是沒有別的安排，婚配的年紀是十八歲，也不好為了妳家的事壞了規矩。暫且就算是訂了親吧，等趙大玲滿了十八歲再成親。」

友貴家的沒想到汪氏這麼通情達理，大喜過望，磕頭道：「謝謝夫人的大恩大德。您這金口一開，等於過了明路，就不怕那起子小人嚼我家大玲子的舌根子，兩個孩子也有了盼頭。」

汪氏嫌棄她說話粗鄙，揮揮手就讓她退下。

齊嬤嬤最先知道了消息，顧不得懼怕趙大玲這個狐狸精，忙不迭地跑過來添堵。「老妹妹，我怎麼聽說夫人把妳家大玲子許給長生了？說是等大玲子滿十八就成親。哎喲，這可使不得啊，那長生是個官奴，除非皇上金口玉言赦免了他，否則那是脫不了奴籍的。妳家玲子跟了他，豈不是一輩子都完了？永無翻身之日啊！」

友貴家的不愛聽，也知道齊嬤嬤就是這麼個討厭的性子，當下冷冷道：「少說那有的沒的，橫豎我只感激夫人的恩典。我家大玲子的終身是定下來了，可妳家二丫也不小了吧，比我家玲子還大幾個月呢。要我說，妳乾脆去求夫人將春喜從莊子上招回來得了，還能成全一對孩子，要不然把妳家二丫嫁到莊子上種地去也不錯。」

齊嬤嬤變了臉色。「妳這是咒誰呢？別提春喜那個下作胚子！」繼而冷笑道：「再說了，即便春喜我瞧不上，也比妳那好女婿強，進過那種地方的人，也就妳和妳閨女還拿他當個寶。」

友貴家的怒不可遏。「一次、兩次地揭人家傷疤有意思嗎？長生那孩子命夠苦了，落在那種地方又不是他願意的，他一沒偷二沒搶的，哪裡招惹妳了，妳還有完沒完？」

齊嬤嬤朝天翻了個白眼。「我這不也是好心提點妳嗎？這府裡風言風語多了去，之前的事就不說了，可這次擄走長生的人聽說大有來頭，是慶國公家的世子呢！是不是看上妳這乖女婿了？所以說啊，男人生得太好看也不是好事，這京城裡好男風的權貴公子大有人在，長得好就容易被人惦記上。」

友貴家的聽她越說越不堪，將食盒扔進齊嬤嬤懷裡。「拿了飯快滾！別等老娘將妳打出去！」

正說著，長生就抱著木柴進來，放在灶台旁邊。

「喲，長生，前些日子一直癡癡傻傻的，終於醒過來了。」齊嬤嬤一邊說著，一邊兩眼放光。「跟嬸子說說看，你咋就傻了呢？」

「嗯。」長生仔細地整理好柴火才直起身。「之前也不是癡傻，只是魂魄脫離了身體，到陰曹地府走了一遭，見到了判官無常。判官查了生死簿，說我陽壽未盡，便將我放回來了。」

神鬼之說最能引起人的興趣，齊嬤嬤嘖嘖稱奇，面帶興奮道：「果真到了陰曹地府？那判官長得什麼模樣？無常是不是真的吊著舌頭？牛頭馬面看見了沒有？」

長生想了想，神色認真。「判官跟衙門裡的老爺差不多，我只見到了白無常大人，確實舌長一尺，倒也和氣，沒有為難我；黑無常和牛頭馬面沒有見到，聽說到世間抓人去了。塵世間有個人牙尖嘴利，據說這種人捉來要下阿鼻地獄，受拔舌之苦。」

友貴家的在一旁冷哼，幽幽道：「齊嬤嬤妳可要當心些了，小心將來也要被小鬼拔了舌頭。」

齊嬤嬤臉上紅一陣白一陣的，一甩手，抱著食盒出了廚房，猶自恨恨罵道：「真是不是一家人不進一家門。」

友貴家的遞給長生一杯溫開水。「長生啊，那個老貨的話你別往心裡去，她就是嘴討厭，這麼多年了一直這個德行。她再敢胡說什麼，我替你去罵她。」

長生雙手接過杯子，抿抿嘴，低聲道：「謝謝岳母。」

「一家人不說兩家話。喝了水歇會兒，待會兒吃飯我讓你兄弟叫你去。」友貴家的忙著揀菜，準備午飯。

長生喝了口杯子裡的水，加了蜂蜜，有淡淡的甜味。

他放下杯子走到友貴家的旁邊，拿起一根扁豆，學著友貴家的樣子，掰掉頭尾的角，再把兩邊的絲絡扯下來。

友貴家的歪頭看看長生手裡的扁豆，露出滿意的神色。「你這孩子還是挺聰明的。」又指點長生。「扒完了絲絡，直接掰成寸長的段兒，一會兒洗了就能直接下鍋炒，連刀板都不用了。」

「好。」長生乖乖地應下，跟著友貴家的一起揀菜、洗菜，心中湧起從未有過的寧靜。

他曾經錦衣玉食、五穀不分，也曾經為自己的遭遇悲觀、絕望，如今當他站在簡陋的廚房裡揀菜，卻感受到一種脫胎換骨的從容。人生的境遇就是這樣，讓你從雲端跌入低谷，卻在塵埃裡找到心靈的救贖和平靜。

趙大玲進門的時候，看到的就是這一幕。

長生白皙的指拈著碧綠的豆莢，本是寫字、雕刻的手，做起揀菜這樣的事情，一樣讓人賞心悅目。

趙大玲趕緊洗了手跟他一起揀菜，兩個人並肩而立，相視一笑。

生活依舊困頓，前途依舊渺茫，但是人活在世上，有時候需要苦中作樂，最壞的事情他們都遇過，還有什麼事是比兩個人一起去死更絕望的嗎？既然死都不怕，活著又有何難？

這時大柱子從外面跑回來，友貴家的過去扭了下大柱子的耳朵。「猴崽子，瘋哪兒去了？蹭了這一身灰，跟土猴子似的。」

大柱子求救地看著長生，叫了一聲。「姊夫。」

長生趕緊過去，從友貴家的手裡解救大柱子。「岳母息怒，男孩子小時候都是淘氣的。柱子人雖小，卻是個明理的孩子。我帶柱子去洗洗，正好還要檢查一下他昨天的功課。」

友貴家的這才放開大柱子，看著大柱子有說有笑地跟著長生，長生則溫柔地照顧他，真覺得這個女婿比兩個咋咋呼呼的閨女和兒子都強。

自此，長生正式得到了一個新稱呼——「姊夫」。

大柱子圍著長生，姊夫長、姊夫短的叫得異常順口。一開始長生還有些羞澀，但習慣了以後也答應得非常痛快。而趙大玲不但有了「達令」這個專屬於長生和她之間的親密稱謂，還多了另外一個。

今天萍湘忽然笑嘻嘻地叫了她一聲「長生家的」，讓她好半天回不過神來。乍一聽比「大玲子」還要土得掉渣，簡直不能忍，但細細品味卻又覺得無比順耳，這種歸屬感尤其甜蜜。

第二十三章　真相

這一日傍晚時分，玉陽真人得知長生已經甦醒過來，專程到御史府外院廚房探望長生。二人來到屋後的樹下，大柱子乖巧地搬來兩張凳子，又沏了一壺茶葉沫子，好歹也算有個待客的樣子。好在玉陽真人並不在意這些，坐在樹下的木頭凳子上，自是一派仙風道骨的模樣。

長生規規矩矩地向她行了晚輩禮。玉陽真人欣慰道：「聽說你已經醒了，貧道便趕了過來。」

長生低頭道：「有勞道長惦念，晚生還未謝過您當日搭救趙姑娘之恩。晚生昏迷不醒之日，也聽到您多次前來看望晚生，還送來安神清心道符，實在是讓晚生感激不盡。」

玉陽真人神色遺憾道：「終究是貧道來晚了，若不是因為閉關無法下山，也不會累你被慶國公家那個不成器的東西擄走，險些喪命。你也不必與貧道客氣，貧道與你父母俱是舊交，你小的時候，我還見過你，只怕你是不記得了。那時你只有兩、三歲，已識得千字，聰慧過人，你父親甚為驕傲，那麼嚴謹謙遜的人，卻逢人必誇自己的兒子，說『此子將來造詣必在吾輩之上。』引得旁人都說顧太傅有子萬事足，連學問都不做了。」

長生想到自己的父親確實如此，都說嚴父慈母，在他家裡卻是慈父慈母，父親從不掩飾對他的喜愛和欣賞，甚至聖上欽點他為探花郎後，父親也在私下裡遺憾道：「此番大考的出題官和主考官都是我的學生，聖上點你為探花還是為了避嫌。」

言下之意，若不是為了避嫌，狀元也是當之無愧的。

想到當年的事，長生露出笑容，在陽光下宛如冰雪消融。

玉陽真人微微一怔，看著長生竟有些呆住了。長生相貌肖似母親，但是笑起來的時候卻像極了父親，依稀是當年那個騎馬遊街的狀元郎顧彥之。

只一瞬，玉陽真人回過神來，那個人已經不在這個世上了。她不禁唏噓道：「你家落難之時，貧道正在山中不問世事，等到知道消息趕到京城卻已經晚了，你父母俱已身亡，你也不知所蹤。貧道還以為你也追隨父母而去，誰知你落入御史府中為奴。你這孩子也是，既然知道貧道與你父親有約在先，為何不找貧道？」

長生安靜道：「晚生在御史府為奴已是讓顧氏蒙羞，故而不敢用自己的事煩勞真人。」

玉陽真人苦笑。「但你卻為了一個女子不惜暴露身分。這副性情倒是像足了你父親。」

長生不知如何接話，氣氛一時沈默下來。

真人復又嘆息道：「你父親是怎麼走的？臨終前可有未了的心願？」

想起當日之事，長生心中劇痛，眼中有淚意湧動。「當時家父在獄中染病，幾經審訊後更是心力交瘁，病體難支，沒幾日便悵然而逝。家母在女囚牢房聽聞這個消息，只叫著父親的名字說了一句『等我』，之後就懸樑自盡。」

玉陽真人無限感慨。「你父母伉儷情深，自然是同生共死。只是你父親一世忠君，兢兢業業，卻落得如此下場，連帶著妻兒受難，他不怨嗎？」

若說不怨是不可能的，但顧家世代為官，顧彥之為官三十載，輔佐了兩代君王，忠君報國的儒家思想已成為一種烙印，所以他即便蒙受不白之冤，也只是感嘆聖上誤聽小人讒言。

長生沈默了一會兒方緩緩道：「家父只說世事弄人。他仰不愧於天，俯不愧於人，只盼陛下終有一日能明白顧氏一門忠君之心可昭日月。」

玉陽真人瞇起眼睛，眸底射出冷厲的光芒。「你父親竟還對皇上心存幻想，可惜他至死也想不到我那皇姪雖饒了你的性命，卻判你為官奴，入了奴籍，不得翻身。」玉陽真人冷笑。「蕭家的人從來都是這麼冷面冷情。」

長生不語，思緒在腦海中如海浪般翻湧。父親教導他要忠君，但現實是如此讓人義憤無奈。父母慘死在獄中，自己也受盡屈辱，險些喪命，這樣慘痛的經歷，讓他無法原諒那個高高在上的始作俑者。

兩個人又聊了幾句，正巧趙大玲從枕月閣回到廚房，得知玉陽真人前來，便走到屋後。

漫天晚霞中，一道纖麗的人影款款而來，一身淡青色布衣，只在腰間繫著深綠色的腰帶，風吹動了她的秀髮和綠色的垂帶飄飄而舞，雖沒有錦衣美飾，卻自有一派霽月風光，天邊濃紫與橙紅交映的霞光也不如她悅目耀眼。長生抬頭看向她，唇邊揚起溫柔的弧度。

趙大玲來到近前，先向玉陽真人見了禮，然後自然而然地坐在長生身旁，兩個人目光一碰，兩廂微微一笑。

坐在對面的玉陽真人不禁感嘆，兩情相悅便是此番模樣吧，不必說什麼，自然是心照不宣。

略坐了一會兒，玉陽真人便起身告辭。趙大玲送真人出去，後者邊走邊道：「多虧了妳的照料，才讓顧紹恆這麼快清醒過來。貧道也頗為好奇，究竟是什麼契機讓他衝破最終的屏障？」

提起那晚的事，趙大玲也是唏噓。「夫人設計想讓二少爺將我收房，我耍了心眼躲過去，但是長生以為我落入二少爺手中，一著急就醒了過來。」

玉陽真人皺起了眉頭。「好好的御史夫人為何跟妳過不去？」

趙大玲也不明所以。「我也覺得奇怪，我沒招惹她，也沒礙她什麼事，她害我幹什麼？還有那個二小姐，也跟著敲邊鼓，倒像是兩個人商量好的，專門給我挖坑一樣。」

「二小姐柳惜慈？」玉陽真人喃喃道。

「可不是。」趙大玲有些憤憤。「您說她一個大姑娘家的，替她哥哥操心這事幹什麼？剛開始我還以為是她看上長生了，想把我擠跑；可我覺得不大可能，即便她有這念頭，夫人也萬萬不會答應。後來我娘去找夫人說我和長生定親的事，夫人痛痛快快地答應了，二小姐一副終於放下心來的模樣，也沒再找我的麻煩，這可真是奇怪了……」

她正說著，就見前方一道人影鬼鬼祟祟地躲在樹後向這邊張望，玉陽真人也注意到了。

趙大玲小聲道：「那是夫人跟前的范嬷嬷，每次您來，她都在一旁偷聽。」

玉陽真人略微一想，便明白了其中的關鍵，淡笑道：「貧道知道這是怎麼回事了。前不久貧道為了遮人耳目，便謊稱要收一個關門弟子，看來御史夫人和二小姐是上了心的，見妳與貧道走得近，才起了害妳之心。若是讓二少爺將妳收房，貧道自然是不可能收妳為徒。」

趙大玲恍然大悟。「怪不得，她們只是想讓我沒有成為您徒弟的資格。」

玉陽真人冷笑。「打得一手好算盤，貧道偏不讓她們稱心如意呢！」她執起趙大玲的手。「妳可願意拜貧道為師？」

趙大玲眼珠咕嚕轉了幾圈。「做了道姑還能嫁人嗎？」

玉陽真人白了她一眼。「這可是別人求都求不來的好事，偏妳還跟我講條件。我也是真沒見過妳這樣的丫頭，也就顧紹恆還拿妳當個寶。放心吧，我可以收妳為俗家弟子，不耽誤妳嫁人成親。」

與趙大玲相熟了，玉陽真人連「貧道」都省了，直接稱「我」。

「真人，我知道能做您的徒弟那是多少人打破腦袋都爭不到的，但是我始終對宗教信仰存了一份敬畏之心。在我穿過來的那個世界裡，宗教有很多種，絕大多數的教義都讓人向善，有的教義宣揚好人死後上天堂，壞人死後下地獄；有的教義說人會輪迴轉世，好人下輩子富貴平安，壞人就會償還業孽。我在那種環境中長到二十多歲，始終是個無神論者，我覺得一個人要入一門宗教，一定要虔誠，真的把這門宗教的教義當作自己的信仰。現在您要收我為徒，就是要我入道教一門，可是我對道教一無所知，如何做到虔誠無慮呢？」倒不是趙大玲不識好歹，而是她還有宗教方面的顧忌。

玉陽真人頗感意外地看了趙大玲一眼。「妳能說出這樣一番話來，說明妳是個心底坦蕩的人。信仰可以塑造，不信神鬼這個說法頗為泛泛，妳信不信『善有善報，惡有惡報』？信不信『世間萬物皆由因緣而生，因緣而滅』？若相信，這便是一種信念。如今妳對很多事存著疑惑，只是因為還沒有窺得天機。妳在前世的時候，可曾想過自己的魂魄會落在異世、會成為另外一個人？」

趙大玲啞然。穿越本身就是一件用現代科學解釋不清的問題。

玉陽真人拍了拍她的手。「妳不用擔心，即便入道，也有參道、悟道、得道各種不同的機緣，並非所有人都能得道成仙。我只是收妳為俗家弟子，傳授妳一些道義，至於能不能參悟，就看妳的造化了。」

趙大玲這才放下心來，誠心誠意道：「多謝師尊。」

玉陽真人滿意地點點頭。「妳且靜待幾日，為師回去召集妳幾位師姊做見證，再尋一個黃道吉日，便來御史府中宣布此事。」

送走了玉陽真人，趙大玲回到廚房，忙乎完晚飯和所有的活計，已是明月高懸。她拉著長生到屋後散步，她說這樣有利健康，還能減肥。當然，長生是不需要減肥的，但是她想讓長生多活動活動，身體強壯起來。

覺。

如今親事已定，友貴家的對他們獨處也是睜一隻眼閉一隻眼，只是警告她要早點回來睡覺。

「玉陽真人要收我為徒。」趙大玲告訴長生。

長生抿抿嘴，趙大玲趕緊安撫他。「是做俗家弟子，不耽誤我做你媳婦。」

長生這才放鬆了神色，牽起她的手，一根根摩挲著她的手指。

趙大玲接著道：「我覺得她收我為徒，主要還是為了你。她是方外之人，不便出手搭救你或讓你脫了奴籍，便從我身上下手。」

兩個人走累了，坐在樹下的大石頭上，趙大玲不解地問道：「她與你家到底有什麼淵源？我記得丹邱子說我是妖孽的時候，你曾提過你父親和她有個約定，還有一副對聯。」

「花開花謝終有時，緣起緣滅只因天。」長生輕輕唸道。

「對，就是這句。」趙大玲咬著手指，瞬間領悟。「我怎麼聽著這裡頭有故事呢？」

長生捏了捏趙大玲的另一隻手，無奈道：「長輩的事，我也不甚瞭解，這是我父親在獄中時告訴我的。當年玉陽真人尚未出家之時，曾寫出這個上聯，揚言誰若對得讓她滿意，便答允其一件事。結果我父親接的對聯最合她的心意，便有了賭約一說。」

趙大玲搗嘴偷笑。原來對對聯是上一輩人玩過的梗。

她好奇地問：「玉陽真人未出家時應該是哪家的閨秀吧？你爹是太傅，學問大，能對得讓她滿意也不奇怪。」

「我父親當時剛剛金榜題名，中了狀元，還沒有封官。玉陽真人未出家前是先帝最小的妹妹，長平大長公主，也就是當今聖上的親姑姑。」

「真人以前是公主？」這個訊息讓趙大玲吃驚不已，迅速腦補出一個完整的故事——風華正茂的公主見到了溫文儒雅的狀元郎，一顆芳心暗許，於是躲在幕後出了一個上聯，讓大家來對下聯，並許下了誰對的下聯最合她的心意便許諾一件事情的賭約。不知情的狀元郎對出了對聯，公主滿心歡喜地等著這個賭約成為下嫁的許諾，卻不料情郎已有心上人，或是已經娶妻，且此人對愛妻情深如海，連侍妾都不肯納，更不可能拋棄髮妻，另娶公主。

於是傷心失意的公主便決定參禪悟道，選擇出家。只是她的房中一直掛著這副「花開花謝終有時，緣起緣滅只因天」的對聯，並在那人一家遇難的時候，還想著搭救他的兒子。

趙大玲唏噓不已，想發表一下感慨，又怕長生心中忌諱，不願說起父母年輕時的事，只能作罷。

其實長生又何嘗不知道其中的緣由？只是涉及父輩感情之事，不願明言，因此他落難時並沒想過找玉陽真人搭救自己。若不是上次趙大玲險些被當作妖孽燒死，他也不會說出父親與玉陽真人的約定。

已是初秋，夜晚的露水重，有些微微的寒意。趙大玲看著如水的月華，感嘆道：「長生，我們已經相識一年了。我記得就是去年的這個時候，我第一次遇見你，還以為你是一袋子紅薯呢。沒想到如今這袋子紅薯竟然成了我的夫君。

「有時想想，人和人之間的境遇真是奇妙。我曾經無比痛恨這場穿越，讓我遠離了父母，遠離了現代的繁華，可是現在我覺得這場穿越是我遇到的最好的事，因為你在這裡，所以我被送了過來。」

長生拉著她的手貼在自己的面頰上。「是的，大玲，我知道妳是為我而來的。」他吻遍她的指尖。「在妳的夢境中，我看到了妳的那個世界，有璀璨耀眼的五彩燈光，有巨大的鐵鳥在空中翱翔，還有很多四個輪子的車輛，不用馬匹拉著就能呼嘯而過。還有很多人，男人、女人、老人和小孩，他們看上去神情滿足，充滿快樂。妳的那個時空真的非常奇妙。」

趙大玲笑了起來。「沒想到你來到我的夢境中還有這個意外收穫，你可是第一個能看見現代社會的古人呢。空中飛的鐵鳥叫『飛機』，裡面可以坐很多人，最多能達到五、六百人。飛機在萬米高空中飛翔，將人從一個地方載到另外一個地方，比如說從京城到江南，騎馬最快也要好幾天，但是坐飛機一個時辰就到了。街上跑的四個輪子是『汽車』，在現代社會，人們不用馬匹，而是用汽車作為交通工具，它不用餵，不用休息，只要把汽油灌進去，就可以一直跑，比馬還跑得快。」

長生聽得津津有味，伸手攬住她的肩膀，趙大玲也順勢將頭靠在他的肩上。

他輕聲問道：「妳的世界那麼美好，妳想回去嗎？」

「不想。」趙大玲說得毫不猶豫。「因為那裡沒有你。『你在哪裡，我就在哪裡，有你的地方，就是最好的地方。』長生，這是夢中你對我說的話，我也是這樣想的。」

長生微笑著將她摟得更緊，遺憾道：「要是我晚些醒過來，就能多入妳的夢境，說不定能看到更多新奇的事物呢。」

趙大玲趕緊去捣他的嘴。「可別，我還是喜歡跟你在現實中，這樣感覺更真實，更美好。」

他笑意更甚。她好奇地問他：「除了我的夢境，你還去到過別的地方嗎？」

長生搖搖頭，笑容漸漸褪去，露出一縷憂色。

「怎麼了？」趙大玲不解地問。

長生看著天上的明月。「我看到阿翊了。」

「誰？」趙大玲問道。

「晉王蕭翊。」長生低聲道。「他和前太子蕭弼都是我父親的學生，我與他自幼一起長大，是最好的朋友。我娘親與先皇后，也就是蕭翊的母親江皇后，同是江南人，更是閨中密友，後來先皇后嫁予聖上，我母親也跟隨我父親到了京城。幼時蕭翊常在我家玩耍，大些了嫌宮裡規矩多，懶得回去也會住在我家。我娘親便叫他『阿翊』，我也跟著這麼叫。」

趙大玲一下子想到了那個高大威猛的身影，還有那句「同是天涯淪落人，相逢何必曾相識」以及「天王蓋地虎，寶塔鎮河妖」的暗號，她能確定蕭翊也是個穿越來的人。

她忍不住問長生。「晉王蕭翊是你最好的朋友？那你昏迷中見到他時，他長什麼樣子？

跟你說了什麼？」

長生眉間的憂色更甚，沈吟道：「他一身鎧甲，彷彿剛從戰場上廝殺過，身上還有血跡。他對我說他要走了，讓我好好保重。」

那是蕭翊的魂魄吧。趙大玲握住長生的手，不知該怎麼告訴他真正的蕭翊已經不在了，現在這個晉王跟自己一樣是個冒牌貨。

長生還陷在自己的困頓中。「可是我昏迷的時候，分明聽到了阿翊的聲音，他在潘府裡救了我，將我帶到他的晉王府，只是……我不知道為什麼，他好像跟以前有些不一樣。他叫我『小顧大人』，以前他從沒有這麼叫過我，而且他說話的語氣也跟以往不同。」

趙大玲心中忐忑，但還是決定告訴長生實情。「長生，我必須告訴你，你被姓潘的帶走那天，晉王來到御史府，我發現他跟我一樣也是從現代穿越過來的，就是那種見到老鄉的感覺。我求他去救你，提到了你的名字『顧紹恆』，他好像很漠然，就像根本不認識你一樣。後來柳老爺提到你，叫你『小顧大人』，他一副很震驚的樣子，立刻就跑去救你了。」

長生難以置信地問：「妳是說，阿翊也是從異世穿越過來的？」他臉色忽然刷白，不祥的預感將他籠罩，四周的溫度彷彿也降到冰點。

這時一道黑色影子無聲無息地站在他們面前，擋住了月光。趙大玲抬頭看去，只看到一個身材魁梧、異常高大的身影，如鐵塔般佇立在眼前。

趙大玲剛想尖叫，待看清來人，趕緊用手摀住嘴，將尖叫聲吞回去，只剩下一雙眼睛嘰哩咕嚕打量著面前的人。

那人也在打量她，彷彿要從她的身上看出什麼端倪，須臾，那人試探著問：「1939？」

趙大玲放下捣著嘴的手。「第二次世界大戰。」她緊接著問：「2014年世界盃冠軍？」

「德國。」那人深吸了一口氣。「2020年奧運？」

「在東京！」趙大玲脫口而出，兩眼淚汪汪，伸手握住了蕭翊的手，使勁兒搖了搖。「同伴！」

蕭翊也雙目含淚。「終於找到同類人了！」

雖然上次蕭翊來御史府中已經和趙大玲對過了暗號，但總覺得跟作夢一樣，直到此刻才生出真實感。原來自己在這個異世上並不是孤獨的，原來還有一個人與自己來自同一個地方，有著共同的經歷和背景。

兩個人忙不迭地介紹自己的身世。「我叫顏粼睿，大學畢業工作兩年，一年多前一場意外讓我來到這裡，變成了廚娘的女兒趙大玲。」

「我叫蕭毅，毅力的毅，特種部隊的，一年前執行任務時中彈身亡，結果醒過來就到這裡，莫名其妙地成了晉王蕭翊。」

他鄉遇故知，不過這個他鄉的「他」比較離譜，兩個人恨不得抱頭痛哭一番。

長生回過神來，打斷兩個神情激動的人認親的戲碼，他嘴唇止不住地發抖，澀聲問：「等等，如果你占用了晉王蕭翊的身體，那以前的阿翊去哪裡了？」

蕭翊神色黯然下來，趙大玲也垂下了頭，答案是顯而易見的。

蕭翊目光中透著悲憫，緩緩道：「以前的蕭翊已經死了。」

彷彿平地一聲雷，激起層層的迴響，衝擊著長生的耳膜，整個世界裡都是那兩個字。

「死了……死了……死了……」長生驚跳起來，臉上一絲血色也沒有。「你……你再說一次？」

蕭翊歉然道：「大約去年這個時候，我從死人堆裡睜開眼睛，發現自己穿著一身古代的鎧甲，還受了很重的傷，只有一名侍衛還剩下一口氣。他當時對我說：『殿下，屬下知道您要趕回京城救小顧大人，但只有您保住自己的性命才能救得了他。』說完這句話後，那名侍衛也死了，於是我就頂著晉王蕭翊的身分活了下來。我唯一知道的是，蕭翊要回京救『小顧大人』，卻在途中遇到襲擊，身中數刀而死。沒想到冥冥之中自有天意，我在回京的第一天就聽到『小顧大人』被姓潘的捉走了，於是才趕到潘府救了你。」

長生抖得更加厲害，彷彿狂風暴雨中的一片樹葉。他用手摀住了眼睛，淚水順著指縫洶湧而出，他彎下身，痛哭失聲。

趙大玲從來沒看過長生如此崩潰。在他被潘又斌擄走時他沒有哭過，在他受盡折磨重傷將死時也沒有哭過，而此刻他卻哭得像一個世界末日裡的孩子，所有的悲傷和悔恨都傾瀉而出。

她心疼不已地擁住他，輕拍著他瘦削的後背，默默用自己的懷抱撫慰他。

長生嗚咽道：「我以為他眼看我家破人亡而無動於衷，還曾對他心生埋怨，卻不知他早已為我而死。」

當時事發突然，顧氏一夕獲罪入獄，親友和朝中的同僚因怕牽連都急於撇清和他們父子的關係。父親在獄中一病不起，長生來不及向阿翊求救，但他知道官職五品以上的官員獲罪訊息會寫在朝廷公文上傳到燕北，他相信阿翊得到消息後會趕來相救，即便不能親自回來，也能夠動用他身為皇子在朝中的一些勢力。

阿翊是父親手把手教出來的學生，父親雖然更偏重前太子蕭弼，但對阿翊也是悉心教導，倍加賞識。同時阿翊也是母親閨中密友的小兒子，從小恨不得長在他們家，纏著母親要吃母親做的江南桂花茯苓糕，而母親總是笑咪咪地給他做，看著他一口一口吃得香甜。

他們長大以後，每次母親做了什麼好吃的都會留給阿翊一份。阿翊在顧府有一座自己的小院，方便他懶得回宮時留宿在顧家。長生和阿翊更是從小到大的好朋友，意氣相投，無話不談，他們都堅信兩人之間的友誼能夠持續一輩子。

這樣親密無間的關係讓長生相信阿翊不會對顧氏的獲罪袖手旁觀。畢竟他是個掌兵的親王，即便不能讓聖上回心轉意，赦顧氏無罪，也能想方設法保全他們一家人的性命。

父親的病一日重似一日，長生在獄中想著阿翊知道後會如何部署、何時能將消息傳遞回來。這個信念支撐著他，讓他挨過了那段灰暗的獄中生涯。

後來父親病死在獄中，母親追隨父親而去，再後來他被貶為官奴，歷盡人世間的折磨與苦難，曾經的期望早已變成絕望，彷彿在火爐上澆下冰水，徹底冷卻後只餘下一股嗆人的黑煙。最好的朋友就這樣銷聲匿跡、毫無消息，眼看著他父母雙亡，身陷囹圄。

此刻，當真相以這樣殘忍的方式被剖析在眼前，長生的心中翻起愧疚和悔恨的巨浪，撕扯著他的心臟，讓他的心千瘡百孔，卻偏偏流不出一滴血。在阿翊放下邊關的事務，帶著一隊貼身侍衛風雨兼程地往京城趕路的時候；在他遇到偷襲、與敵人殊死搏鬥，身中數刀，力竭而亡的時候；在他的靈魂已經成為孤魂野鬼、飄蕩在曠野中依舊守候著不肯離去的時候，自己卻在埋怨他、猜忌他。

長生無法原諒自己。是他褻瀆了這份友情，他流著淚懺悔。「阿翊，是我辜負你的友情，不配做你的朋友。」

蕭翊嘆口氣。「無論如何，總算是透過我的手救了你，他的心願也可以了了。」他從懷中掏出那枚壽山石印章。「這是我醒來後發現身上唯一能證實身分的東西。我想蕭翊是十分珍視的，要不然也不會放在身上。」

長生接過印章，沁涼的石頭帶著玉般的潤澤躺在他的掌心，他喃喃道：「這是我刻的，送給了阿翊。」

蕭翊了然地點點頭。「怪不得他一直帶在身上，現在也算是物歸原主了。」

長生收攏了手指，將印章緊緊握在掌中，直握得指骨發白。「當日伏擊阿翊的那些人可有什麼特徵？」

蕭翊想了想。「當時滿山坡的死人，一半穿著鎧甲，一半穿著黑色的夜行衣。穿鎧甲的都是蕭翊的近身侍衛，穿黑衣的應該就是伏擊的人。既然是暗殺，肯定不會留下線索把柄。我檢查了幾個黑衣人，沒看出能標示身分的印記；他們使用的刀劍雖然鋒利無比，卻也沒有什麼族徽或記號。」

蕭翊思索著，忽然想起一事。「對了，只有一點很奇怪。我看到幾個死不瞑目黑衣人的眼眸竟帶著淡淡的綠色，我開始還以為他們是波斯等地的異域人，但是五官又不像那邊的人種那麼立體，與中原人長得沒有分別，所以看上去有些怪異。」

長生瞳孔一縮，眸光彷彿浸染著寒霜。「那是碧閻羅，是一種可以控制人心智的毒藥。我父親發現蕭衍在秘密訓練一隊死士，以碧閻羅控制他們，讓他們充當殺手，為他做一些暗裡誅殺異己的勾當。只可惜，還未等我們獲得更多的訊息和證據就被打入牢中，對蕭衍這些死士的調查也不了了之。但有一點可以肯定的是，被碧閻羅控制的人，眼眸會變成淡碧色。」

「你是說命令殺手伏擊蕭翊、要他命的人是太子蕭衍？」蕭翊驚問。

長生低垂著眼眸，看著地上黝黑的樹影如鬼魅般搖曳，牙縫間迸出一個字。「是。」

他深吸了一口氣，勉強抑住慘痛的心緒，向面前的蕭翊解釋道：「阿翊的存在始終是蕭衍的威脅。江南那邊江皇后的母族勢力壯大，京城中一些老臣是前太子蕭弼一派的，阿翊自己也有親信勢力，蕭衍自然不敢在這麼多人眼皮底下動手。他費盡心機說動聖上將阿翊調出京城，一來可以趁阿翊不在京中時鞏固自己的勢力，二來也是想趁著戰場上刀槍無眼，好製造機會向阿翊下手。阿翊離京時，我曾告訴他要小心提防蕭衍，阿翊笑我多慮，還說蕭衍再陰險也不至於謀害至親手足。看來我們還是太天真了，為了皇位和權力，蕭衍早已將親情棄之不顧。」

趙大玲聽了也黯然。「不管在哪個時空，皇位的誘惑都會讓人變成惡魔，為了那個位置，即便是親人也會痛下殺手。在我們那個世界，大約三百年前，就發生過幾個皇子為了皇位互相殘殺的事，後世稱為『九王奪嫡』。」

長生默默聽著。他從來都是溫潤平和的，即便對著傷害他的人，目光中也帶著悲憫，而此刻他被淚水沖刷過的眸底幽光乍起，帶著雪亮的恨意，字字泣血道：「阿翊是蕭衍的親弟弟，午夜夢迴，他可曾聽見手足的嗚咽？可曾想過那歸於塵土的鮮血與他本源自同一血脈？蕭衍，此仇不共戴天！只要我活著一天，必會替阿翊向你討回這個公道！」

蕭翊一下子想到那日進宮面聖曾見到的那個頭戴金冠、身穿杏黃色蟒袍的太子。當時太子笑容滿面，拍著他的肩膀驚喜道：「三弟，你可回來了，為兄在東宮備下薄酒為你洗塵。」

當時蕭翊還有些感動，雖然因為之後的禁足讓東宮之行化為泡影，但他還是很感激這個在宮中唯一一個對他的歸來表示歡迎的親人，如今想來，不禁冒出一身冷汗。最可怕的敵人不是手拿刀劍直指你面門的那個，而是笑裡藏刀躲在暗處傷害你的人。

想到以後還要與蕭衍周旋，面對宮中和朝中的諸人諸事，蕭翊也是頭疼不已，頹然地問趙大玲。「這裡真不是人待的地方，咱們還有辦法回到現代嗎？」

趙大玲同情地看著他。「倒是有一位道長說可以送咱們異世者的魂魄回去，不過本來的身體不在了，魂魄經過輪迴，不知道會落在什麼人的身上。」

蕭翊抽抽嘴角。「那不等於是再穿一次，穿回現代的某個人身上？萬一是個老頭怎麼辦？」

趙大玲幽幽地補了一刀。「也可能是個老太太。」

蕭翊倒吸了一口涼氣，須臾垂頭喪氣道：「還是算了吧。好在我前世是個孤兒，無父無母，了無牽掛，我還是先在這一世活著吧，實在活不下去再說。」

他看向長生，目光誠摯。「既然我選擇留在這個世上，就會頂著蕭翊的身體活下去，但是這個世界對我來說非常陌生，明槍暗箭，防不勝防，所以我需要你的幫助。」

長生點頭，鄭重道：「我會盡我所能幫助你，就算是為了阿翊，我也不會讓他的身體再死一次。」

由於蕭翊是透過守在御史府外的王府侍衛的報告得知長生已經甦醒，趁著夜色溜出王府，又翻牆進了御史府，所以不便久留。「我還有一件要緊事要請教你。今日宮中傳來消息，皇上解了我的禁足，讓我明日進宮面聖謝恩，我該怎麼做？」

「示弱。」長生道。「無論是在聖上面前，還是在蕭衍面前，都要處處示弱，掩蓋鋒芒，讓他們以為你已經受到了教訓。」

蕭翊點點頭，又問道：「要是聖上問起我為何闖進潘府又打了潘又斌，我能據實說嗎？」

「不可。」長生神色篤定。「你與我的關係人人皆知，聖上也是明白的。若說你為了搭救我闖進潘府自是在情理之中，雖然不妥，也算不上是什麼大的罪過。但是既然御史府一直沒有動靜，說明潘又斌從御史府抓走我的事暫時還沒有傳到聖上耳朵裡；潘又斌一向橫行霸道、無惡不作，但也不敢公然在皇上面前抖出自己的醜事，所以他們肯定沒有向聖上說實話，隨口扯了一個理由就遮掩過去。這樣也好，不要讓聖上覺得你與我依舊關係密切，聖上疑心重，若是讓他以為你對我家的案情不滿，將對你非常不利。還有，潘又斌凶殘無謀，按照他的性子，早就再來御史府抓我了，既然他一直沒來找我麻煩，就說明是有人勸住了他，讓他暫時不要輕舉妄動，這個人一定就是蕭衍。」

「蕭衍肯定跟那個姓潘的畜生是一丘之貉。」蕭翊捶了下旁邊的樹幹。「看來我得離那個蕭衍遠一點兒。」

長生搖搖頭。「躲也不是辦法。」

蕭翊眸中帶火。「我上次見過蕭衍，他笑得那叫一個親熱，現在知道他是殺死蕭翊的人，我怕我再見蕭衍會一拳打在他臉上。」

長生沈聲道：「宮中的人都要戴著面具，藏住真心本意，掩下喜怒哀樂。蕭衍生性狡詐，最會在人前演戲，你明日若想毫髮無損地從皇宮裡走出來，這個戲就還得演下去。」

「那該怎麼辦？」蕭翊洩氣地問。

長生修長的手指敲著身側的石頭。「你明日進宮先找到蕭衍，說那日你一時衝動闖進潘府還打傷了潘又斌，心中非常忐忑，怕聖上降旨怪罪於你，沒想到聖上只是讓你禁足王府，處罰頗輕，讓你萬分慶幸。蕭衍肯定也不想你在聖上面前說出實情，會乘機賣你個人情，告訴你是他為你在聖上面前打了圓場，將這件事大事化小、小事化了，你就按照他的說辭在聖上面前回話就行。」

蕭翊想到明日進宮，依舊頭痛。「我還需要注意什麼？」

「你見過聖上後，應該去鳳鸞宮拜見皇后潘氏。」長生拿起一根樹枝，在地上畫出皇宮的位置圖。「鳳鸞宮在皇宮的西南方位，從勤政殿出來右轉，穿過一條甬道，出長樂門後左轉。雖然有內監為你引路，但你也要知道大概的方位。鳳鸞宮裡的首領太監是安公公，明面上是潘皇后的心腹，但沒有人知道他早年受過江皇后的恩惠，對已故的先皇后忠心不二，真到危難關頭，他肯定會助你。」

接下來長生一邊畫圖，一邊給蕭翊講宮中的事。將皇上、潘皇后、太子，還有皇帝身邊伺候的總管太監這些有可能遇見的人的品貌特徵、性格習慣都一一向蕭翊交代清楚，又將宮中的禮節和諸多要注意的事告訴蕭翊。時間緊迫，他只能揀要緊的說，好在蕭翊記憶力很好，將大量的訊息記了個八九不離十，對明日的宮中之行也有了幾分底氣。

時間過得飛快，已是月上中天，蕭翊不得不告辭。

「明晚我再來御史府中找你。御史府外有幾個我的侍衛在暗中保護你，你若有什麼事，以夜鷹叫聲為代號，兩短三長，他們自會現身聽命於你。」

長生和趙大玲都沒想到他這麼細心，早就布置好保護他們的人，誠心誠意向他道謝。

蕭翊笑了笑。「畢竟我占用了蕭翊的身體，看來他的那些所謂親人是不需要我去報恩了，但我會盡我所能保住他的朋友，也算是我對原主的一點兒敬意。再說了，除去這層關係，我們也是同盟，京城中朝局混亂，錯綜複雜，我走錯一步，死都不知道怎麼死的。」

蕭翊踏月而去，第二日進宮面聖，順利過關。夜裡再次出現在御史府時，神色也輕鬆了一些。

「今日還好，在宮中沒有出什麼紕漏。」

趙大玲好奇地問：「那個蕭衍為你狠揍潘又斌找的是什麼理由？」

一提起這件事，蕭翊怒上眉梢，咬牙切齒道：「他說我看上姓潘的一個小妾，所以直接打上門去要人。皇上斥責我幾句荒唐，也就不了了之。結果我今日回王府，不一會兒潘府就送來十個女子，都被我打發走了。」

趙大玲對蕭翊表示深切的同情。以他的身分和如今炙手可熱的勁頭，這種往他跟前塞人的行為肯定少不了。

長生問蕭翊。「今日朝中還有什麼特別的事嗎？」

「倒也沒什麼。」蕭翊想了想。「就是皇上提出要選秀，為我和太子選妃。我見太子沒說什麼，也就沒說什麼。還有，皇上說我如今的晉王府有些陳舊，讓我在娶妃前修繕一番，工部還畫了圖紙給我過目。」

「圖紙呢？我看一下。」長生伸出手。

蕭翊在身上翻找了一番，拿出幾張紙。「幸虧我沒隨手扔了。其實也沒什麼可看的，就是幾張草圖。」

長生接過圖紙，展開來細看，趙大玲也歪過頭去打量，從圖紙中看不出什麼，不過是幾張草圖，幾處亭臺樓閣，外加一片湖。

長生卻看得很仔細，指著圖紙向趙大玲道：「大玲，妳看這裡，這張圖紙有問題。」

蕭翊聽到「達令」這個稱呼，不禁掏了掏耳朵，看向趙大玲的目光也飽含深意。趙大玲感受到他的目光，回頭瞪了蕭翊一眼，趁著長生翻圖紙的工夫，給蕭翊倒了一杯茶，湊近他小聲警告道：「你不許告訴他這是什麼意思。」

蕭翊撇撇嘴，兩個人心照不宣地對視了一眼。

長生合上圖紙，遞給蕭翊。「明日進宮要向聖上告罪。本朝祖制，親王的宅院南北向不能超過一百九十丈，東西向不超過一百四十七丈。而你這個王府擴建後南北向二百丈，東西向更達到了一百六十二丈，已經超出親王的規格；還有亭臺樓閣屋脊上的神獸數目也不對。十獸為鴟吻、鳳、獅子、天馬、海馬、狻猊、押魚、獬豸、鬥牛、行什，你府裡的正殿就用了七隻，這是太子寢宮的規格，你若用了便是僭越，到時候參你一本窺視東宮之位，你都無從辯駁。」

蕭翊嚇了一跳，拿過圖紙來橫看豎看。「這些人也太黑心了，處處挖坑，就等著我跳呢。」

長生取過茶杯喝了一口。「工部尚書杜如海表面上無黨無派，忠君為國，實際上卻是太子一黨的。八年前，聖上下旨在南苑建造一處行宮，耗時四年，戶部前後撥銀共計五百餘萬兩，這其中有近一半落入杜如海和他同黨的口袋。然而行宮建成不到兩年，就倒了兩座宮殿，皇上派前太子蕭弼追查此事，蕭弼查出南苑行宮的建築偷工減料，本應用金絲楠木或杉木為樑為柱，卻用次等的松木和榆木；石料不是堅固的花崗石，而是薄且脆的琉璃瓦片，就連澆築用的材料也多是沙土。杜如海求到蕭衍那兒，給了蕭衍百萬兩白銀以求保他一命，後來蕭弼要將杜如海的罪行稟報聖上，卻突然染了重症，沒多久就薨了。曾有人懷疑是杜如海和蕭衍動的手腳，卻苦於沒有證據，之後蕭衍做了太子，自然是將此事壓下，只處置了一個地方知縣，當作此事的替罪羔羊。自此之後，杜如海就死心塌地地跟著蕭衍，偏偏還要在明面上裝出一副與世無爭的模樣。」

趙大玲和蕭翊聽得心驚膽戰。趙大玲向蕭翊道：「這就是咱們那邊的豆腐渣工程。」

說完，兩個人心有戚戚焉。

長生苦笑了下。「豆腐渣工程？這個形容倒也貼切。」

蕭翊感嘆道：「幸虧京城中有你，要不然我兩眼一抹黑，什麼都不知道。」

趙大玲不解地問：「為什麼你穿過來後不用假裝失憶這招？你看我多聰明，跟我娘說我病糊塗了，什麼都不記得，也免得露出馬腳。」

蕭翊也很無奈。「我醒過來那會兒周圍都是拿刀拿劍、虎視眈眈的人，不知是敵是友，我只有震懾住他們才能保命。」

長生也贊同蕭翊的做法。「你不能說你什麼都不知道，雖然那樣能夠蒙混一時，但是長久來看並非良策。如今你兵權在握，朝中又有幾分擁立你的勢力，蕭衍尚忌憚幾分，若你說你什麼都不記得了，他便會藉這個機會徹底除去你的羽翼，要是再有丹邱子那樣的道士一口咬定你是妖孽，你就更無翻身之日。」

蕭翊從長生這裡受益良多，一連幾天半夜都翻牆頭進御史府，將當日朝堂上發生的事講給長生聽，長生就幫他分析其中的利害關係，再商量翌日的應對之策。

不想第四天晚上翻牆離開時，不小心被巡院的家丁看見，一時鑼鼓喧天，府裡的家丁護院都跑了出去，大喊著：「有刺客，保護御史大人！」

柴房裡，長生和趙大玲聽到外面的響動，趙大玲不屑地低聲道：「就那個毫無建樹的御史，誰會稀罕來行刺他？」

長生有些擔心地問：「蕭翊武功如何？會被抓住嗎？」

趙大玲安慰道：「放心吧，他是我們那時代的特種部隊，受過專業的訓練，一個人對付十幾個人肯定沒問題。」

果真，到了翌日，據家丁說那賊人身材高大，也沒看清臉，被他打傷了七、八個人之後翻牆逃走了。

雖然蕭翊沒被抓住，但是御史府卻因此加強了警戒，巡夜的家丁也由以前的一隊增加為三隊，這讓蕭翊幾次半夜趴在牆頭上興嘆。

長生剛把宮裡的人和事都告訴他，朝中錯綜複雜的人際關係還沒來得及細說，幾十個朝臣叫得出名字的只有十幾個，這讓蕭翊每次上朝都只能縮在一旁，恨不得拿著一根隱身草擋在眼前。

第二十四章　拜師

連著兩天沒等來蕭翊，卻等來了玉陽真人。

玉陽真人身穿一件深紫色繡鬱羅蕭台和日月星辰的天仙洞衣，手持白玉柄麈尾拂塵自遠處走來，金碧輝煌，恍如仙人下凡。一同前來的還有丹邱子、微亞子、清松道人和玄虛散人四大徒弟，四人也都穿著正式的法衣，裝飾嚴謹，一絲不苟。

汪氏帶著御史府的幾位小姐出門迎接，見到這陣仗也是心中一驚，隱隱猜出幾分玉陽真人的來意，面上帶了抑制不住的喜色，二小姐更是覺得自己志在必得，瞥了幾位庶妹，眼中盡是倨傲之色。

四小姐笑得跟一朵花一樣，湊到二小姐跟前耳語。「恭喜二姐姐。我早就說呢，真人多次來咱們府上，肯定是看上二姐姐了，也只有二姐姐配作真人的弟子。」

二小姐揚起了頭，淡笑道：「這也是妳們的好事，傳出去家中嫡姊是玉陽真人的弟子，妳們也臉上有光，連帶著水漲船高。」

四小姐笑靨如花。「那是自然，我們都是沾了二姐姐的光呢。」

三小姐在一旁淡然不語，五小姐偷偷看了一眼二小姐，想跟著拍馬屁，又不知從何下手，神色有幾分尷尬。

玉陽真人向汪氏行了道禮，平靜道：「有勞夫人和眾位小姐相迎，貧道和幾位徒弟叨擾了。」

汪氏臉上笑容燦爛。「真人和眾位道長仙臨，這是柳府求都求不來的，快快請進。」

在內府的會客廳，幾位在紫檀太師椅上落坐，玉陽真人這才說明來意。「貧道共有二十八個弟子，本已收官，不想當日在紫金山巔曾占卜一卦，見京城方位紫氣浮關，是為吉兆。於是貧道再入塵世，尋著紫光的方位，到京城中再收一個俗家弟子做為貧道的關門弟子。」

汪氏胸有成竹，面上卻擺出好奇的神色。「真人肯再收弟子真是天大的喜事，不知是哪家閨秀有這等福分？」

二小姐強忍笑意，臉上還要裝出一副平靜無波的神情，忍得臉都僵了。

玉陽真人卻道：「福生無量天尊，不可思議功德。道法度眾人，倒也沒有閨秀或平民之分。」

汪氏微微變色，就見玉陽真人伸手，身後的玄虛散人自袖中捧出一隻翠羽小鳥，紅嘴紅掌，翼尖一抹翠藍，非常漂亮，綠豆一樣的黑眼珠隨著腦袋的搖擺彷彿專注地盯著眾人。

玉陽真人接過小鳥，手指撫著小鳥頭頂的鳳羽。「這隻翠羽鳥跟隨我多年，陪我修行悟道，頗通靈性，能夠尋找獨具慧根的有緣人。」說著雙手一揚。「去吧，找到那個人。」

翠羽鳥撲棱著翅膀飛到空中，幾位小姐都眼巴巴地看著小鳥，希望牠能落在自己的身前，尤其是二小姐，在翠羽鳥飛過她頭頂時，下意識地伸手去抓，手伸到鬢邊突然意識到不妥，又改為扶了扶髮髻上的珠花，好歹算是掩飾過去。

玉陽真人靜靜地喝茶，只作沒有看見。翠羽鳥在幾位小姐頭頂盤旋了兩圈，突然自敞開的屋門展翅飛了出去，引得眾人一陣驚呼。

玉陽真人淡淡吩咐：「清松，妳跟著翠羽鳥，看牠落在何人身旁，把那人帶來。」

「是，師尊。」清松道人手中拂塵一擺，出了屋門，跟隨著翠羽鳥的方向而去。

汪氏的臉紅一陣白一陣，礙於玉陽真人的身分不便發問，心中卻是忐忑不已。

二小姐焦急地看了汪氏一眼，汪氏對她微微搖頭，示意她不可造次，她只能扭著手裡的絲帕，兀自焦急。

不過一盞茶的工夫，清松道人回來了，向玉陽真人行禮道：「恭喜師尊，翠羽鳥尋到一位女子，在她頭頂盤旋不去，最終落在她的肩頭，弟子已經將她帶了回來。」

眾人一齊抬眼向門口看去，就見洞開的大門處，一個穿著青色粗布衣裳的女子款款而來，而那隻翠羽鳥就站在她的肩膀上，歪著小腦袋，神色很是倨傲。

女子背光而行，又微微低著頭，眾人一時沒有看清她的容貌，只覺得這女子身姿窈窕、氣度不凡。

待女子走近，眾人才看清這女子原來就是外院廚房裡廚娘的女兒趙大玲。

「信女拜見真人。」趙大玲跪在玉陽真人面前脆聲道。

御史府裡的人全都目瞪口呆，再也沒想到翠羽鳥選中的竟然是一個掃地燒火的末等丫鬟！

二小姐騰地一下子從椅子上站起來，氣急敗壞道：「這個賤婢怎麼會出現在這裡？還不把她轟下去！」

趙大玲垂頭跪在地上，落落大方，氣定神閒，看都沒看二小姐一眼。

汪氏臉色發青，勉強壓下驚怒，向玉陽真人道：「真人，這翠羽鳥會不會弄錯了？此女是鄙府一個末等丫鬟，字都不識一個，怎麼會是有慧根之人？」

玉陽真人合眼掐算了一下，方道：「錯不了的。貧道算了此女的命格，乃是開通天眼之人，正是貧道要找的道家有緣人。」

「開通天眼？就她一個燒火丫頭也能開通天眼？」二小姐再也無法維持風度，聲音也尖利了起來。

玉陽真人自袖中抽出一本《南華真經》，遞給趙大玲。「妳可會唸？」

《南華真經》就是《莊子》，是道家學派的經典著作。趙大玲雙手接過，翻開第一頁，朗聲唸道：「北冥有魚，其名為鯤。鯤之大，不知其幾千里也。化而為鳥，其名為鵬。鵬之背，不知其幾千里也……」

「這如何能算數？」二小姐氣急敗壞道：「若是真人一早告訴她書中內容，她硬背下來也未可知。」

「慈兒休得無禮。」汪氏斥責女兒，又向玉陽真人道：「真人勿怪，小女也是一時情急，怕真人被這女子騙了。真人自然不會事先告訴她書中內容，也許是她向別人問過，背下來開頭幾句。」

玉陽真人不語，隨手將趙大玲手裡的書翻到後面，趙大玲會意，接著唸道：「天下有至樂無有哉？有可以活身者無有哉？今奚為奚據？奚避奚處？奚就奚去？奚樂奚惡？夫天下之所尊者，富貴壽善也……」

二小姐白著臉，恨聲道：「會唸幾句《南華真經》便是開了天眼嗎？那這麼說，這屋裡的幾個人，包括我幾位庶妹都是開了天眼的？」

玉陽真人不以為意，依舊一臉的雲淡風輕，聲音卻是不容置疑的。「二小姐此言差矣，妳們姊妹生在官宦人家，自幼開蒙，識文斷字自然毫不稀奇。但趙大玲是廚娘的女兒，在御史府十數載，從不識字，卻在一夕之間精通道義，能夠唸出道家真經，自然證明她受天尊點化，貧道不過是受三尊指引，引她入門罷了。」

二小姐略想了想，頓時一副恍然大悟的樣子，咬牙道：「肯定是那個官奴教她認字的。」

汪氏也道如此，幫腔道：「真人有所不知。外院廚房有一個小廝粗通文墨，定是他們朝夕相處，那小廝教會趙大玲識字的；而且這趙大玲是御史府的家生子，我已將她許配給官奴長生為妻，不日完婚，這待嫁女子總不好入到您門下吧？」

玉陽真人掃了汪氏一眼，轉頭問趙大玲。「妳今年多大了？」

「回真人，信女周歲十六，虛歲十七。」趙大玲恭敬道。

玉陽真人點頭道：「那還不急著成親，先與為師修煉兩年道法吧。若能參悟，便入我門為正式弟子；若無法得道，再嫁人不遲。」

汪氏氣得仰倒，心中悔恨。早知道友貴家的一來找她時，就讓趙大玲和長生立即成親，還訂的哪門子親，如今卻也沒有了反駁的理由。

玉陽真人向趙大玲道：「如此妳便是貧道第二十九名徒弟，也是貧道的關門弟子，我為妳取一個道號。」真人略想了想。「就叫『靈幽』吧。」

靈幽？倒過來唸不就是「幽靈」？趙大玲囁囁牙花子，覺得玉陽真人給她這個道號肯定是故意的，但此刻也只能恭敬拜下。「弟子靈幽謝師尊賜名。」

玉陽真人含笑道：「起來吧，去見過妳幾位師姊。」

趙大玲依言起身與丹邱子、微亞子、清松道人和玄虛散人幾人一一見禮，輪到丹邱子時，只見她豎掌道：「之前與師妹之間有些誤會，師妹不會怪罪我吧？」

當然怪！差點兒燒死自己能不怪嗎？趙大玲腹誹著，面上只能謙和道：「師姊哪裡的話，有道是不打不相識，沒有您那番引見，靈幽也不會有今日的造化。靈幽初入師門，以後還望師姊多多教導。」

丹邱子皮笑肉不笑，退到玉陽真人身後。

玉陽真人完全把御史府的人晾在了一邊，只向趙大玲道：「為師暫住在城外的太清觀，妳平日仍可與家人住在一起，不過每月初一和十五，要到太清觀聽為師布道，傳授妳一些入門心法。」

「弟子謹遵師命。」趙大玲心裡一陣激動。終於有機會出御史府去看看外面的世界了！

玉陽真人這才轉向汪氏。「靈幽既已是貧道的弟子，自是不能再在府中為奴，貧道打算為她脫了奴籍，不知夫人可否應允？」

汪氏已然恨得牙都要咬碎了，剛要開口反駁，就聽一個蒼老的聲音自屋外響起——

「既已是真人弟子，當然不能再為奴為婢。」

眾人抬眼看去，就見老夫人拄著枴杖，在丫鬟的攙扶下走進屋來。

「不知真人攜幾位高徒前來，老身有失遠迎，還望真人見諒。」

玉陽真人道：「本是怕妨礙老夫人休息，才沒敢驚擾您。」

老夫人誠惶誠恐。「真人不必客氣，折煞老身了。」

汪氏將主人的位置讓給了老夫人，老夫人跟玉陽真人客氣一番後落坐，探身道：「先向真人賀喜，得以覓得佳徒，真人不拘一格招納弟子實在是一段佳話。靈幽出自御史府，也是我們全府的榮耀。如今老身有個不情之請，想收靈幽姑娘為老身義女，也算是沾沾真人收徒的喜氣，不知真人意下如何？」

玉陽真人沈吟了一下。這趙大玲也委實是身分太低，說出去不好聽，若是能為老夫人的義女，倒也說得過去，當下便叫過趙大玲。「還不快謝過老夫人抬愛！」

趙大玲暈乎乎的，多了師父就算了，怎麼又多了個老乾媽呢？這會兒也無法計較太多，認就認吧，當下納頭便跪。「靈幽拜見義母。」

「好、好，乖女兒，快起來吧！」老夫人笑著將頭上一根和田玉鑲嵌紅寶石簪子從雪白的髮髻上拔下來插在趙大玲的頭上。「來得匆忙，沒準備什麼，就這根簪子還是個老物件，就當作是認親禮吧！」

接著又一迭聲吩咐府裡的僕役。「去給靈幽小姐收拾出一個清靜的院子，讓他們一家人搬進去。」

接下來便是焚香行禮。玉陽真人將一件黑色的道袍披在趙大玲的身上，算是正式收了她為關門弟子，接著又叮囑了趙大玲幾句，便帶著幾個弟子告辭。

會客廳中，汪氏打發了幾個庶女和所有的僕役，只留下了二小姐柳惜慈，這才灰白著臉問老夫人。「母親，您怎麼免了那賤婢的奴籍，還認她為義女呢？」

老夫人半眯起眼睛，卻難掩眼中的精光。「妳們糊塗！那玉陽真人明顯就是為著趙大玲來的，她既然要收趙大玲為徒，又有誰攔得住？我收她為義女，也是為了將這份榮耀留在御史府，否則如果讓真人為趙大玲脫了奴籍，再帶他們一家人出府，可就跟咱們御史府一點兒關係都沒有了。」

汪氏不甘心道：「那讓媳婦收她為義女便罷了，何必您親自收她做義女？」

二小姐也撲到老夫人身上哭訴。「祖母，如此一來，那燒火丫頭豈不是比孫女還長了一輩？」

老夫人徐徐道：「以玉陽真人的身分，她的徒兒豈能是老身孫女這個輩分？認真說來，做老身的女兒也是咱們高攀了呢。」

汪氏不解地問：「玉陽真人雖然道法高深，在京城中威望頗高，但是她已入道門，不問俗事，為何母親如此懼怕她？」

老夫人吐出一口氣。「妳道玉陽真人是誰？還記得當年的長平大長公主嗎？」

汪氏一驚。「您是說先帝最小的妹妹？不是說二十五年前急症薨了嗎？」接著瞬間反應過來。「難道……」

老夫人緩緩點頭。「當年長平大長公主不知為何遠離紅塵，對外只說是急症而亡，其實她一心求道，入了道門。正因為她公主的身分，所以被尊為真人，地位極高，這也是她一向離群索居、隱在深山的原因。時間久了，京中知情的老人也不再提及此事，人們漸漸便只知道她是得道高人，而忘記了她本來的身分。妳想想，她的徒兒讓妳叫一聲『妹妹』，是不是當得了？」

汪氏沈默不語，一旁的二小姐猶自哭鬧。「孫女不依，憑什麼那個賤婢如今成了府裡的主子不說，輩分還比我高？」

老夫人煩躁不已。「妳怎麼這麼不懂事？玉陽真人若是要解除趙大玲的奴籍，不過是易如反掌，我們何不做個順水人情？她是先帝爺的妹子，如今的聖上都要叫她一聲皇姑姑，我認她的弟子為義女，攀上這層關係對咱們御史府來說只有好處沒有壞處。妳光想著嫉恨，怎麼不想想這玉陽真人的關門弟子出在了咱們御史府，不管怎麼說也是御史府的榮耀，要怪就要怪妳沒那個本事做真人的弟子，反而便宜了一個丫鬟。」

二小姐一怔，咬著帕子嗚咽，轉頭撲在汪氏懷裡痛哭失聲。

友貴家的跟作夢一樣。前一秒還是燒火做飯的廚娘，下一秒就成了老夫人義女的親娘，這是什麼樣的轉折？

也就是說，汪氏見了她，按照輩分來講都要叫她一聲「姨母」。友貴家的不敢再往下想，怕想多了折壽。

她拉著大柱子怯生生地站在新收拾出來的小院子裡，院子四四方方的，種著花草，一間正房，兩間廂房，這回娘仨兒終於不用擠在一間屋裡。

友貴家的帶著大柱子住在正房，趙大玲則住在旁邊的廂房。

友貴家的在屋子裡摸摸梨花木的桌子，又摸摸湖藍色薄紗床帳和床上軟軟的被子，轉來轉去，連坐都不敢坐，一扭頭看見大柱子正扒著條案，一雙咕嚕的眼睛正好奇地看著上面的雙耳瓷瓶，躍躍欲試地想伸手去摸。

友貴家的忙扭著大柱子的耳朵把他拉開。「猴崽子，別打破了東西，這屋裡的哪一樣都不能亂動，那都是值老多銀子的寶貝，壞了一樣咱們都賠不起。」

大柱子看著趙大玲，委委屈屈地叫了聲。「姊……」

趙大玲趕忙上前解救大柱子。「娘，柱子不過一時好奇，他有分寸的。」

友貴家的哼了一聲。「都是妳和長生兩個把他慣壞了。」

趙大玲拉著友貴家的坐下，友貴家的只敢在椅子上坐半個屁股，一個勁兒地問：「玲子，這個院子真是給咱們住的？以後不用回外廚房去睡了？這屋裡的東西隨便咱們用？」

趙大玲有些悶悶不樂。因為長生還住在外院柴房，不能一起過來，所以她才堅持自己住一間，方便她夜裡溜出去。一想到今後不能隨時守在長生身邊，再好的地方都讓她提不起興趣，她無精打采道：「娘，這只是暫時的，以後我一定想辦法讓咱們到御史府外面過自由自在的日子。」

脫離御史府才是趙大玲的終極目標。這一年多來她無時無刻不在嚮往外面自由的空氣，這次玉陽真人收她為徒，讓她脫了奴籍，離開御史府這件事從遙不可及的白日夢變成了觸手可及的目標。光是這一點，趙大玲就非常感激玉陽真人。

但是長生身分特殊，出不了御史府，所以她也暫時打消了離開御史府的念頭。如果能離開這裡，長生、友貴家的還有大柱子，一個都不能少。

友貴家的聽到趙大玲這麼說，嗔怪地拍了她一下。「不惜福的丫頭，這已經是上輩子燒高香了，娘真是作夢都想不到這輩子還能住上這麼好的房子。」

這時小丫鬟送來了衣服和日用品。「夫人說了，來不及給趙姑娘一家人做新衣服，先拿了幾件夫人、小姐和四少爺的衣服過來，你們先將就著穿，等回頭再找裁縫來給你們量衣裳。」

如今趙大玲已經是老夫人的義女，身分自然水漲船高，不能再穿下等婢女的粗布衣裳，那不是讓老夫人沒臉嗎？不過她對穿別人的衣服有心理障礙，尤其聽說是二小姐的衣服，更覺得膩歪，想來二小姐肯定也是不樂意的，所以她還是穿著玉陽真人給她的道袍，黑色的對襟麻布衫，露出裡面的白色交領，套在身上晃晃蕩蕩的。配著這身衣服，她索性拆散了髮髻，紮了一個清爽的丸子頭，用長生給她的蓮花木簪綰住頭髮。

晚飯時間，友貴家的仍帶著大柱子回到外院廚房做飯，誰知卻被告知以後都不用再管外院廚房的事了。眾人都對他們一家人豔羨不已，有恭維的，有說風涼話的，友貴家的渾渾噩噩，看著新廚娘在灶上忙進忙出，反倒有些失落。

趙大玲也不知如何安慰友貴家的，這大概就跟前世辭職的感覺差不多吧。

她找到正在屋後菜地忙活的長生，一路拉著他進到柴房，剛關上柴房門，就忍不住一把抱住他，將頭埋在他的懷裡，用力深嗅他身上清爽的氣息，這才感覺躁動的心沈穩下來。

「長生，雖然只有半天的時間沒見到你，但我就是覺得心裡不踏實。」

長生摸著她的髮髻。「玉陽真人正式收妳為徒了？」

「嗯。」趙大玲埋在他的懷裡不願抬頭，從懷裡掏出一小包香料。「你讓我今日隨身帶著這個小香包，那隻識得香味的鳥兒果真徑直飛到我面前，停在我的肩膀上不願離去。」

長生點頭。「我之前跟玉陽真人商議過了，找一隻有經過嗅覺訓練的鳥。飛鳥識人，此為天意，便可以堵住悠悠眾口，讓妒忌妳的人說不出話來。」

趙大玲撇撇嘴。「可是我不願意住到小院去，感覺離你遠了。」

長生笑了笑，輕聲安慰。「不過多走幾步，晚上我去找妳。」

趙大玲這才開心點兒，大大點了頭，抱著他修長的脖頸，像一隻無尾熊一樣整個人掛在他身上，直到大柱子在門外喊她。

「姊，妳在柴房裡頭嗎？老夫人院裡的翠喜姐姐說老夫人讓妳去她屋裡吃晚飯。」

趙大玲這才戀戀不捨地從長生懷裡抬起頭，朝外面應道：「知道了，我馬上就去。」

她心中懊惱，連晚飯都不能跟長生一起吃了呢，於是扳下長生的頭在他兩邊臉頰上各親一口才放開。回身之際，手卻被長生牽住了，她詫異回頭，長生滿面通紅，眼睛卻是晶亮的，好像落入了漫天的繁星。他抿著嘴，神色中有些委屈和不滿。

「怎麼了？」趙大玲奇怪地問，對他這樣的神情是一點抵抗力都沒有，心軟得能滴出水來。

長生指指自己的唇，趙大玲這才恍然大悟。他竟然是嫌只親了他的臉，沒有吻到他的嘴唇，一時有些哭笑不得。

這傢伙竟然進步得這麼快，都會逗她了。

於是她重新抱住他，結結實實地吻了過去，直吻到昏天暗地，兩個人都透不過氣來。

趙大玲來到老夫人的院子，屋裡已經站了好多人，一屋子的鶯鶯燕燕，幾位小姐和兩位少夫人都在。

趙大玲規規矩矩地拜見了老夫人，幾位小姐中，只有三小姐跟趙大玲關係好，不著痕跡地微微朝她點點頭，露出真心的笑容。

二小姐一見趙大玲那身裝束，已然氣紅了眼，刻薄道：「小人得志。真人都走了，妳還穿著這身衣服捨不得脫下來，這是恨不得昭告天下，唯恐大家不知道真人收妳為徒了？」

趙大玲知道她是妒忌，如今最大的好處讓自己得了，還跟她計較什麼？只淡然一笑。

倒是老夫人皺起了眉頭。「慈兒，休得對妳小姑姑無禮。妳小姑姑如今是玉陽真人的關門弟子，既入道門，自然應該穿著道袍。」

二小姐聽見「小姑姑」幾個字，已然勃然大怒，眼淚都在眼眶裡打轉，可當著老夫人和大家的面又不願丟臉哭出來，只有死死咬著唇。

趙大玲向老夫人行禮道：「我聽見義母傳喚，來得匆忙，沒來得及換衣服。師尊說了我是俗家弟子，除去初一、十五見她老人家的日子，其他時候在府裡是不用穿道袍的。」

老夫人點頭笑道：「是這個理，正是青春年華，原該打扮鮮亮些。」

眾人落坐，老夫人居中，汪氏坐在她左邊，老夫人讓趙大玲坐在右邊，她推讓一番，只得坐下。幾位小姐按順序坐在下首，兩位少夫人站在後面布菜伺候。

這一頓飯吃得大家都彆扭無比，汪氏和二小姐她們自是不齒跟趙大玲這個掃地燒火丫鬟同坐一桌，深感受到了侮辱，趙大玲也在心裡腹誹著。她寧可跟友貴家的、大柱子和長生一起吃饅頭，也不願跟這些人坐在一張桌上吃山珍海味。

老夫人殷勤地讓兩個孫媳婦給趙大玲布菜，並向二小姐道：「慈兒，我記得過幾天妳要在府中開個詩會，邀請了京城中的幾位大家閨秀，到時候帶著妳小姑姑一同參加，也好將她介紹給大家。」

二小姐大吃一驚。「祖母，來府中參加詩會的都是有頭有臉的人物，孫女邀請了淑寧郡主蕭晚衣、王尚書家的嫡女王若馨、李侍郎家的嫡女李柔萱，還有好多京城裡達官顯貴家的女兒。讓趙大玲出現在這些人面前，豈不是有損咱們御史府的臉面？」

「慈兒！」老夫人重重地將手中的筷子撂到桌上。「妳小姑姑是玉陽真人的弟子，這是御史府的榮耀，這件事就這麼定了，妳不要再任性。」

二小姐氣得鼻翼不住翕動，死死地揪著手裡的帕子。汪氏拉了拉她的袖子，無聲傳遞一個警告的眼神。

好不容易吃完一頓飯，趙大玲趕緊退下，汪氏也帶著二小姐回到了她的院子。

二小姐心中又氣又苦，忍不住向汪氏哭訴。「娘，過幾天的詩會是我精心準備許久的，祖母卻非要我帶著趙大玲一同出席，難道真要那個卑賤的丫頭參加我的詩會嗎？我的臉豈不是都丟盡了！」

汪氏見二小姐額上的青筋都冒了出來，心疼地攬著她。「我的兒，妳祖母一門心思地巴結玉陽真人，自作聰明地認她的徒弟做了乾女兒。她也是老糊塗了，就不想想，若不是因為趙大玲，這真人弟子的位置本應是妳的，誰料卻生生被那個下賤丫頭得了這天大的榮耀。」

二小姐跺腳道：「那娘您說該怎麼辦？」

汪氏冷笑。「既然妳祖母叫妳帶著她，妳帶著便是，整治她還不容易嗎？她一個粗鄙的丫頭如何上得了檯面？若是在京城貴女中丟了臉面，回頭傳到玉陽真人耳朵裡，真人自然悔恨自己一時大意收了這麼個丟臉的徒弟。這樣一來，說不定妳還有機會。」

二小姐眼中的寒芒如針尖一般銳利。「詩會上我就將她這個燒火丫頭兼官奴的婆娘『隆重』地介紹給那些權貴家的小姐們。」

另一頭，趙大玲出了老夫人的院子後，便站在一處不顯眼的地方等候。不一會兒，果真見到三小姐柳惜妍扶著紫鳶的手走過來。

趙大玲走上前，三小姐見了她打趣道：「如今我也要叫妳一聲『小姑姑』了。」

趙大玲笑道：「行了，妳就別逗我了，妳二姐姐為了這件事都快要吃了我。」

三小姐很是不屑。「她一心要做真人的徒弟，沒承想真人卻收妳為徒，她這幾天肯定一個勁兒地磨牙呢，恨不得將妳拆吞入腹。」隨即快意道：「該，平日裡憑著嫡出的身分，不拿我們幾個當姊妹看，處處打壓，如今看她那副氣急敗壞的樣子，真是大快人心，讓我喊妳一聲『小姑姑』我都認了。」

趙大玲趕忙抓緊時間問「花容堂」的事，三小姐笑道：「放心吧，按照妳說的，牌匾都換了，我已經找人重新書寫後掛上去了。如今店裡的生意非常好，花容堂的名聲已經打響，連宮裡的貴人都讓小公公出來訂貨。這些日子，妳的分紅已經有近百兩，都存在我那裡呢。」

趙大玲聽了也挺開心，她在心裡飛快地算了一下，按照一兩銀子折合前世的四千元來算，她如今也有近十萬的身家了。更何況，一兩銀子折合四千元只是按照米價來算的，如果按照生活成本來說，古代的一兩銀子可比現代四千元要值錢多了，要知道一個普通人家一年的花銷不過二、三十兩，自己如今也算是一個小富婆。

她笑著向三小姐道：「沒想到都有這麼多了，先存在妳那裡，我可不敢拿給我娘，怕她老人家乍一見這麼多銀子，還不得嚇昏過去。」

「可不是，我將這幾個月賺的銀子交給我娘，嚇得我娘也是一驚一乍的，不知道藏哪兒好，晚上睡覺都不踏實。」三小姐眉開眼笑。趙大玲拿的不過是盈利的十分之一，如今她和梅姨娘娘倆的已經有近千兩銀子。有銀子傍身，自然有了底氣，母女倆再也不是以前只能唯唯諾諾、仰人鼻息的樣子，連梅姨娘在汪氏面前都敢挺直了腰桿說話。

三小姐有感而發，越發感激趙大玲，誠心誠意道：「妳簡直是老天派到我身邊的財神，有妳在，我和我娘如今賺個盆滿缽盈。」

趙大玲微微一笑。「這才是個開始，以後賺錢的日子還長著呢。」

前些日子一直照顧長生，自然沒有心思去想「花容堂」的事，如今長生也醒了，趙大玲心情好，想起賺錢的事，從懷中拿出幾張紙遞給三小姐。「有段時間沒出新產品了，這上面是幾款面膜，用桑蠶絲裁成能貼合臉部的形狀，用花水純露浸濕了敷在臉上，不同的花水純露效果也是不一樣的。玫瑰水保濕美白，橙花水防止秋燥過敏，桃花水養顏。」

三小姐驚喜地翻看著趙大玲畫出的草圖和寫的秘方。「太好了，我也正琢磨著該推出新產品，可巧咱們想到一塊兒去了。」

趙大玲笑道：「過幾天不是有詩會嗎？妳不妨讓田氏帶些花容堂的東西過來送給那些小姐們，就算是為咱們花容堂打廣告了。」

三小姐早已習慣從趙大玲嘴裡迸出的新詞。「我以前就覺得妳不一般，可從來沒拿妳當丫鬟或僕役來看。今日聽玉陽真人說妳是開了天眼的，細想起來還真是這麼回事。妳蟄居在御史府，但肯定不是池中之物，要不然怎麼會知道這麼多事呢？」

有了開天眼一說，倒是讓趙大玲身上很多不合常理的事變得合理了，這樣一來就省得自己再為一些現代的言行找藉口，以後萬一在人前露出什麼馬腳，也可以說是自己開了天眼的緣故。

三小姐已然是拿趙大玲當作同盟與知己，跟趙大玲商量道：「我還想跟妳商量一件事。

如今花容堂的生意越來越好，我琢磨著讓田氏在外頭尋一個地段好的鋪面開分店，妳看可使得？」

趙大玲想了想道：「胭脂水粉的需求量畢竟有限，即便全京城的閨秀來買，一年的消耗量也是固定的。一盒胭脂買回去可以用三、五個月，一支黛筆能使用得更久。如今花容堂門庭若市，在京城裡另開分店的話，我擔心會自己搶了自己的生意。要我說，開分店不如離開京城，開到別處去，比如江南一帶，那裡富庶，女子都好打扮，開在那邊肯定生意好。」

三小姐一聽，有些洩氣。「咱們又不能出去跑買賣，要在江南開分店可不是動動嘴就能做到的。」

趙大玲笑道：「這個可以從長計議。再說也不是只有胭脂水粉才賺錢，其實咱們除了做胭脂水粉的生意，還可以開一間成衣鋪子，女人的錢是最好賺的，除了胭脂水粉，大的花銷還有衣裳和首飾。做首飾生意需要的銀子多，對工匠的手藝也有諸多嚴苛的要求，相對來說成衣鋪子要容易些，找幾個好的裁縫和繡娘就能做起來。雲想衣裳花想容……成衣鋪子可以叫做『雲裳堂』，穿雲裳堂的衣裙、用花容堂的胭脂，這樣可以做成一個系列，互相宣傳。」

三小姐眼睛一亮。「『雲裳堂』做成衣？這我倒是沒想過。女子的衣裙沒有嫌多的，這個若是做得好，自然有銀子賺。」

趙大玲抻了抻身上的道袍。「還得麻煩妳一件事。回頭讓田氏從現成的成衣鋪子給我、我娘和我弟弟買兩身衣服回來，也正好研究研究如今外面成衣的行情。」

三小姐挑眉笑道：「這有何難？城東的『天衣坊』是如今京城裡最有名的成衣鋪子，我讓田氏按你們一家人的身量先置辦兩身，也省得妳整日穿著道袍沒個替換。」

趙大玲回到一家人住的小院，見到友貴家的在給大柱子補褲子，在屁股蛋處和膝蓋處各縫上一塊補丁，藏藍色的褲子用土褐色的補丁，簡直醜到不行。

趙大玲過去按住友貴家的忙碌的手。「娘，這褲子都破成這樣了還補它做什麼？再說柱子這半年長得快，褲子都吊腳了，扔了算了。」

友貴家的白了趙大玲一眼。「敗家子，剛過了半天好日子就忘了自己姓什麼。好好的褲子補補就能再穿兩年，扔了怪可惜的。」

趙大玲接著勸道：「我已經託人去外面給咱們一家人買新衣服了，以後您和柱子都不用再穿補丁衣服。再說夫人不是讓丫鬟拿來四少爺的衣服了？大人不願穿旁人的衣服，小孩子可沒那麼多的忌諱，讓柱子先將就穿四少爺的褲子就行了。」

「喲，這說的是什麼話？」友貴家的不甘了。「什麼叫『不願穿旁人的衣服』？什麼叫『將就穿』？那可是主子的恩典，我都妥妥貼貼地收好了放進箱子裡，逢年過節拿出來看看，記掛著主子的好。」

趙大玲有些無語。原來友貴家的不是嫌棄別人的舊衣服，而是覺得自己壓根兒就不配穿主子的衣服。

在穿來最初，她還有意讓友貴家的知道平等自由的意識，可友貴家的在這樣的社會生活了快半輩子，一些根深柢固的觀念是很難改變。就像趙大玲自己，生活習慣容易改，但是從骨子裡來說，她仍是二十一世紀的現代女性。

她明白作為一個穿越的靈魂，自己沒有資格高高在上地指責這個時代的人奴性十足、愚忠愚孝。友貴家的受盡剝削和壓迫，卻依舊心地單純，知道感恩，是個善良而知足的人。

她抱了抱友貴家的肩膀。「娘，明天再補吧，晚上幹活傷眼睛。」

友貴家的用針尖劃劃頭皮。「妳去歇著吧，我很快就補完了。」

她一邊補褲子一邊嘆氣道：「以前總是覺得一天的活兒幹不完，做了早飯要忙活午飯，這午飯的鍋碗瓢盆還沒拾掇索利，又得琢磨晚飯吃什麼。別處幹活總有歇著的時候，偏偏咱們這個廚房歇不得，哪怕有個疼痛腦熱也得咬牙該幹什麼幹什麼，這府裡幾十口子頓頓要張嘴吃飯，容不得你偷一點兒懶；可是今日一整天沒活兒幹，我卻覺得要閒得長白毛了。晚飯的時候我出去在院子裡溜溜，遇到彭嫂子她們幾個，面上說得好聽，實際上都是酸話，聽得我心裡彆扭。以前還能找妳李嬸子打打牌，現在我也不敢去了，怕人家說我顯擺，只能補補衣服打發時間。」

趙大玲也明白，如今他們一家人在府裡的地位很尷尬，表面上算是新晉主子，實際上還脫不了奴僕的身分。

她也擔心友貴家的雖然清閒下來，但生活娛樂卻少了，這樣下去不利於身心健康，便向友貴家的提議道：「娘，明天妳要是沒事就繡些帕子，針腳細密些，我找人拿出去賣，賣了銀子也好貼補家用。」

友貴家的眼睛一亮。「那敢情好。我年輕的時候在丫頭中繡活也算是出類拔萃的，嫁給妳爹後就一腦袋扎進廚房，繡花的活計做得也少了，如今拾起來想來也不是什麼太難的事。要是能賣幾個錢，就攢起來給妳兄弟做老婆本。」

友貴家的興奮地立刻開始找布、找繡線，從箱子裡拿出一小卷細白布，布料稀薄透光，放的時間長了，顏色都有點泛黃。

趙大玲幫忙把一小把紫色的繡線捋直。「明天我再給妳找些好布料和好絲線來，這樣繡出的帕子才漂亮。」

「不用，我回頭去妳李嬸子和林嬸子那兒看看有沒有適合的絹布和彩色的絲線，再找三小姐院裡的丫頭要幾個時新的花樣，我們老姐兒幾個一起繡，繡好了給妳拿出去賣錢。有銀子大家一起賺嘛！」友貴家的開始展望美好未來，動力十足。

趙大玲也挺高興。既為友貴家的找到事做，又能透過這種方式將銀子交到友貴家的手裡，還能幫助她重回幾個老姊妹的社交圈，簡直是一舉三得。

友貴家的已經飛針走線開始給細白布鑲邊，趙大玲輕輕退出正屋，踏著月色來到廚房旁邊的柴房。

鐵蛋和胖虎他們幾個已經回家吃飯去了，只剩下大柱子還在跟著長生唸《論語》，清脆的童聲從柴房內飄出來。

「子貢曰：『貧而無諂，富而無驕，何如？』子曰：『可也，未若貧而樂，富而好禮者也。』」

大柱子唸完，迷惑地問：「姊夫，剛才你講過前半句是孔子的學生說的『雖然貧窮卻不諂媚奉承；雖然富有卻不傲慢自大。』我覺得已經夠好了，為什麼孔子還要說不夠好呢？」

長生溫潤的聲音在月夜中顯得格外清朗。「貧窮時不諂媚，但如果是覺得別人都看不起自己，因而故作清高、態度倨傲，這實則是一種自卑；富貴時不驕傲，如果這種謹慎謙和是建立在優越感之上的姿態，便不是真正的虛懷若谷。所以孔子說『這樣是好，但比不上貧窮而仍能長保其樂，富有而仍能崇尚禮儀的人』。」

「窮還會快樂嗎？」大柱子不解地問。

「《呂氏春秋》有一段話說得很好，『窮亦樂，達亦樂。所樂非窮達也，道得於此，則窮達一也。』快樂與否只在本心，不在貧富。一個人要保持自己的心不受外界的干擾，貧窮時讓你的心不卑微，仍能感受與尋找生活中的快樂和意義；富貴時讓你的心不膨脹，修身養德，才能擁有高尚的情操。」

趙大玲聽著長生清越如月下清泉的聲音，一顆浮躁的心也平靜下來。她不禁想到自己那麼忌諱穿別人的衣物，自己覺得是『不受嗟來之食』的清高，但往深處想，這是不是也是一種無法坦然面對的自卑？自傲的根源往往就是自卑，只是通過極端相反的形式表現出來。這麼看，友貴家的將自卑表達得坦坦蕩蕩，倒是透出一種率真的可愛。

趙大玲甩甩頭，不再想這個問題。這世上又有幾個人能像長生那樣通透豁達？他有一顆悲天憫人的心，所以才能跳出自己的悲喜，真正做到內心坦蕩。

自己是俗人一個，每日在意的不過是一家人是否吃得飽、穿得暖，再往上追求，就是爭取自由，不再仰人鼻息、任人魚肉。「貧而樂，富而好禮」這樣的境界只能是高山仰止了。

趙大玲推開柴房的門，屋裡的長生和大柱子一起抬頭看向門口，見是她，臉上都掛起微笑，讓她覺得分外溫暖，也不禁笑容滿面。

「姊！」大柱子蹦蹦跳跳地過來拉著趙大玲的手。「我正在跟姊夫讀書呢，姊夫在教我《論語》。」

趙大玲胡擼他毛茸茸的小腦袋。「那你可要跟你姊夫好好學，不但要把句子都背下來，更要多動腦筋，領悟做人的道理。」

「嗯！」大柱子重重地點點頭。

趙大玲拍拍他。「你先回去吧，我跟你姊夫有話說。」

大柱子乖巧地收好書本，向長生道別後便出了柴房。

長生含笑看著趙大玲。「本來我還想著一會兒講完這一章就送柱子回去，也正好去找妳，沒想到妳這麼早就回來了。」

趙大玲走過去坐在長生身邊，將頭靠在他的肩膀上，愜意地瞇起眼睛。「跟御史府一家女眷吃飯無聊死了，還得挨個兒應酬著，害我都沒有吃飽。」

長生拿出一個麵捲子遞給她。「剛才大柱子拿來的。」

趙大玲接過來咬了一口，鬆鬆軟軟的，帶著麵香和淡淡的甜味，比那一桌精緻的菜餚更覺可口。

她把咬了一口的捲子遞到長生嘴邊，長生笑著低頭在她的牙印上咬了一小口，兩人一人一口吃完，趙大玲滿足地抹抹嘴。跟心愛的人在一起，即便只是一個普通的麵捲也吃得異常香甜。

兩個人依偎在一起，如此良辰美景，不做點兒什麼都對不住自己。她忍不住湊上去親吻他的面頰，嘴唇蹭過他的唇瓣，好像被磁石吸引，再也分不開。

彷彿一個火苗「嗖」地一下子燃燒，清冷的柴房裡溫度節節攀升，長生在本能的驅使下，忘情地將趙大玲緊緊抱住，懷中的身體青春洋溢，帶著原始的誘惑，讓他陶醉沈迷，隔著衣服都能感受到她胸前飽滿的曲線。

不經意間，長生修長的手指觸碰到她的胸部，他彷彿被燙著一般後退，卻又貪戀著想要完全的掌控。長生體質偏寒，本是最不愛出汗的，此刻卻生生逼出一身汗來，如玉的額角都濡濕了。

感受到他的進退猶豫，趙大玲一把按住他的手，將他的手緊緊壓在胸前。

掌心下那種觸感帶著不可思議的彈性和柔軟，長生下意識收攏手指，只想要得更多……

屋外的大柱子去而復返，在外面咄咄地敲著柴門。「姊，娘說天色不早了，讓妳早點兒回去睡覺。」

趙大玲氣喘吁吁地和長生分開，頭髮散亂，衣襟也在糾纏中微微散開。她感覺有些喘不過氣，過了一會兒才朝門外道：「我知道了。」

屋外的大柱子唔了一聲。「那妳快點啊，娘說了，要是一炷香的時間看不到妳，她就拿著門栓來找人。」大柱子傳完話就轉身跑走了。

趙大玲一臉沮喪，雙手捧著腦袋。「都訂親了，我娘還跟防賊似的防著咱們兩個。」

長生臉色通紅地別過頭，不敢看她胸前露出的一片瑩白，摸索著伸手替她掩上衣襟。

他深吸了幾口氣，平復急促的呼吸才歉然道：「岳母擔心得沒錯，畢竟妳我還沒有正式拜堂成親，獨處一室已是有違禮教，剛才是我唐突了，差點兒釀成大錯。」

趙大玲噘起嘴，推了他一把，不滿地嘟囔：「迂腐，咱們都訂親了，就差一個婚禮，真出事了也在情理之中，怎麼就『釀成大禍』了？」

長生神色認真。「岳母信任我，才讓妳每日來見我，若是出了事，我可真沒臉見岳母大人了。」

趙大玲看向長生，暗橙色的燈光下，他俊美的容顏更顯溫潤，彷彿一塊美玉發出瑩然的光芒。

她心中哀嘆。「長生，我總擔心夜長夢多，要不咱們把生米煮成熟飯，這樣就沒人再能拆散咱們。」

長生好看的眉毛微挑，一臉的困惑。「生米煮成熟飯？這又是什麼典故？」

趙大玲瞥了他一眼，低聲道：「意思是事情已經做成了，不能再改變。用在這個地方就是說把成親該做的事做了，咱們的親事就板上釘釘，跑不了了。」

這回長生聽明白了，紅霞從脖子蔓延到臉頰，連耳朵都燒得通紅。

過了一會兒，他捏了捏她的手指，聲音雖不大，卻無比堅定。「妳不用擔心以後的事，我們一定能正式成親，不用……」他遲疑了一下，還是紅著臉說出來。「不用『生米煮成熟飯』，一切都交給我，我會讓妳做我明媒正娶的妻子，正大光明地站在我的身旁接受人們的祝福。」

趙大玲驚異於長生的信心，因為從目前的狀況來看，他們的將來實在是不容樂觀。但是莫名的，她就是覺得安心，雖然他消瘦清臞，沒有武藝護身；雖然他身為官奴，無權無勢，但是她卻相信他能夠為她撐起這片天，帶著她奔向屬於他們的幸福與美滿。

第二十五章　詩會

幾日後，到了二小姐柳惜慈在御史府中舉辦詩會的日子。

一大早，二小姐身邊的小丫鬟就來催促趙大玲到花園裡參加詩會。趙大玲對這種閨閣女子傷春悲秋、吟詩作賦的聚會不感興趣，但轉念一想，她如今是玉陽真人的關門弟子，京城中的人對她都十分好奇，有說她是仙女下凡渡劫的，方得到真人的庇護和幫助；也有說她不過是一個掃地丫鬟，肯定會什麼妖法，迷惑住玉陽真人。

總之，各種傳聞千奇百怪，若總是龜縮著不見人也不是辦法。正巧田氏幫她買的衣服也送進來了，幾條裙子和兩件衣裳，一件是茜紅二色銷金撒花褙子，一件是淺紫繡銀色竹葉的褙子。趙大玲不想穿得太過惹眼，便挑了一條米白色暗紋的裙子和那件淺紫色的褙子穿在身上。

小丫鬟將她帶到花園，正是秋高氣爽的時節，菊花盛開，一園子的奼紫嫣紅，搖曳生姿。涼亭裡已經有幾位官家小姐，三三兩兩或賞菊、或喝茶閒聊。

御史府的幾位小姐都在，三小姐柳惜妍永遠是人群中最惹眼的那個，一身海棠紅繡鳶尾花的錦衣，越發顯得她豔光四射、卓爾不群。

一道銳利的目光膠著在趙大玲的身上，讓她陡然覺得身上發冷，循著那道目光看去，卻發現是二小姐面色陰沈地看著她，恨不得眼裡能飛出刀子在她身上剜出幾個窟窿。

趙大玲心中奇怪，雖然也知道二小姐素來看她不順眼，但也不至於當著旁人的面就目露凶光吧？

待仔細一看，她終於明白過來，兩個人這是撞衫了。

二小姐穿著一身淡紫色繡五彩菊花紋的錦衣，裡面也是月白色的裙子，裙襬上綴著米珠和水晶，頭上一支鎏金紫英簪子並幾朵紫水晶的珠花，整個人在陽光下熠熠生輝，富貴華麗。

本來這身裝扮很是精緻，但是五彩菊花紋的錦衣與趙大玲身上只繡著銀線竹葉的衣裳一比，卻多了幾分浮誇俗氣，襯得那淡紫色暗沈不透亮。尤其趙大玲頭上只有一支蓮花木簪，臉上未施粉黛，透出清媚飄逸的氣韻，反倒顯得二小姐頭上的金簪與珠花多餘了，臉上的緋色胭脂也生生壓得她老了幾歲似的。

趙大玲對於撞衫倒是無所謂，二小姐卻覺得自己竟然跟一個低賤的婢女穿得相似，簡直就是莫大的屈辱。以前只覺得趙大玲不過是個灰頭土臉的燒火丫頭，沒想到穿了件好衣服也人五人六起來，在她的眼裡，趙大玲徹頭徹尾就是一副小人得志的模樣。

三小姐不動聲色地過來捏了捏趙大玲的手，趙大玲會意，跟她走到一旁的花圃處賞菊。

兩個人正在小聲談論著花容堂的經營，忽然一陣喧譁，原來是瑞王府的淑寧郡主到了。

趙大玲抬頭看去，只見一位絕色佳人緩步走入花園，剎那間園內的鮮花都顯得黯然失色。她穿著一身雲水碧繡雲雁紋戧銀米珠的錦衣，雲鬟高聳，髮間一對翡翠蘭花髮簪，長長的米珠流蘇垂在她光潔姣好的面頰旁，隨著她蓮步微移而輕輕晃動，折射出瑩潤的光芒。女子雖然容色絕美，神情中卻帶著一絲憂鬱，眼底那抹輕愁更顯得她楚楚動人。

這種震撼人心的美讓一眾少女已經沒有了嫉妒之心，只剩下折服和驚嘆。三小姐一向自負美貌，此刻也不禁失神嘆道：「我今日才知何為絕代佳人、傾城之姿。」

趙大玲仔細比較了一下，這位少女仙姿佚貌，三小姐明眸皓齒，若單論容貌，二人自是各有千秋，不分上下。但是她身上那份雍容高華的氣度和清冷憂傷的韻味卻是三小姐所沒有的，如此顯得三小姐雖然也美麗，卻是小家碧玉的美，也就略遜一籌。

眾人眾星拱月般地圍了過去。這位出眾的少女便是今日詩會的貴賓，瑞王府的淑寧郡主蕭晚衣，倒是人如其名，帶著一股清傲而遺世獨立的味道。

二小姐上前驚喜道：「我還道妳不來了，正想著讓人去請妳呢。」

蕭晚衣微笑道：「閒雲公子親自下的請帖，我怎會不來？」

二小姐自覺臉上有光，笑容中也帶上了得意之色，挽起蕭晚衣的手臂，甚是親熱。「若馨和柔萱她們幾個也到了，我今日備下了菊花酒和菊花糕，正好一邊賞菊一邊玩樂，也算沒辜負這秋日的風景。」

蕭晚衣不動聲色地拉開與柳惜慈的距離，面上仍是恰到好處的微笑。「閒雲公子一向如此風雅。」

既然重要人物都到了，詩會也正式開始。其他幾位閨秀都是熟識的，只有趙大玲大家看著眼生，早就有人對著她竊竊私語。

三小姐是庶出，在這樣的詩會上本來就是陪襯，因此不便開口，而二小姐柳惜慈作為詩會的發起人，自然承擔著將趙大玲介紹給眾人的責任，然而柳惜慈只是神情倨傲地吩咐五小姐柳惜棠。「五妹，趙大玲是從妳院子裡出來的，妳就將她的身分介紹給大家吧。」她語氣裡的鄙夷和不屑，彷彿連在眾人面前提及趙大玲的名字都是褻瀆了自己一般。

旁邊幾位官家小姐聽見趙大玲的名字都露出驚異的神色，繼而掩嘴而笑，大約是從來沒聽過這麼土氣的名字。

五小姐平時只是聚會中的壁花，不過是二小姐礙於情面，帶幾個庶妹出席以彰顯自己這個嫡姊的大度，所以很少有在人前露臉說話的機會。突然聽見二小姐點名，她有些不知所措，蠕動著厚嘴唇，半天才硬著頭皮吭哧道：「這趙大玲從前是我院子裡的丫鬟，她娘是府裡的廚娘，她每天就是掃掃地、侍弄花草什麼的……」

眾人面面相覷。一個掃地丫頭竟然能出席御史府的詩會？

五小姐小心翼翼地看了二小姐一眼，聲如蚊蚋。「幾日前，她被玉陽真人看中，收為弟子。」

所有人都吃驚地重新打量起趙大玲來。沒想到這個容貌清麗、衣著素雅的女子竟然就是這一陣子京城中，傳得沸沸揚揚的玉陽真人新收的關門弟子，更沒想到這個備受大家議論與關注的人竟然只是個掃地丫鬟。

趙大玲在眾人或鄙夷或驚訝的目光下倒也坦然。「我本是府中廚娘的女兒，承蒙師尊不棄，收我為徒，並賜道號『靈幽』。今日得見各位也是我的榮幸，眾位小姐叫我靈幽或是本名趙大玲都可以。」

眾人不料趙大玲如此落落大方，並沒有迴避自己的身分，也沒有面露怯懦。蕭晚衣溫婉笑道：「玉陽真人的弟子自然是不同凡響，能入真人的眼肯定有過人之處，想來靈幽姑娘對道法必有高深的見解。」

趙大玲謙遜地笑笑。「郡主謬讚了，於道法而言我尚未窺得門徑，何來見解一說？師尊收我為徒也只說是緣分罷了。」

蕭晚衣見趙大玲應對得體，全然不似一個見識粗鄙的丫鬟，微微怔了下，點頭笑笑，不再多言。

二小姐懶得為趙大玲介紹其他人，覺得她也不配知道眾位閨秀的芳名，自顧自地拉著蕭晚衣聊天去了。

趙大玲被眾人晾在一旁，面上維持如常的笑意，但多多少少還是有些尷尬。

這時三小姐適時地拿出花容堂新做出的蠶絲面膜送給眾人，幾位閨秀都覺得手中的面膜精緻又有趣，氣氛一下子熱烈開來。

三小姐將一張蠶絲面膜在玫瑰花水裡泡開，敷在臉上，一邊示範，一邊按照趙大玲告訴過她的步驟，仔細地將面膜的使用方法和功效講給眾人聽。「如今秋天少雨，肌膚乾燥，將玫瑰花水泡過的面膜敷在臉上，不但可以幫肌膚補充水分，還可以讓肌膚白皙光滑；若是膚色蠟黃，則可以用桃花水的面膜敷臉，連敷七天便會面色紅潤、色若桃花。」

半炷香的時間後，三小姐揭下臉上的面膜，眾人看她臉上的皮膚比剛才更加細膩白皙、吹彈可破，不禁嘖嘖稱奇。

眾家小姐正是花一般的年紀，沒有不愛美的，於是便圍著三小姐討論起養顏之道。

二小姐被晾在一旁，氣呼呼地看著被眾人包圍的三小姐。這個比她小兩個月的庶女只是不起眼的陪襯，今日竟然大出風頭！

「果真是舞姬的女兒，只會在容色上下功夫，行狐媚之事！」二小姐在人群後面冷哼，聲音不小不大，剛好讓在場的人都聽得到。

眾人見她們姊妹間揭老底，也不好說什麼，只當作沒有聽見。

三小姐最恨旁人拿梅姨娘的舞姬身分說事，氣得胸膛起伏，臉色鐵青。

趙大玲見盟友受辱，當下挺身而出，微微一笑道：「我忽然想起一件事來，記不大清了，藉今日的機會向大家請教請教。」

二小姐沒料到趙大玲自不量力地發聲，轉過頭來狠瞪了趙大玲一眼，不屑道：「妳能有何事？」

趙大玲佯裝沒看到二小姐能在她身上戳出兩個窟窿的目光，自顧自地道：「本朝一向要求女子遵循三從四德，三從是未嫁從父、出嫁從夫、夫死從子；四德是……」她拍拍自己的腦袋，露出苦惱的模樣。「哎喲，四德是什麼來著，我一時想不起來了。」

二小姐從鼻孔裡哼了一聲。「果真是燒火丫頭出身，即便被真人收為徒弟又如何？麻雀終究不能飛上枝頭變鳳凰。」

她仰著頭，居高臨下地看著趙大玲。「告訴妳，妳可記住了，免得以後在外面被人問起四德是什麼，答不出來丟了玉陽真人和御史府的臉。四德指的是婦德、婦言、婦容、婦功。」

「哦？何為婦德？」趙大玲一副虛心受教的模樣。

二小姐侃侃而談。「婦德即為守節操，女子第一要緊是品德，能正身立本。」

「那何為婦言？」趙大玲接著問。

二小姐不屑地掃了趙大玲一眼，搖頭晃腦道：「婦言是指與人交談要會隨意附義，能理解別人的語意，並知道自己什麼該言、什麼不該言。」

趙大玲不緊不慢地問：「婦容又指何意？」

二小姐見周圍的人都看著自己，越發得意。「婦容自然指的是容貌，女子應愛惜容顏，不能面貌粗鄙……」她忽然意識到自己說了什麼，趕緊頓住。

趙大玲笑得雲淡風輕。「既然如此，我們剛才討論婦容之事又有什麼不妥呢？難不成妳覺得女子不應愛惜容貌，不應遵循這三從四德的禮教？」
這個不遵三從四德的名聲若是坐實了傳出去，柳惜慈也就別想嫁出去了。她慌亂道：「不是……我沒有，我不是那個意思……」
瞬間她明白過來，前頭趙大玲裝傻，不過是給她下套等她往裡鑽呢，登時氣得柳眉豎起，渾身發顫，手指趙大玲。「妳……」
趙大玲只作沒看見，低頭整了整衣襬，退到人群後頭，深藏功與名。
四小姐柳惜桐一向唯二小姐馬首是瞻，眼見二小姐臉色陰沈，忙招呼眾人。「今日是二姊姊召集的詩會，自然是以詩詞為首。」她轉向二小姐，伸手搖著柳惜慈的衣袖，巧笑道：「『閒雲公子』的雅號誰人不知，姊姊的文采放在京城裡也是出類拔萃的。妹妹記得二姊姊前兩天說起做了一首詩，好姊姊快唸來聽聽，我都等不及了。」
王若馨等人也適時恭維了一番，迫切地表達出想欣賞柳惜慈佳作的願望。
柳惜慈這才扭捏道：「什麼詩？不過那日看到滿園的菊花盛開，想起了冬日寒梅，隨口胡謅了兩句，說出來倒讓大家笑話了。」
大家自然又是一番吹捧，柳惜慈方矜持道：「盛情難卻，那小女子只有獻醜了。」她四十五度仰望天空，悲悲戚戚地唸道：「眾芳搖落獨暄妍，占盡風情向小園。疏影橫斜水清淺，暗香浮動月黃昏。」
眾人紛紛喝起采來。「好一句『疏影橫斜水清淺，暗香浮動月黃昏』！真如一幅畫一般，而且透過詩句，我們連梅花的清雅香味都嗅得到呢。」

趙大玲在人群後面張大了嘴巴。這明明是宋代林逋〈山園小梅〉其中一首的前四句，是去年冬日大雪紛飛時她偶然說給長生聽的，不想柳惜慈剽竊了〈愛蓮說〉不說，連梅花詩也據為己有。

她有些苦惱。不知自己嘴快說了多少？長生又記了多少？這點兒家底二小姐還要炫耀到什麼時候，難不成能用一輩子嗎？

她冷眼望過去，就見柳惜慈抻著脖子好像驕傲的孔雀，偏偏還要拚命壓抑著得色，裝出一副低調謙遜的樣子接受著眾人的恭維。

感受到趙大玲的目光，柳惜慈在百忙中給了趙大玲一個警告的眼神，目中陡然凶光一現，繼而若無其事地扭過頭，繼續跟幾位官家小姐寒暄。她自然是有恃無恐的，她根本不相信那些詩詞是趙大玲從話本上看的，肯定是顧紹恆做的，而顧紹恆一個戴罪的官奴，此刻還在廚房劈柴呢，不可能跑過來說出詩詞的出處。

至於趙大玲，不過是透過顧紹恆認得了幾個字，即便見過這些詩詞，知道的也有限，所以柳惜慈篤定趙大玲不敢當眾揭穿她抄襲。再說，以趙大玲的身分地位，即便說點兒什麼，眾人也不會相信。

趙大玲對於奉承二小姐的文采毫無興趣，不禁後悔參加這個無聊的詩會，但此刻離席顯得沒有禮數，況且大家只會覺得她是自慚形穢，偷偷溜了。

走不能走，留下來耳朵又受折磨，趙大玲乾脆把目光投向盛開的秋菊。

偏偏四小姐先前見二小姐在趙大玲這裡吃了虧，這會兒為了巴結嫡姊，替她出氣，便斜睨向趙大玲，嬌笑道：「看來大玲子是悶壞了，也是，二姊姊說的這些，她一個燒火丫頭自然是什麼都不懂的，當然覺得無趣。」

柳惜慈樂見有人奚落趙大玲，裝模作樣地向眾人告罪。「這次詩會是我思慮不周，竟然讓不相干的人出現在這裡壞了氣氛，我給大家賠不是了。」

李柔萱不解地向二小姐低語。「我只是納悶，玉陽真人怎麼會收了這麼個弟子？且不說京城中這麼多的大家閨秀，單單你們御史府裡就有四位小姐，妳是嫡出，又詩名遠播，誰料真人千挑萬選的竟然選了一個上不得檯面的丫鬟，這不是有辱真人的一世英名嗎？」

王若馨上前勸慰。「閒雲公子不必自責，我們也是有幸見到了真人的弟子，只是一見之下……實在是……」她用團扇遮著嘴笑道：「會不會是真人當時選錯了？」

其他幾個人也都露出深以為然的神情。世族女子總是有一種莫名的優越感，倒是蕭晚衣神色始終淡淡的，只維持著禮儀喝茶賞花，既沒有追捧柳惜慈，也沒有奚落趙大玲，帶著遺世獨立的疏離，跟周圍的人群很是格格不入。

這才是真正大家閨秀的做派，喜怒不形於色，不管心中怎麼想的，面上永遠溫雅矜貴，讓趙大玲不禁對她生出幾分好感。

這些閨女的話讓二小姐十分受用。「當日真人來府中，只說要收弟子，結果這丫頭不知使了什麼手段，竟然蒙蔽了真人。」

趙大玲本來就想當個透明人，奈何她們一個個的沒完沒了，光說她自己也就罷了，竟然還連累了玉陽真人。

她這會兒也明白過來，自己一味地忍讓並沒有讓這些人收手，反而讓她們變本加厲，當下便笑道：「慈兒說得是，我當時也心存疑惑，可是師尊說她豢養的翠羽鳥找到了我，我便是道家的有緣人。」

一聲「慈兒」讓二小姐登時變了臉。這是長輩對小輩的暱稱呢！

眼見眾人一臉茫然，趙大玲貌似不經意地慢悠悠道：「老夫人收了我做義女，這真是我想都想不到的福分。」

柳惜慈氣得嘴裡發苦，偏偏無法反駁這層輩分關係，只能咬牙切齒道：「祖母收妳為義女也不過是看在玉陽真人的面子上，如若不是祖母出手相助，就憑妳的卑賤身分，如何能忝居真人弟子之位？」

趙大玲勾勾嘴角，無聲地笑了笑，神色淡漠，懶得再理她。反正自己這個姑母的輩分是過了明路的，她說什麼也是白搭。

三小姐有心推波助瀾，只要給二小姐添堵她都樂意做，當下虛扶了一下趙大玲。「小姑姑小心腳下，昨夜秋霜霧重，今早地上還是有些濕滑。」

眾人啞然，被柳惜慈挽著的李柔萱不著痕跡地推開她，似笑非笑道：「原來還有這麼一段淵源，咱們之間稱姊妹，這個輩分倒不好算了呢。」

二小姐臉皮紫脹，神色尷尬，卻也只能忍氣吞聲地吃這個啞巴虧，心中更是將老夫人埋怨了千百遍，讓她堂堂一個御史府的嫡出小姐管一個燒火丫頭叫「姑姑」，真好像吃了一隻蒼蠅一樣厭惡。

眼見一向在庶妹面前趾高氣揚的二小姐如今吃了這麼大的虧卻說不出話來，三小姐尤為解氣。這十幾年來她們母女沒少在夫人和二小姐跟前受委屈，如今看到二小姐吃癟，真是比什麼都痛快，當下適時地加了一句。「當時我們都在呢，玉陽真人還說小姑姑是開了天眼，可不是凡人比得了的。」

柳惜慈氣急敗壞地瞪了三小姐一眼，冷哼道：「裝神弄鬼！還開了天眼？不怕風大閃了舌頭？不過是身邊有個卑賤的下奴，在他的調教下認得了幾個字罷了，也敢在真人面前坑蒙拐騙？」

這不是賊喊捉賊嗎？柳惜慈自己剽竊別人的詩句，還要說趙大玲是坑蒙拐騙。趙大玲本不願多惹是非，卻氣惱她如此刻薄地說長生，忍不住揭開柳惜慈的遮羞布。「慈兒，還記得妳說是妳做的那首〈蓮賦〉嗎？我曾夢見一座仙島，島上奇花異草，恍如仙境，一位仙人坐在蓮池邊對著滿池蓮花吟誦，我便告訴了廚房小廝，他當即抄錄了下來，不想被妳得了去，說成是自己做的。」

柳惜慈被當眾揭穿，惱羞成怒。「妳這賤婢不要血口噴人！妳有什麼證據說這〈蓮賦〉

是妳從所謂的仙人那裡得來的！」

「因為妳的〈蓮賦〉只是仙人口中的幾句，全文叫做〈愛蓮說〉。」趙大玲不緊不慢地唸道：「水陸草木之花，可愛者甚蕃……予獨愛蓮之出淤泥而不染……予謂菊，花之隱逸者也；牡丹，花之富貴者也；蓮，花之君子者也。噫！菊之愛，陶後鮮有聞。蓮之愛，同予者何人？牡丹之愛，宜乎眾矣！」

考慮到這個時空不知道陶淵明，也沒有李唐，所以省略了幾句，但是也比二小姐的〈蓮賦〉多了不少內容，完整連貫。

看著二小姐青白相間的臉，趙大玲感到一分快意。出來混早晚是要還的，讓妳不要臉剽竊別人的詩句！

旁人驚愕不已，沒想到會有這樣的逆轉，看向二小姐的目光都別有深意。

二小姐氣得鼓著腮，氣喘如牛，卻被噎得說不出話來。

一直不語的蕭晚衣將視線調到趙大玲的身上。「原來全文叫做〈愛蓮說〉。我最喜歡這幾句：『菊，花之隱逸者也；牡丹，花之富貴者也；蓮，花之君子者也。』說得真好。」

王若馨是柳惜慈的擁護者，不服氣道：「胡亂添了兩句就能證明原詩不是閒雲公子寫的嗎？靈幽姑娘既然開了天眼，那妳就再展示展示，別總在閒雲公子做過的詩詞上做文章。」

趙大玲知道眾人對她存有疑惑，有心試探。既然開天眼一說已然公布於眾，自然是要讓眾人信服的，於是略想了想道：「既是賞菊，詠誦梅花的詩詞便顯得不合時宜。滿園秋色似錦，怎可沒有詠嘆菊花的詩詞？我曾於仙島之上見到一個賞菊詩會，便是以菊花為賓，擬出幾個題目來，實字是『菊』，再配一個虛字，又是詠菊又是賦事，大家選一個自己感興趣的題目，一炷香之後寫出七言律詩來，既應景又風雅有趣。」

幾位小姐都自負有幾分才思，便催著趙大玲說出題目。趙大玲笑道：「那就煩勞三小姐，我說妳寫，把題目抄下來。」

有小丫鬟擺上筆墨紙硯，柳惜妍也不推辭，執了筆，耳聽趙大玲說出「憶菊、訪菊、種菊、對菊、供菊、詠菊、畫菊、問菊、簪菊、菊影、菊夢、殘菊」，便一一記錄在紙上。

幾個人大呼有趣，王若馨拿過題目遞給柳惜慈。「閒雲公子挑幾個題目，做出詩來讓大家看看，也好堵住小人的信口雌黃。」說著不忘白了趙大玲一眼。

柳惜慈神色有些僵硬，心中叫苦不迭，暗自埋怨王若馨多事，但是此刻騎虎難下，為了臉面只能硬著頭皮隨手拿筆勾了一個「菊夢」，到涼亭裡的几案前冥思苦想去了。

剩下幾個人不願當眾出醜，便在旁邊看熱鬧。

一炷香後，二小姐堪堪寫出四句，還詞不達意，連韻腳都沒押上，她自覺丟了顏面，冷聲道：「這個也太難為人了，這麼短的時間裡便是神仙也做不出十二首詩來，容我細想想，明日交卷便是。」

趙大玲微微一笑，憑著自己曾看過幾十遍的《紅樓夢》，朗聲將十二首菊花詩一一背誦出來。蕭晚衣取過紙筆將十二首詩抄錄了下來，大家一首首看去，看一首讚嘆一首，有不解之處還要趙大玲解釋一番，一時都忘了她的丫鬟身分。

二小姐本來是要在眾人面前狠狠貶低趙大玲的，不想不但讓她出盡風頭，還打了自己的臉，當下氣得七竅生煙，塗了胭脂的臉更顯得紫紅起來，冷哼道：「什麼開了天眼看到仙人了，不過是仗著身邊有個懂得詩文的罪奴幫襯著罷了。」

李柔萱好奇地問：「妳府上還有奴僕懂得詩文？」

王若馨也疑惑道：「別說奴僕了，就是正經的才子也不見得能一人做出這十二首絕妙的詩來。」

「怎麼沒有？」柳惜慈大聲道：「昔日京城第一公子顧紹恆懂得作詩填詞總是不稀奇的吧！」

「噹啷」一聲脆響，蕭晚衣手裡的蟬翼白瓷茶盞掉到地上摔得粉碎，她臉色一下子刷白，一向矜持的臉上露出激動的神色，彷彿精緻的瓷器出現了裂痕。

她一把抓住柳惜慈顫聲問：「妳說誰？顧紹恆？他沒死，還活著？」

「當然沒死。」柳惜慈面帶得色，指著趙大玲道：「不但沒死，還在我家為奴，我母親已經將趙大玲指給了那罪奴為妻。誰能想得到這玉陽真人千挑萬選的弟子竟然是下奴的妻子，且那下奴是聖上親判的官奴，終身為奴，脫不得奴籍。」

幾位閨秀也頗為吃驚。沒想到趙大玲不但是個丫鬟，還是罪奴的妻子，這身分也委實是太低了。

趙大玲無語地看著柳惜慈。這才是她的終極絕招吧，看來這個詩會她一早就籌劃好了，一步步揭穿她的身世，先是家中婢女，再是廚娘的女兒，最後還是罪奴的妻子，簡直是卑賤到無可救藥。

蕭晚衣勉強支撐著自己沒有倒下，面上帶著欣喜的笑容，眼淚卻撲簌而下，喃喃道：「他沒死……沒死……老天保佑，他還活著……」

她急切地看向柳惜慈。「他在哪兒？我要見他！」

蕭晚衣看著清瘦，此刻卻爆發出極大的力量，死死抓著柳惜慈的胳膊。

柳惜慈不知蕭晚衣為何忽然如此失態，吃痛地皺起了眉頭。「我也聽聞他是個才子，其實也不過浪得虛名，落魄得很，沒什麼好見的。」

蕭晚衣失魂落魄，完全沒有了大家閨秀的儀容，只一迭聲地問：「他在哪兒？」

趙大玲有些狐疑地看著前一秒還端莊矜持的蕭晚衣，在聽到長生的名字後忽然變身女賽亞人。她忽然想起很早以前好像曾聽人說過，當初長生未獲罪為奴時，哪個府裡的郡主說是非他不嫁的。她仔細打量著蕭晚衣秀麗的臉龐，此刻因為激動而滿眼含淚，更顯得如梨花帶雨般楚楚動人。

是了，就是她，瑞王府的淑寧郡主。

趙大玲從來沒有刻意去探知長生的過去，此刻忽然冒出一個他的傾慕者，讓她感覺有幾分不適。

二小姐拗不過蕭晚衣的一再懇求，又不敢得罪這位郡主，只能讓身邊的染墨去外院廚房將長生叫過來。

趙大玲抿緊了嘴。她不喜歡長生出現在這樣的場合，更不知道該不該阻止長生與蕭晚衣見面？如果兩個人是舊時相識呢？如果他們之間真的曾經有過什麼風花雪月呢？最終她還是沒有出言反對，畢竟那是長生曾經的人生，她無權干預。

不一會兒，長生果真被帶到園內，因有男人到來，其他幾位小姐和閨秀都退到屋內。雖然長生是趙大玲的未婚夫，但她也還是跟著眾人進了屋。

從敞開的窗扇可以看到長生緩步走來，一身奴僕的黑衣卻遮不住他身上皎如月光的氣度，彷彿是落在塵埃中的明珠，熠熠光芒能把周圍的陰暗都照亮。

屋中的女子都不由向外看去，驚豔之餘小聲議論。「那就是以前的京城第一公子顧紹恆？當年的翩翩公子落入為奴為僕的境地，也真是可惜了。」

李柔萱微張著嘴，一眨不眨地看著長生。「以前只聽說過小顧大人，沒想到果真是芝蘭玉樹一般的人物。」

王若馨用團扇拍了她的肩膀。「這丫頭要魔怔了不成？一個官奴哪裡還是什麼小顧大人？」

蕭晚衣快步走了過去，語氣因激動而顫抖。「顧公子，我一直在找你，遍尋不見而心灰意冷，老天眷顧，讓我終於又見到了你。」

長生有些驚訝。「淑寧郡主。」

他們果真是認識的。趙大玲輕輕關上了窗扇，也擋住了屋內往外窺視的眼睛。

女人多的地方是非就多，雖然平日裡以姊妹相稱，眾人對蕭晚衣多是羨慕恭維，但此刻見到如此勁爆的場面，還是忍不住表現出幸災樂禍的八卦本質。

王若馨率先撇了撇嘴，小聲嘟囔：「還郡主呢，真是丟了京城閨秀的顏面。」

柳惜慈有些懵懂。「他們兩個以前相識？」

李柔萱嗤笑了一聲。「柳二姑娘，你們御史府的消息太不靈通了。淑寧郡主立誓非顧紹恆不嫁之事在京城中早就不是什麼秘密，後來顧家獲罪，顧紹恆不知所蹤，才漸漸沒有人提。誰知這顧紹恆命大沒有死，這回瑞王爺又要操心他這個閨女了。以前王爺心疼女兒，將郡主下嫁顧紹恆也不是不可能，可如今顧紹恆成了妳家的奴僕，還是脫不了奴籍的，這可如何是好呢？」

王若馨瞥了趙大玲一眼。「更何況，這顧紹恆還訂了妻室了。」

一屋子的人都心照不宣地抱著「看熱鬧不嫌事大」的心態關注著事態發展，只有三小姐過來替趙大玲倒了一杯茶，輕聲道：「別理她們。」

趙大玲衝三小姐笑了笑，接過茶盞，心中倒有幾分佩服蕭晚衣。

不得不說，蕭晚衣果真是義無反顧的，她一個郡主毫不避嫌地見一個外府的奴僕，若傳出去，流言蜚語絕對能將她淹沒。趙大玲心中竟然生出一絲忐忑，就剛才往窗外的一瞥，她發現長生和蕭晚衣站在一起竟然意外地相配，那才是屬於顧紹恆的人生，被這樣完美而癡心的郡主愛慕著，也只有這樣的女子才配得上他。

他會不會跟隨蕭晚衣回瑞王府？這個念頭一出，讓趙大玲的心好似油煎一樣。即便不能嫁給他，以蕭晚衣的執著，和瑞王爺對這個唯一的女兒的寵愛，長生也能在瑞王府過上更優渥自在的生活。

趙大玲都不知道詩會是怎麼結束的，眼見幾位小姐都告辭離開了御史府，蕭晚衣也不見了蹤影，她這才出了內花園。

一路上她腦子紛亂，想了好多，又好似什麼念頭都沒抓住，一抬頭才發現自己已經來到外院廚房。

屋後傳來斧頭劈柴的聲音，一下一下，乾脆俐落。趙大玲忍不住揚起了嘴角，一顆心才重新回到原來的地方。她快步跑到屋後，從背後抱住了長生精窄的腰，將頭靠在他的背上，眼中感覺有淚意在翻騰。

長生停下手裡的動作，轉身將她摟進懷裡，親吻了下她的鬢角，柔聲問道：「好好的，這是怎麼了？」

趙大玲忍不住嗚咽。「我還以為你跟她走了。」

「誰？」長生詫異地問。「妳以為我跟誰走了？」

「蕭晚衣。」趙大玲不情不願地說出這個名字。「柳惜慈說出你的名字，蕭晚衣便執意要見你。」她在他的懷裡蹭了蹭，越發抱緊他。「聽說她說過非你不嫁呢。」

「所以妳覺得我會跟她走？」長生的聲音悶悶的。

「你要是去了瑞王府，至少比在這裡安全。」趙大玲遲疑了一下才實話實說。

長生放開她，扭頭去收拾地上的木柴。

以趙大玲對他的瞭解，知道他一向溫和，此刻不說話就是不高興了。她走過去碰碰他的胳膊。「長生，別弄了，歇會兒。」

他破天荒地沒有回應，依舊忙碌。直到趙大玲奪下他手裡的木柴，又放軟了聲音，哄了他好半天，他才悶頭坐在柴堆上委屈道：「妳竟不相信我。」

「沒有，我沒有不相信你。」趙大玲趕緊澄清。「我只是……」

只是什麼？她自己想了想，才咬牙說出口。「我只是很自卑。蕭晚衣漂亮又溫柔，對你死心塌地，我覺得自己跟她相比，就是個燒火丫頭。」

她嘆了口氣，坐在他旁邊。「長生，你那麼好，好得讓我心疼，我除了知道一些這個時空所沒有的新奇事物以外沒什麼長處，我總覺得自己配不上你……」

趙大玲下面的話堵在了嘴裡，是長生伸手摀住了她的嘴，他的眼睛晶亮，勝過天際最璀璨的星光。

「為什麼妳會這麼想？」他沈靜地問。「我沒有妳說的那麼好。以前的我不諳世事又自以為是，現在的我一身傷痕累累，也沒有生存的本事，只有妳不嫌棄我。」

趙大玲掙扎著拉下他的手。「可是蕭晚衣也不會嫌棄，我看得出她真心喜歡你。」

長生嘆了口氣，抓著她的手按在自己的胸口。「可是我的心裡沒有她，以前沒有，現在沒有，將來也不會有。妳已經占據了我的心，別人再好，與我何干？我只要知道妳很好就好了。」

掌心下是他沈穩的心跳，每一次的脈動彷彿都在訴說他對她的情意，趙大玲漸漸放下心來，誠心誠意地道歉。「對不起，是我忽然沒自信起來。有時我會覺得跟作夢一樣，你竟然是我的未婚夫……這真的讓我作夢都會笑醒，我覺得自己是撿了天大一個便宜，這大約就是因為愛而生的自卑感。」

她有些惆悵。有時候愛得太深就會情不自禁地感覺卑微。

長生伸手將她攬在懷中。「撿到便宜的是我，可是我不會懷疑妳。」說起這件事，長生還是有些委屈。「那天妳抓著蕭翊的手不放，我都沒說什麼，我也不會以為妳會跟他走；雖然你們兩個總有說不完的話題，你們說的我也都聽不懂。」

長生好像一個受到冷落的孩子，趙大玲驚異地從他胸前抬起頭。「我不是抓他的手，那是我們那邊的人見面時的禮節，叫『握手』。」她忽然意識到一個問題。「長生，你是在吃醋嗎？」

「嗯。」長生抿抿嘴，大方地承認。「你們來自同一個地方，懂得都比我多，他還每次都拍妳的肩膀。」

「這個……」趙大玲抓抓頭，不知該說什麼好。「如果你不喜歡，我下次不許他拍我了。」

長生重新擁住她。「可是我知道妳心裡只有我一個人，所以不會在意。」

趙大玲安心地倚在他懷裡，感受著那份溫暖與愜意。「是的，長生，我明白你的意思。因為我們心中只有對方，所以別的人再好，也走不進我們的心裡。」

長生收緊了手臂。「所以不要再說我會跟別人走的話，這輩子我只要跟妳在一起。」

趙大玲伸出手臂勾下他的頭，摩挲著他的嘴唇，喃喃道：「這輩子不夠，還有下輩子、下下輩子。長生，我本來是不相信有轉世輪迴這一說的，但是為了你，我願意相信，相信我們生生世世緣起不滅。」

晚霞燒紅西邊的天空，萬丈霞光映照著兩個緊緊相擁的身影，這一刻因為他的愛，趙大玲感到前所未有的自信和滿足。

雖然愛情中會有忐忑、有遲疑、有患得患失，但是來自情人的肯定和堅持，會讓兩顆心融合在一起，形成堅不可摧的堡壘。

第二十六章 結盟

隔天便是十五，趙大玲要到城郊的太清觀拜見玉陽真人。

一大早她換上清道袍，到老夫人院子裡向老夫人請辭。老夫人早就讓府裡備下了各色果品、糕點帶給玉陽真人，汪氏則讓二小姐跟著趙大玲一同到太清觀，只說是去上香。

趙大玲知道汪氏還不死心，想藉這個機會讓二小姐多往玉陽真人跟前套套近乎。

正要出門之際，穿著一件冰藍色繡素馨花褙子的三小姐來給老夫人請安，並向老夫人央求道：「孫女這幾天一直睡不安穩，想著和二姐姐一起去道觀上上香，還望祖母應允。」

汪氏皺起眉頭，剛要開口拒絕，就聽老夫人悠悠道：「三丫頭願意去，也不是什麼大事，不過多派一輛馬車罷了。」

老夫人自然明白汪氏的打算，她也覺得跟玉陽真人多見見面總是對御史府有好處的，況且她對幾個孫女雖有嫡庶之分，但是並不像汪氏那麼偏心，於是又吩咐道：「既然這樣，索性帶著四丫頭和五丫頭一起去，到三清天尊跟前也替我多燒燒香，進奉些香油錢。」

汪氏見老夫人發話了，也只能不情不願地答應下來，讓人去請了四小姐和五小姐，又安排了兩輛馬車隨行。

送給玉陽真人的禮品裝了差不多半輛馬車，趙大玲之前已經找好了藉口，回了馬管家讓長生跟著她搬東西，馬管家知道汪氏已將她許配給長生，倒也沒有阻攔。

二小姐進了打頭那輛寬敞的黑漆馬車，四小姐一向緊抱二小姐大腿，自然跟著上了那輛馬車，五小姐猶豫了一下，也跟了進去。趙大玲與三小姐坐進中間一輛小些的青布帷篷馬車，就兩個人倒也清靜，隨行幾位小姐的丫鬟們則坐在最後一輛馬車上。

趙大玲往外扒扒頭，見長生就坐在自己這輛馬車的車轅上，戴著一頂斗笠，寬寬的邊沿遮住了他俊秀的面龐，胳膊隨意搭在膝蓋上，從粗布黑衣的袖子中露出了白皙修長的手。

兩人對視一眼，他微微點了點頭，她這才算放下心來。

這還是趙大玲來到這個異世後第一次走出御史府看到外面的世界，她撩起窗簾向外打量，看到什麼都能引起她的驚呼。筆直的青石街道、兩邊鱗次櫛比的商鋪、路上忙碌的行人，這一切都是這麼新奇有趣。

長生的心情也是放鬆的，身體隨著馬車的前行而輕輕搖擺，這也是他自獲罪後頭一次呼吸到自由的空氣。

兩個人一個車裡一個車外，不時交換一個會心的眼神，引得三小姐吃吃地笑。「天天見面還這麼難捨難分的，就那麼看不膩嗎？」

趙大玲放下白紗窗簾，臉上依舊帶著朦朧的笑意。「情不知所起，一往而深。生者可以死，死可以生。等妳遇到意中人，就明白其中滋味了。」

三小姐唸著這幾句話，惆悵道：「有時我在夢裡也會夢到他，不說話，只是對著我笑，醒來卻知道不過是作夢罷了。」

趙大玲聽著話裡有話，促狹地問：「他？他是誰？這是哪路神仙讓我們的三小姐動了心？」

三小姐面色一紅，甩了手中的錦帕打在趙大玲肩膀上。「就妳貧嘴，我不過隨口一說罷了。」

趙大玲眼見三小姐一臉少女懷春的模樣，卻又偏不承認，嘿嘿一笑，也沒有繼續這個話題，轉而問：「妳怎麼忽然想著去太清觀？」

柳惜妍靠在馬車車廂的軟墊上，懶洋洋道：「整日待在府中悶死了，就想找個機會出來逛逛。正好昨天晚上我在花園散步時，聽見二姐姐跟前的丫鬟說起今日她要同妳一起去太清觀，我就一早來湊湊熱鬧。」

趙大玲搖頭笑道：「妳是來給二小姐添堵的。」

柳惜妍聳聳肩，不置可否。「我不過是來看看她被真人拒之門外的樣子。」

馬車一路出了京城，走上城外的土路，又走了半個時辰，終於到了太清觀。

太清觀在黛山腳下，依山而建，進了山門，便是三清殿，殿中供奉著三清道祖，元始天尊、靈寶天尊、道德天尊。太清觀香火旺盛，殿中供著香客捐的油燈香燭，往來香客絡繹不絕。

趙大玲她們幾個人在大殿中燒香禱拜後，觀中的小道姑便將她們帶到後山玉陽真人的清修之地，小道姑豎掌行禮道：「真人吩咐了，請靈幽師叔到真人的丹房中由真人親自傳授道義，幾位柳小姐請到廂房中休息自便。」

二小姐猶不死心。「我們姊妹虔心向道，也想聽聽真人的教誨。」

小道姑卻不通融。「真人喜靜，平素很少見外人，如今也只傳喚了靈幽師叔。」

二小姐臉上紅一陣白一陣，滿是不憤之色。三小姐嗤笑一聲，興致勃勃道：「後山清幽，景色迷人，我們姊妹幾個便隨便逛逛。」

二小姐跺腳走開，四小姐趕忙追了過去。

三小姐對著柳惜慈憤然而去的背影抿嘴而笑，自顧自地掩嘴打了個呵欠。「今日起早了，我自去廂房中補補眠。」

五小姐見只剩下自己一個人，也只能跟著去了廂房。

趙大玲隨著小道姑來到玉陽真人的廂房，只見屋內掛著一張八卦圖，真人正在蒲團上閉目打坐。

趙大玲上前行禮。「弟子靈幽拜見師尊。」

玉陽真人見是她，清冷的神色中也有幾分歡喜，指了指面前的蒲團溫言道：「坐吧。」

趙大玲跪坐在棕色的蒲團上，玉陽真人拿起旁邊紅泥火爐上的銅壺，將水注入一個梅花紋的紫砂壺中，一時屋裡瀰漫嫋嫋茶香，更顯靜謐。

她給趙大玲倒了一杯清茶。「嚐嚐今年的六安茶。」

趙大玲謝過玉陽真人，雙手接過茶盞輕啜了一口，果真清冽微甘，滿口餘香。

她在玉陽真人這裡逗留了一個時辰，聽真人講解了本朝道教的起源，又介紹道教的四大經典和四子真經。

傳授完入門的道義後，玉陽真人又問了問長生的情況，嘆氣道：「還是想辦法離開御史府為好。」

趙大玲也是這麼想的，長生留在御史府裡危險重重，雖然有蕭翊的侍衛在府外保護，但若是被太子蕭衍發現蕭翊與長生之間來往密切，或者潘又斌之流再來搗亂，終究是不安全。

「長生的身分是官奴，目前還沒有萬全之策把他救出來。」趙大玲也感到有些棘手。

玉陽真人了然地點點頭。「顧家一日不昭雪，顧紹恆也就一日無法堂堂正正地做個自由人。」她在兩人的茶杯裡續了茶。「若有為師能幫上忙的地方，妳儘管提出來。」

帶著茶香的氤氳水氣中，玉陽真人的容貌顯得有些縹緲，這一刻她不像一個得道的高人，更像一個慈祥的長輩。趙大玲心中感動，誠心誠意道：「謝謝師尊。」

時間已到中午，趙大玲陪著玉陽真人用過簡單的齋飯，由於真人午後有小憩的習慣，趙大玲便拜別真人退出了房間。

難得的悠閒時光，她跑到耳房找到在那裡歇息的長生，拉著他到後山逛逛。

後山古柏參天，秋日的陽光透過枝葉照下來，一束束金色的光束，好像童話世界一般美麗靜謐。

林中有一條小溪，溪水潺潺，岸邊開滿一叢叢深紫色和粉色的花朵。兩個人走累了，便在溪邊的青石上坐下，趙大玲見周圍空無一人，便彎腰脫下鞋襪，將腳伸到溪水中。

溪水清涼，彷彿柔滑的絲綢包裹著她白皙纖秀的玉足。她自得其樂地踢著水，濺起陣陣水花，拉了拉長生的袖子。「你也試試，溪水很涼，很舒服。」

她的腳生得極美，膚白如玉，瘦不見骨，在水中好似一朵盛開的白蓮。長生只看了一眼，便紅著臉將頭轉到一邊。

趙大玲見他如此，笑倚在他的懷中。「我倒忘了，在你們這裡，女子的腳是不能隨便露出來的，但你是我未來的夫君，給你看到不算失禮。」

「夫君」這個詞讓長生心中歡喜，神色也不那麼害羞，好奇地問：「在你們的世界裡，女子沒有這麼多的束縛嗎？」

「那當然。」趙大玲自在地踢著水花。「我們那裡沒有這麼多的忌諱。夏天時，姑娘們穿著清涼的裙子，露出手臂和腿都是正常的，更別提腳了。在海邊的時候，還會穿只擋著身體軀幹的泳衣，有的姑娘會穿比基尼，你知道什麼是比基尼嗎？又叫三點式泳衣，就是只有巴掌大的三塊布，遮住這裡和這裡。」她一邊說著，一邊在自己胸口和下腹部比劃了下，自然而然地接著道：「等咱們成親了，我穿給你看。」

長生不自覺幻想了一下，臉龐比剛才紅得更厲害。

趙大玲偷笑。對，她就是故意的，她喜歡看長生臉紅的樣子，那抹紅暈順著他如玉的面頰一直延伸到脖頸，讓她忍不住遐想衣襟下會是什麼樣的光景？

想著粉紅色的長生，腦海中便冒出無數粉紅色的泡泡。她趁長生不注意，偷偷擦了擦嘴角，還好口水沒有流下來，要不然可糗大了。

她往長生懷裡又靠了靠，頭枕在他的肩膀上，愜意地瞇起眼睛，只覺得全心全意的滿足。「我希望有一天我們能像現在這樣過自由自在的日子。」

長生在她的笑語中也不再那麼害羞，伸出手臂自後方圈住她的腰肢。「會的，大玲。」他的聲音傳進趙大玲的耳膜，帶著胸膛共鳴的低沈，顯得異常的篤定。「一定會有那麼一天。」

趙大玲有種醺然欲醉的感覺，彷彿飲了一杯美酒，整個人都飄到了雲端。

她忽然想起曾經的夢境，也是在溪邊，綠草如茵，他們差點兒幕天席地滾小草……可自從長生甦醒後，他們整日處在友貴家的監視下，兩個人除了親親抱抱，還沒有過太親密的舉動。

如今好不容易有了獨處的空間，這個念頭一起，心中便燃起了小火苗。她湊過去親了親長生的嘴角，柔軟而芬芳的觸感讓她忍不住想要得更多，索性勾住他修長的脖頸深吻下去。

恍惚間，她聽到他抑在喉頭的低吟，抱著她腰肢的手也收緊了。

心頭的火苗漸漸成為燎原烈火，她忍不住將手伸進他的衣襟，手下凹凸不平的觸感是他遍布傷痕的肌膚，雖然不如夢裡那般光滑如玉，但是更讓她知道這才是真真切切的他，飽受苦難卻依舊堅強。

心中的愛憐將她淹沒，不光是對他的慾望，還有深深的疼惜和愛意。她的手越發溫柔，指尖在他胸膛上畫著圈，彷彿春水中的漣漪，所到之處都燃起一叢叢小火苗，引得他在她的手下微微顫慄。

情到濃處，他一把抱住她，炙熱的唇深吻住她，彷彿只有唇齒相交才能平復心中的火苗，卻不料那把火越燒越旺，兩個人緊緊貼在一起，吻得昏天暗地，渾然忘我……

身後一聲尷尬的輕咳將兩個情難自禁的人拉回現實，長生迷離的眼睛瞬間恢復清明，警惕地將趙大玲擋到身後。

趙大玲彷彿從雲端跌回地面，腦子裡還有些暈乎乎的，不知身在何處。她越過長生的肩膀看去，見來人是蕭翊，高大威猛的身形在林中無處遁形。

蕭翊面帶歉意地看著他們，拱手道：「抱歉，打擾到二位了，要不我過會兒再來？」

長生臉皮薄，被蕭翊撞見剛才的事，感覺很不好意思，低頭道：「蕭兄說笑了。」

趙大玲可不像長生這麼好說話，瞬間拉長了臉，瞪了蕭翊一眼，無聲地譴責他。又讓姊錯過一次吃肉的機會，還盟友呢！來得也太不是時候了。

長生拍拍趙大玲的手，向她解釋道：「這些天御史府裡守備森嚴，蕭翊無法在不驚動護院巡查的前提下進來，我得知今日要出府，便在昨夜通知了蕭翊布在御史府外的侍衛，讓他今日前來太清觀相見。」

自從上次蕭翊離開御史府時被巡院的家丁看到後，御史府便加強巡邏，蕭翊怕又被發現會連累到長生和趙大玲，所以這幾天都沒敢進府找長生。趙大玲也知道失去長生的指導，蕭翊在朝中舉步維艱，不知何時就會踩到地雷。

趙大玲想起身，見腳還泡在溪水中，便向蕭翊道：「麻煩你轉過身去。」

蕭翊看看這兩個人，衣服都很齊整，只是長生的衣服被趙大玲扯開了一點兒，露出脖頸和鎖骨，忍不住道：「我又占不到妳男人的便宜，妳至於嗎？」

趙大玲白了蕭翊一眼，悻悻道：「是我光著腳呢，你轉過去，我把鞋襪穿上。」

蕭翊跟見了鬼似的看著她，嘟囔道：「腳也怕人看？妳是穿過來的嗎？」不過他嘴裡抱怨，卻還是老老實實地轉過身。

長生低頭一笑，知道趙大玲是為了顧及他和這個時空的禁忌。

蕭翊帶來的侍衛分布在密林中，遠遠地守著不讓外人靠近，他們三人便可以暢所欲言。

趙大玲擦乾了腳上的水，穿上鞋襪，提醒蕭翊。「你就在後山溪邊這裡待著就行了，可千萬別去道觀那邊晃悠，別讓我師父看到你，她老人家道行可是深得很，唸個咒就能把你送回去，可就不定落到誰身上了。而且按輩分來說，她還是你的姑奶奶，你別在她跟前露了餡。」

蕭翊記起上回說的魂魄穿回去時可能會落在一個老太太身上，不禁嚇得縮縮脖子。「我肯定躲這位姑奶奶遠遠的。」

「不光要躲著她老人家，我還有個師姊叫丹邱子，上次就是她差點兒點火燒死我。」趙大玲現在想起那個火御寒冰陣還覺得心驚膽戰。

蕭翊瞪大了眼睛，下定決心。「以後見到道姑我就繞道走！」他習慣性地伸出手要拍趙大玲的肩膀。「在京城裡真是步步為營，我還不如回西北邊塞自在呢。」

趙大玲先一步跳開，讓蕭翊的手掌落了個空，他頓覺莫名其妙。「又怎麼了？」

趙大玲挽著長生的胳膊，皺著鼻子道：「以後別拍我肩膀，我男人不喜歡。」

趙大玲那句理直氣壯的「我男人不喜歡」，讓長生一怔，接著心中湧起一股暖流。原來她記住了他的每一句話，又是這樣在意他的感受。

長生微笑道：「我知道你們來自同一個地方，在你們那裡這是朋友間打招呼的方式，我會適應。」

兩個人兩兩相望，盡在不言中。蕭翊悲憤不已，這是在虐單身男子嗎？一陣秋風吹起一片樹葉，捲著圈地從蕭翊頭頂飄過，更添一分淒涼。

好不容易蜜裡調油的兩個人將注意力轉回到蕭翊身上。長生沈吟道：「時間緊迫，我們見一面不容易，還是趕緊說說最近的朝政吧。」

蕭翊打起精神。「最近朝中事太多，明槍暗劍的都是指向我，讓我防不勝防，偏偏我又無法進去御史府找你，連向你討教個主意都不行。前兩日又有人提起我率大軍回城時延誤接旨的事，有人竟然說他的部下在柳御史家門外看到我了。柳御史嚇得當場就跪在了地上，哆嗦著話都講不出來。」

「後來呢，你是如何說的？」長生皺眉問。

蕭翊聳聳肩膀。「後來傳來急報，江南臨湖一帶大雨沖毀了堤壩，聖上讓戶部撥銀，工部派人修堤安民，這才把之前的事帶過去。這兩日我一直稱病沒敢上朝，就怕再有人提起此事，但是我擔心這早晚是個定時炸彈。」

蕭翊想了想，商量道：「要不我就直說是來找你的，反正朝野中都知道咱們二人的關係，就算我來看望舊友，也不是要命的罪過。」

長生搖頭。「此時你還是避嫌為好，即便大家真的認為你是來找我的，你也不能承認。若將來你在潘府救我的事暴露出來，還可以說是看不慣潘又斌淩虐罪臣，但若說你是為了到御史府找我而延誤接旨，就會被有心人利用，說你結交罪臣。」

「結交罪臣？」蕭翊劍眉一揚。「這幾日我一直想著為你家平反的事，只要你脫了奴籍，就可以名正言順地成為我的幕僚，重返官場也不是不可能，到時候幫助我就成了順理成章的事，誰也說不得什麼了。」

趙大玲心念一動。剛才玉陽真人也提起此事，只有長生脫了奴籍，他們才能過上正常人的生活。

「萬萬不可有這種念頭。」長生正色道：「蕭衍既然讓潘又斌放過我，難保不是存著放長線釣大魚的心思。探望罪臣還算不得大罪，但你要是想為顧氏翻案，必然要推翻聖上的裁決，這絕對是聖上不能容忍的，到時失了聖眷，再有人來推波助瀾說你藐視聖上，有謀逆之心，你就真的沒有翻身之日。」

蕭翊目光中彷彿有幽暗的火光在燃燒。「若是以前的蕭翊，是否會不顧一切為你家翻案昭雪？」

長生低下頭，閉目道：「是，阿翊會不顧一切，我都不見得能勸得動他，但是你不會，」長生睜開眼睛。「你能忍下來。阿翊就是因為太過相信他的父兄才會對他們毫不設防，以至於死在蕭衍的陰謀之中。他知道他父皇多疑、兄長陰狠，卻沒料到他的父皇會在小人的挑唆下將我父親治罪，更想不到蕭衍會利用他急於回京救我之心在途中設伏，取他性命。而如今，你不是真正的蕭翊，對他的父兄都有防範之心，所以你能夠韜光養晦，讓那些想扳倒你的人認為你已經沒有了鬥志，這個時候我們就能在暗地裡集結朝中的勢力，為最終的戰鬥做準備。」

蕭翊想了想，點頭道：「我明白你的意思，我現在只能裝孫子，在他們對我放鬆防備時再一舉出擊。這是一場我們和蕭衍之間你死我活的爭鬥，只有扳倒蕭衍，我才能保住自己的性命，你家的案情也才能昭雪。」

陽光穿過樹葉，照在長生的身上，讓他整個人都浸潤在淡金色的光線裡。

他看著近前斑駁的光影，靜靜道：「我會幫你，不光為了替我家昭雪，更是為了替阿翊報仇。」

蕭翊冷笑。「是啊，蕭衍殺了蕭翊一次，我們絕不可能給他第二次機會。這種連親兄弟都能痛下殺手的畜生，不會有好下場的。」

趙大玲看著胸有成竹、鬥志昂揚的兩個人，終於明白為什麼長生篤信能讓自己成為他明媒正娶的妻子，篤信他們兩人會有自由自在的生活和美滿幸福的未來。因為他已經做好戰鬥與復仇的準備，扳倒陰險狡詐、殘害手足的蕭衍，讓蕭翊上位，這樣不但能為死去的好友報仇，也能解除目前困頓的局面。

只是這條路太過艱難，危險重重啊……趙大玲看著長生消瘦的身影，知道他肩負著怎樣的使命和信念，這個男人讓她愛慕，更讓她驕傲。

長生將這些日子寫下的朝中五品以上官員名冊以及每個人的生平簡歷、背後勢力交給了蕭翊。蕭翊拿著名冊如獲至寶，翻著名冊跟朝堂上一個個道貌岸然的晚娘臉大臣對號入座。「啊，這個戶部尚書我知道，有一天下朝後他一個勁兒地衝我擠眉弄眼，我沒敢理他，裝作沒看見從他身邊走過去……原來他是江皇后的表弟。」

「是的，戶部尚書譚長松是先皇后的遠房表弟，論起來是你的『表舅』，你都叫他『譚國舅』。雖然如今的國舅是慶國公潘玨，但是這麼多年的稱呼你一直沒有改口。」長生指著譚長松的名字道：「此人官居戶部尚書八載，政績斐然，深受皇上倚重，太子蕭衍一直想把他從戶部尚書的位置拉下來，換上自己的人，但是並未得逞。」

「太好了，看來這個表舅是我可以信任的人。」蕭翊凝神想了一下。「那日在朝堂上提起在御史府外見過我的人好像叫馮賡，他又是什麼來頭？」

長生翻到馮賡那一頁。「馮賡，年四十九，天佑十六年的舉人，後拜入當時的宰相黃維門下，如今任通政使司副使一職。黃相十年前致仕，告老還鄉，當時前太子蕭弼還未及弱冠，太子蕭衍也尚年幼。黃相一生無黨無派，他的學生也深受他的教誨，從不在朝中結黨營私，也不會攀權富貴，尤其馮賡此人，一向作風強硬，誰的帳也不買，所以馮賡說他的部下看見你出現在御史府門外，可能真的是個意外。」

蕭翊微微放心。「不是故意針對我的就好。此人若能為我所用，倒是多了一分助力。」

長生讓蕭翊收好那份名冊。「你先熟悉一下朝中的各方勢力，等有機會我再跟你詳細分析。」

蕭翊將名冊收到懷中，用手按了按。「有了這份寶典，我就不怕應對朝中官吏了。我稱病不上朝糊弄不了幾天，明天怎麼也得出現在朝堂上，不然我那個便宜爹該派御醫到我的晉王府了。對了，要是明日馮賡又提起我當日進城到御史府的事，我該怎麼回答？」

趙大玲心思活絡，忽然想到一事。「啊，蕭翊，我還想問呢，你當時並不知道『小顧大人』在御史府中，你是怎麼找到這裡來的？我記得你當時還跟我對詩呢。」

蕭翊無奈地攤手。「我在邊塞時聽到柳御史家二小姐柳惜慈做的〈蓮賦〉，當時就聽出那是周敦頤〈愛蓮說〉的一部分，我以為二小姐是跟我一樣從現代穿越過來的，所以一到京城就來找她，結果我出的那句『同是天涯淪落人』，她沒有對出來，卻被妳說出了下句。」

趙大玲不禁感嘆，這也是冥冥中自有天意，若不是二小姐剽竊了周敦頤的〈愛蓮說〉，說是自己做的，蕭翊就不會知道這世上還有跟他一樣的穿越者，也不會跑到御史府裡來找人，更不可能救下長生。

趙大玲目光一轉。「有了，再有人追問你為何來御史府，你乾脆就說你在邊塞聽說了二小姐做的〈蓮賦〉，一下子驚為天人，起了愛慕之心，所以回到京城後就趕緊先跑到御史府來打探，想一睹佳人芳華。」趙大玲搗嘴笑道：「這樣你再來御史府就不用翻牆頭了，可以憑著這個理由大搖大擺地進來。」

趙大玲不過是說笑，就二小姐那品行實在是堪憂。蕭翊卻認真了，翻著眼珠想了想，下定決心道：「這倒可行，現成的藉口可以讓我進御史府，就這麼說吧。」

趙大玲嚇了一跳。「我就隨口一說，你還當真了？這位二小姐可不是個省油燈。」

蕭翊對自己很有信心。「雖然我前世忙著部隊裡的事，沒有交過女朋友，但沒吃過豬肉不代表沒有見過豬跑，我覺得憑著我如今高富帥的地位，應該能馬到成功。如果有了二小姐這個掩護，再見你們就不是難事了。」

長生抽了抽嘴角，勸阻道：「這個說辭雖然嚴謹，也不會在柳御史那裡穿幫，只是……」長生為人厚道，不願在背後議論別人短長，但二小姐脾氣刁蠻霸道也就算了，還有剽竊詩句這個前科，作為一個讀書人，他覺得這一點尤為重要，蕭翊若是為了出入御史府而接近這樣的女子，豈不是坑害了他？

他斟詞酌句道：「只是那位二小姐的性情很是桀驁，若是你落個愛慕她的名聲，只怕是……」

正說著，一名身穿黑色衣袍的侍衛現身，向蕭翊躬身道：「啟稟王爺，密林那頭走來兩位姑娘，是否需要屬下驅趕她們？」

「應該是御史府的那幾位小姐。」趙大玲道。「她們在後山閒逛，走到這裡了。」

蕭翊揮手讓侍衛退下，漸漸地，遠處傳來一陣踩在落葉上的「吱嘎」聲，一個女子的聲音漸行漸近，帶著不耐煩的語氣。「白來了一趟，那玉陽真人連見都沒有見我，當真是拿那個燒火丫頭當作寶了。」

旁邊一個聲音小心翼翼地道：「二姊姊別生氣，真人定是受了那賤婢的蒙蔽，時日久了自然能看出那賤婢根本就是個草包，那時就能顯出二姊姊的好來了。」

這真是說曹操曹操就到。趙大玲朝蕭翊擠擠眼，旁邊的長生也伸出兩根手指比了個「二」的手勢，意思是二小姐來了。

蕭翊吃驚地張大嘴巴，隨即了然地點點頭，看向長生的目光充滿了敬畏。

看看人家，連這個都懂了。於是蕭翊也回以同樣的手勢，趙大玲以為他也是比「二」的意思，誰料蕭翊嘴裡還無聲地「耶」了一聲，讓趙大玲差點兒扶額仰倒。

二小姐和四小姐越走越近，已經隱隱看得到密林深處一藍一粉兩道身影，身後還跟著兩個人的丫鬟染墨和碧珠。長生和趙大玲沒法出聲再勸，只能眼睜睜地看著蕭翊整了整身上的衣服，又瀟灑地甩了甩頭髮，大步迎了上去。

長生和趙大玲交換了一個無奈的眼神，只好先躲在一棵兩人合抱的古樹後面，為了不露出身子，長生從趙大玲後面伸出手臂攬住她的腰，她的後背貼著他的胸膛，感覺身後傳來他溫熱的起伏，脖頸上也有微暖的氣息一下一下地吹拂在她的皮膚上，帶點酥麻的感覺。

蕭翊迎面走到兩位小姐跟前，他也分不清哪個是二小姐，只覺得一個面龐嚴肅，長方臉，下頜有點兒寬，一個嬌小玲瓏，有一雙未語先笑的眼睛。

他躬身一揖，朗聲道：「叨擾了，敢問兩位小姐可知下山的路徑？」

二小姐先皺了眉頭。「哪裡來的莽夫，這後山是道長們的清修之地，豈容你隨便亂闖？」

蕭翊趕緊道：「不瞞兩位小姐，本王與侍衛走散，又在這山中迷了路，實在無奈之下才不得不驚擾到二位。」

二小姐和四小姐見他衣著考究，一襲墨藍色的錦衣，腰間是鑲著綠松石的青玉帶，外面一襲銀灰色的斗篷，身材高大，俊朗不凡，又自稱「本王」，顯然是身分貴重之人，不覺神色和緩下來。

二小姐點頭道：「我們姊妹也是在玉陽真人這裡做客，只知道向西走大約半個時辰便可到達太清觀的大門口。」她悄悄打量著面前的人，試探著問：「不知王爺如何稱呼？」

蕭翊抬起頭爽朗一笑，露出八顆雪白的牙齒。「本王蕭翊，謝過兩位姑娘的指路之恩。」

他本就生得英俊，此刻笑得燦爛奪目，讓柳惜慈和柳惜桐彷彿被陽光灼了眼睛，一下子紅霞滿面。

「原來是晉王殿下。」柳惜桐小聲驚呼。

柳惜慈也一改平日的凌厲，臉上的線條柔和幾分，盈盈拜倒。「見過晉王殿下，民女柳惜慈，在御史府排行第二。」

柳惜桐也反應過來。「民女柳惜桐，拜見晉王殿下。」

雖然四小姐柳惜桐比二小姐柳惜慈嬌俏可人，但蕭翊還是伸手扶起身穿孔雀藍繡著迎春花錦衣的柳惜慈，做出驚喜的語調。「原來是御史府的柳二小姐，本王在邊城就曾聽過柳二小姐的〈蓮賦〉，當日回京之日還曾慕小姐芳名到御史府上，只可惜未能見到小姐，心中遺憾了許多日，不想在這黛山的密林中見到柳二小姐真容，實乃蕭某心誠所致。」

這一席話說得二小姐心花怒放，全然忘了當日對詩對不出的尷尬。「隨口做的一首詩詞，不想竟能入晉王殿下的眼，小女子三生有幸。」

二人將柳惜桐晾在一旁，邊聊邊走向密林深處，蕭翊引著柳惜慈遠離溪邊，漸漸只能聽見蕭翊爽朗的笑聲迴蕩在山林中。柳惜桐只能無奈地直起身，遠遠地看著二人，心中的嫉妒與不平可想而知。

待幾人走遠，長生和趙大玲才從樹後出來。趙大玲很是忿忿。「這是不是叫一只好花瓶裡插了一根狗尾巴草？」

長生也是悶悶不樂。「都是咱們給他出了這麼個主意。只是我本意是讓蕭翊注意二小姐過來了，為何他一副心照不宣的表情？」

趙大玲無奈地伸出兩根手指，解釋道：「這個手勢在我們那裡不僅代表『二』，還有『勝利』和『好』的意思，大概蕭翊以為你是鼓勵他上去搭訕，所以才衝上去得這麼歡實。」

二人邊走邊聊，一直從後山走到山下的太清觀大門處。

三小姐已等候在青布帷篷的馬車裡，四小姐也早早回來了，一言不發地跟五小姐進了前頭的馬車，只是遲遲不見二小姐。又等了小半個時辰，才見到柳惜慈面色嫣紅，步履輕快，如踩在雲霧一般匆匆趕來。趙大玲心中揣摩著，看那架勢蕭翊應該是旗開得勝了。

三小姐不明就裡地問：「她沒事吧，怎麼跟打了雞血一樣？」

趙大玲總覺得蕭翊此番美男計犧牲太大，有些無精打采地說道：「春天的花都開了。」

柳惜妍伸手摸了摸趙大玲的額頭。「現如今已是秋日，哪裡來的春花？」

趙大玲挑起窗簾看到柳惜慈晶亮的眼睛和抑制不住的笑意，懶懶道：「心花怒放便如春日來臨一般。」

柳惜妍聳聳肩，索性不再詢問。

這時一匹烏黑油亮的快馬從斜刺裡衝出來，接近前面的黑漆馬車時，馬背上的人一勒韁繩，駿馬嘶鳴著猛地停住，前蹄騰空，馬背上的身影幾乎與地面平行，銀灰色的斗篷隨風而舞，在萬丈陽光下如天神般耀眼奪目。

那人穩住胯下的駿馬，緩步到黑漆馬車跟前，伸手敲了敲馬車的窗扇，朗聲道：「明日下朝我去御史府找妳。」

柳惜慈嬌羞的臉龐自車窗內一閃而過，似是含羞點頭。

駿馬上的人哈哈一笑，雙腿一夾馬肚，駿馬如黑色的閃電躥了出去，四蹄生風，頃刻已在百尺之外。十幾名勁裝侍衛尾隨其後，一陣塵煙過後，全都消失在路的盡頭。

趙大玲放下車簾，扭頭看到柳惜妍一臉的癡迷，猶自看著空無一人的大路發呆，便推了推她。「怎麼了？」

柳惜妍這才回過神來，囈語著問：「我不是在作夢吧，我怎麼覺得剛才那人跟晉王殿下一個模樣？」

「就是他，我們在後山的密林中遇到他了，他還跟二小姐聊得頗為投機。」趙大玲隨口道。

柳惜妍面色瞬間黯淡，透出沮喪的神情。「我午後在歇息的屋子裡睡著了。」

趙大玲猛地想起柳惜妍曾經說過一年多前她在上山進香時曾被蕭翊所救，可惜如今的蕭翊並不是她一直惦念的英雄救美之人，她自然無法告訴柳惜妍這個實情，也無法告訴她蕭翊接近柳惜慈並不是真的看上她，只是為當日延誤聖旨找藉口，也為能夠名正言順地進入御史府找長生。

趙大玲看著柳惜妍落寞的神情，不禁探身過去問道：「妳來時的路上說曾在夢中見到一人對妳微笑，這個人是不是……」

柳惜妍神色一變，眼睛轉向窗外，掩飾道：「我那時不過隨口一說，妳還當真了？」

趙大玲知道這個時空禮教森嚴，閨中女子談論男人是大忌，所以也不再繼續這個話題，轉而聊起花容堂的生意。

柳惜妍看著窗外一晃而過的樹影，心煩意亂，她一向好強，覺得柳惜慈處處不如自己，但此刻也忍不住自怨自艾起來。在親事面前，嫡庶之分涇渭分明，即便柳府有心攀附晉王，也會用柳惜慈這個嫡女去聯姻，輪不到自己這個庶出的女兒。而且晉王已經對柳惜慈表現出了興趣，自己這顆心是無處著落了，這樣想著，她不禁心灰意冷，即便趙大玲用花容堂的生意逗她說話，她也是有一搭沒一搭地應著，提不起精神。

趙大玲拿出幾張自己畫的衣裙圖紙交給三小姐。「我這兩天閒著沒事畫了幾件衣裳樣式，都是按照妳的身形設計，妳可以讓田氏先找外面的繡娘試著做，看看成衣效果如何？若是好的話，咱們就可以著手在東城的好地段選了鋪面，開張『雲裳堂』了。」

三小姐接過圖紙，趙大玲指著上面的服裝解釋道：「這件腰間有個飄帶，做成湖綠色的，飄逸又清爽；這件做成櫻粉色的，領子這裡我設計了一個珍珠扣，下面垂下米珠流蘇，與繡著櫻花紋飾鑲著珍珠的腰帶相呼應；最後這件帶荷葉邊的最好做成水藍色，上淺下深，有層層水波漾開來的效果，裙襬綴上白水晶和藍晶石，好像波光點點……」

三小姐眼中漸漸有了神采，暫時拋開兒女情長，恨不得立刻就找田氏去外面做衣服。

三輛馬車飛馳在歸途中，臨近京城南城門的時候卻被一隊人馬攔住，趙大玲挑簾看去，攔住他們的是一輛裝潢華貴的馬車，墨綠色繡著金絲彩飾的車帷，四角掛著雙魚玉珮在微風中發出細碎的「叮鈴」聲，車前兩匹駿馬通體雪白，身形矯健。

淺碧色的綠玉珠簾被一隻纖纖玉手輕輕撥開，那隻手膚如凝脂、柔若無骨，光是看到手已經讓人生起無限遐想，不知手的主人該是什麼樣的神姿仙韻。

當那張閉月羞花的臉龐從珠簾後露出來的時候，眾人方頓悟難怪那隻手這麼美——馬車裡的人正是淑寧郡主蕭晚衣。

蕭晚衣手扶婢女從馬車上下來，柳府的幾位小姐和趙大玲也下了車，雙方見過禮後，蕭晚衣徑直走到長生跟前，溫柔的目光鎖在長生身上，亮若星辰的眼睛帶著幾分期待。

「顧公子，可否借一步說話？」

幾位柳小姐識趣地回到打頭的黑漆馬車裡，連三小姐也跟了過去。趙大玲想了想，向後面丫鬟的馬車走去，想給蕭晚衣和長生一個談話的空間，不料轉身時手腕卻被握住，她低頭一看，就見長生修長的手指握在她的腕間。

長生微微抬起頭，如畫的眉眼從斗笠下露了出來，眸光如水晶一般清澈剔透，向蕭晚衣道：「這位是在下的未婚妻，有什麼話不妨當著她的面說。」

「未……未婚妻……」蕭晚衣神色淒婉地退後一步。雖然昨日在詩會上已經得知趙大玲被御史夫人許配給了顧紹恆，但此刻親耳從他嘴裡聽見，還是難以接受。

這種場合讓趙大玲覺得有點兒尷尬，不過既然長生讓她留下來，她便大大方方地留了下來。

蕭晚衣看了趙大玲一眼，貝齒咬著下唇，在水紅色的唇上留下深深的牙印。她儘量忽略趙大玲的存在。「顧公子，你本是人中龍鳳，如今卻落難為奴，我是想助你離開御史府，更可以幫助你家沈冤——」

「郡主慎言。」長生及時打斷她。「在下戴罪之身，如今是御史府的僕役，非聖上赦免不得離開御史府。長生謝郡主一番好意，只是我的事就不勞郡主費心了。」

「長生？」蕭晚衣怔住，眼淚在眼中打轉，哽咽著問：「難道你要為奴為僕，娶一個廚娘的女兒做妻子，了此一生嗎？」她上前一步，殷殷道：「顧公子，你知道我的心意，我對你的心從未變過。」

「郡主請回吧。在下從未肖想過什麼。」長生牽著趙大玲的手。「況且如今在下已有妻室，唯願與她白頭偕老。」

「白頭偕老……」蕭晚衣失魂落魄地喃喃唸著，頭一次覺得這個詞如此椎心。

趙大玲心中一陣感動。她明白長生如此決絕地拒絕蕭晚衣的幫助，又留下她，向蕭晚衣當面說出兩人的夫妻關係，都是為了向自己表明忠貞不渝的心跡，畢竟要談感情，光明磊落的坦白是必要的前提，更是信任與忠誠的基石。

她回握住長生的手，蕭晚衣眸光掃到兩個人緊緊交握的手，目光中透出絕望，她強忍著就要奪眶而出的眼淚，轉身疾步走回自己的馬車上。

當天晚上，御史府裡的幾位主子都沒有睡好覺。二小姐激動得腦袋昏昏脹脹，心情放飛得好像坐過山車一樣。

她躺在床上，用玫瑰紫的帕子遮著臉，卻擋不住眼前不斷輪放的蕭翊英氣逼人的面龐。柳惜妍輾轉反側，想著一年多前晉王縱身一躍跳到驚馬背上勒停了馬救了自己，自此自己的一顆芳心便擱在他的身上，誰知今日卻見到他與嫡姊關係親密，這一顆心彷彿放在滾油中煎熬一般。

四小姐也沒睡好。嫡庶之分是如此殘酷，她自負比二小姐美貌，性情也要比她柔順可人，可偏偏那個人竟然一眼相中了二小姐，這讓她越發對自己的身世自怨自艾起來，直到天光方亮，才睜著痠澀的眼，暗下決心——我柳惜桐此生一定要爭一爭，不能永遠只是柳惜慈的背景。

而最為心焦的是柳御史和汪氏，兩個人促膝夜談，就聽柳御史唉聲嘆氣。

「這幾天我一直琢磨一件事，卻也想不出如何應對，今日正好與夫人商量商量。幾日前朝堂之上，太子少傅方可名忽然跳出來指摘晉王殿下不敬聖上，於是又引出晉王入京當日延誤接旨一事，朝堂上一片斥責之聲。通政使司副使馮賡竟然說他的部下那日在咱們府外曾見到過晉王，於是聖上便詢問晉王為何沒有隨大軍在城外等待接旨，卻入城到御史府？」

汪氏一驚。「那晉王殿下是怎麼說的？」

柳御史慶幸道：「還未等他說出個子丑寅卯，恰好傳來急報，江南臨湖一帶大雨沖毀了堤壩，聖上忙著調遣戶部和工部撥銀賑災，此事便沒有再提。這兩日晉王一直稱病未到宮中，但是我擔心不定哪日這件事又會被人提起。」

汪氏想得簡單。「實話實說，就說晉王是來找那個顧紹恆的，反正他們二人的交情在朝中人盡皆知。」

柳御史搖搖頭。「顧紹恆一事牽連著慶國公和晉王兩方勢力，咱們哪邊也得罪不起，還是少提顧紹恆為妙。牽一髮而動全身，說出顧紹恆來，便如滾雪球一般，牽出潘又斌強擄凌虐罪臣，又會扯出晉王闖慶國公府救人，不管最後聖上怎麼裁決，於咱們都是不利的。最好的做法還是裝傻，由著潘又斌和晉王鬥去，咱們兩邊都不得罪。況且朝中盛傳晉王闖慶國公府是為了一名女子，後來慶國公府還送了十名女子給晉王，所以真相絕對不能由我嘴裡說出去。」

汪氏想起一事。「讓你唉聲嘆氣的，我都忘了告訴你一件好事。今天慈兒去太清觀上香，竟然遇到晉王殿下，兩個人還相談甚歡呢。」汪氏抑制不住地笑了出來。「用那日的事當藉口，就說晉王聽說了慈兒做的〈蓮賦〉，所以想來見一見慈兒不就行了？那日晉王殿下自己不也是這麼說的嘛，還寫了半句詩讓慈兒對詩呢。」

柳御史無奈道：「那不是找顧紹恆的障眼法嗎？最後還是顧紹恆身邊的那個燒火丫頭對上來了，這明顯就是他們的暗號。」

「你不說，我不說，誰會知道呢？」汪氏嗔怪道：「難不成晉王自己會說他是來找那個罪奴的不成？再說了，咱們只說明面上咱們知道的，也不算欺瞞聖上。」

柳御史想了想，露出笑意。「夫人高見，這本也是事實，不過是避重就輕罷了。這樣說不但兩邊都不得罪，還能撇清自己。」柳御史復又皺了皺眉頭。「不過……」

汪氏笑容中帶著快意。「不過什麼，有什麼可勉強的？這叫一箭雙雕，說不定還能促成慈兒的一段好姻緣，那可是天大的好事。」

柳御史思忖著。「我明白夫人的意思，只是如今朝中局勢不穩，晉王雖然面上光鮮，但終究太子方是大統，這一步也不見得是好棋。不過慶國公和晉王咱們都得罪不起，如今也只能走一步算一步了。」

翌日朝堂之上，皇上又想起這件事，問起當日晉王蕭翊到底進城到御史府做什麼？蕭翊和柳御史都一口咬定他是尋著柳二小姐的芳名對詩去的，最後蕭翊落得個行事荒唐的名聲，柳家二小姐卻越發芳名遠播，也算是柳御史的意外之喜。

第二十七章　爭風

下朝之後，蕭翊果真大搖大擺地來到御史府。既然已落個荒唐的罪名，索性就把這罪名坐實，掙得些好處。

柳御史誠惶誠恐地接待了蕭翊，在花園的涼亭外設下帷帳，讓他和二小姐隔著帷帳吟詩作對。

蕭翊在御史府一待就是一下午，其間藉口對詩對得頭昏腦脹兩次、參觀御史府花園建築一次，又尿遁了三次，然後在趙大玲的掩護下與長生前後共會晤了半個多時辰。

二人就著名冊一個個分析，哪些是蕭翊的鐵桿，哪些是前太子蕭弼和先皇后的勢力，哪些是中立派可以爭取，哪些是太子蕭衍的爪牙，總算是讓蕭翊心中有了幾分底氣。

接著長生又給蕭翊列出一份清單，將蕭翊要拜訪的人一一標注出來，甚至還將此人的背景、興趣愛好、為人處世，該如何套近乎都詳細列明。

蕭翊大呼得到了第二份通關秘笈，趕忙放入懷中。

一直到華燈初上，蕭翊又在柳御史和幾位少爺作陪下蹭了一頓飯，酒足飯飽之後才離開。

看著蕭翊心滿意足的背影，柳御史不無擔心地想，這位晉王殿下難不成真是上趕著來做自己女婿的？他哆嗦了一下，意識到從此再無牆頭草的太平日子可過。

一連三天，蕭翊都是下了朝就直奔御史府，連潘又斌和蕭衍也覺得反常起來。

蕭衍來找依舊在床上養傷的潘又斌。「不對啊，就算是為了顧紹恆，蕭翊也不用天天往御史府跑；再說了，也沒見他在朝中為顧家翻案做點兒什麼，這小子到底是幹什麼去了？」

潘又斌捂著依舊隱隱作痛的肋骨。「我聽我安排在御史府外的線報說，蕭翊在御史府中與柳家二小姐吟詩作對來著。」

蕭衍目光沈了下來。「那日在朝上，他說去御史府是聽說了柳家二小姐的才名，本宮當時還覺得他是為去找顧紹恆而隨口找的藉口，為了不牽出你來，我也沒當場揭穿他，如今看來難不成他還真是看上柳家二小姐了？」

「也不是不可能。」潘又斌煞有介事地道：「那柳家二小姐才名在外，蕭翊那小子一向與兵痞粗人為伍，而且在邊塞一年多，母豬都見得少，乍一見個女的，又有幾分才情，便覺得是好的了。只是這位小姐的門楣實在低了些，他也不嫌寒磣。」

蕭衍一向深思熟慮，謹慎道：「你不要小看蕭翊，他此舉必有深意，恐怕不單單是為了一個柳二小姐那麼簡單。」

潘又斌轉了轉眼珠。「你是說為了柳成渝那個老傢伙？不會吧！御史只是個從三品的官員，沒有什麼實權，不過是憑著一張嘴，今天說說這個，明天彈劾那個，沒什麼用處。」

「言官憑的就是一張嘴啊！」蕭衍嘆道。「蕭翊如今剛獲戰功，又一向得父皇喜愛，他在朝中最缺乏的是什麼？就是一個能替他說話的人。柳御史不正是一個可以在朝堂上暢所欲言的人嗎？若是蕭翊娶了他的女兒，姓柳的自然會跟咱們對立，到時候這張嘴只怕除了會說蕭翊的好話，還要說咱們的不是。」

「就柳成渝那個膽小怕事的牆頭草有那個膽子跟您作對？」潘又斌覺得蕭衍有些誇大其辭了。「一個小小的御史能掀起什麼風浪？」

蕭衍神色凝重。「寧可信其有，不可信其無，待本宮去打探打探。」

翌日，蕭翊再次出現在御史府，才剛與柳御史寒暄幾句，凳子還沒坐熱，就見門房連滾帶爬地闖進來。

「老、老爺，太子……太子殿下來了！」

柳御史一驚，起身之際差點撞倒了椅子。這是祖墳上冒青煙了嗎？蕭翊也很是納悶，蕭衍怎麼也跑來了？難不成是得到消息監視他來的？

柳御史親自到門口恭迎太子，只見太子蕭衍頭戴金冠，上面鑲的南珠有拇指那麼大，一身冰藍色繡四爪金龍的錦袍，腰間一條白玉帶，手中還拿著一柄烏金摺扇，襯得穿著家常深藍色暗紋衣袍的蕭翊跟個鄉野村夫似的。

蕭衍挑眉，故作驚訝道：「三弟，你怎麼在這兒？」

蕭翊淡笑道：「我來向柳府的二小姐討教詩文。」

蕭衍「啪」地一聲收攏了摺扇。「巧了，本宮也是聽說了柳二小姐的〈蓮賦〉而來的。

『予獨愛蓮之出淤泥而不染……可遠觀而不可褻玩焉。』」

蕭衍搖頭晃腦地背誦著，隨即感嘆道：「真乃曠世佳作，讓本宮忍不住來一探究竟，到底是什麼樣的女子能夠有這等玲瓏心腸？」

蕭翊冷眼看著蕭衍，扯了扯嘴角。柳御史還處在極度的震驚和慌亂中，忙吩咐下去將柳惜慈帶到會客的廳堂來。本朝男女大防，未婚女子不應會見外男，前幾日柳惜慈與蕭翊見面也是要隔著帷帳或是珠簾，但今日連太子殿下都來了，柳御史不敢托大。

不一會兒，柳惜慈來到會客廳，她戴著面紗遮住容貌，只露出一雙眼睛。

蕭衍上下打量，就見這位柳二小姐穿著一件桃紅色挑絲雲錦褙子，下面是湘色的提花綴珠裙子，這麼豔的顏色穿在她身上卻不顯嬌俏，反而有些沈悶。看那身形也不妖嬈，眼睛不小，卻沒有靈秀之感，雖然遮住了臉，但也能看出大概的輪廓，不要說天姿國色了，連太子府幾個失寵的侍妾都不如。

蕭衍感覺很失望，不禁瞟了蕭翊一眼，心中暗想果真是帶兵打仗的時間長了，連母豬也能看出雙眼皮來。

柳惜慈也納悶自己最近的桃花運怎麼這麼旺，開了一朵又一朵，還都是最頂尖的人物。她強壓下心頭的雀躍，向兩位皇子行禮後，坐在了旁邊的椅子上。

既然大家都是打著傾慕柳二小姐才名的旗號來的，少不了要恭維一番。蕭衍率先嘆道：「本宮也是最近才知道，原來柳二小姐就是京城中聞名的『閒雲公子』，本宮讀過閒雲公子的詩詞，文采卓絕，與眾不同，一直以為出自一名才子之手，後來聽聞竟是閨閣女子所做。當時本宮就想，不知何等蘭心蕙質的女子才能做出這樣的詩句，今日終於見到『閒雲公子』，果真是秀外慧中，才貌超群。」

柳惜慈聽了這番話，心花怒放，激動得聲音都發顫。「太子殿下謬讚了，不過是隨口胡謅的，哪裡入得了您的眼。」

蕭衍灑脫一笑。「如何入不得？要本宮說，比當朝大儒做的都好，三弟你說是不是？」

蕭翊突然被點名，可這麼昧良心的話他可說不出口，只能敷衍地點點頭。

蕭衍的太子府中已有一位太子妃和十幾名侍妾，這還沒算上被他啃過一口就丟一邊沒名沒分的女子，這些年他也算是脂粉堆裡滾過來的，所以知道如何討女子歡心。在這點上，沒吃過豬肉只看過豬跑的蕭翊自然不是對手。

在蕭衍的刻意恭維下，二小姐羞答答地將「她的」詠梅詩唸了出來。「眾芳搖落獨暄妍，占盡風情向小園。疏影橫斜水清淺，暗香浮動月黃昏。」

蕭衍哄然叫好。「好一句『疏影橫斜水清淺，暗香浮動月黃昏』！真把梅花的風姿寫到極致，惜慈姑娘果真是水晶心肝的人兒。」

剛才還「柳二小姐」呢，這麼快就成了「惜慈姑娘」，柳惜慈臉上是謙遜嬌羞的神情，瞟了蕭衍一眼，欲語還休。

蕭翊嘴裡的茶差點兒沒噴出去。這不是林逋的〈山園小梅〉嗎？這位二小姐還真是抄襲上癮了，既然如此，他也來一首。「果真是好詩，真是讓人意猶未盡，本王不才，在後面續上四句。『霜禽欲下先偷眼，粉蝶如知合斷魂。幸有微吟可相狎，不須檀板共金樽。』」

二小姐眼睛一亮，露出豔羨嘉許之色，這四句接得簡直是渾然天成。

蕭衍意味深長地看了蕭翊一眼。沒想到這個從小只知道混在兵營的人竟然也有文思泉湧、出口成章的時候。

趙大玲在花園裡的假山後等候蕭翊，卻沒有發現蕭翊的身影。往常這個時候蕭翊應該找個藉口出來見長生了，今天卻遲遲不見他；再聽府裡的人說太子蕭衍也來到御史府，這讓她更加擔心，會不會是蕭衍發現了什麼？

如今朝局日緊，江南的水患、北地的旱情皆告急，再加上太子一派對蕭翊的刻意打壓，很多事都需要仔細商量，從長計議。

眼見時間一點一滴過去，趙大玲只能無奈地往回走，經過外院連通內院的一處垂花月亮門時，見到一道淡黃色的靚麗身影站在一叢木芙蓉後面向外院的會客廳張望，目光癡迷，滿含期待。

那麼窈窕曼妙的身姿除了三小姐柳惜妍還能有誰？

她彷彿已經站了很久，似一尊雕像一動不動，任憑秋日的風吹拂著她額前的碎髮和淡黃色的衣襬。

會客廳的門簾被撩開，一群人從屋裡走出來，打頭的是蕭衍和蕭翊。柳惜妍忙退後一步，將自己隱藏在花叢後的陰影裡。

柳御史客氣道：「太子殿下和晉王殿下不如在寒舍用過晚飯再走吧。」蕭衍和蕭翊推辭了一番，各自離開。柳惜妍癡癡地看著蕭翊的背影，直到看不見了才寂寥地準備回去，轉身之際，發現了月亮門外的趙大玲，柳惜妍俏臉一紅，苦笑道：「被妳看到了。」

趙大玲了然。「妳一直喜歡晉王蕭翊。」

事到如今柳惜妍也懶得再逃避。「一年多前，拉車的馬驚了，我在馬車裡東倒西歪，驚惶無措，嚇得心都要跳出來了。就在這時，我看見他矯健的身影，好像天神一般勒住驚馬，從那一刻起我就把他烙在了心裡。」

她自嘲地笑笑。「不過現在說什麼都晚了，他中意的是二姊。再說，也是我癡心妄想，我不過是御史府中的一位庶女，又哪裡高攀得上他？」

趙大玲心中很是自責。柳惜妍是她在這個異世中結交的唯一一個朋友，她卻沒有及時意識到柳惜妍對蕭翊的感情，還陰錯陽差地鼓勵蕭翊去追求柳惜慈。今日看來，柳惜妍對蕭翊已是情根深種，她不好對柳惜妍說出蕭翊追求柳惜慈的實情，只有鼓勵她。「幸福是靠自己爭取的，妳也不是沒有機會。晉王只是因為二小姐的〈蓮賦〉而對她產生好奇之心，也不見得就是真心傾慕。」

柳惜妍落寞一笑。「幸福靠自己爭取？可是我的婚事全由祖母和嫡母做主，又哪有半分能由得自己？」

柳惜妍說完，微紅著眼眶離去。

趙大玲站在原地久久未動。這個時空裡的女子地位如此低下，即便貴為官家小姐，對自己的婚姻也全無自由。

連著兩天，兩位皇子都出現在御史府，這件事引起朝中關注，也讓柳御史炙手可熱起來。

今日潘皇后身體不適，蕭衍留在宮中探望母親，蕭翊終於能夠避開蕭衍的視線找長生聊聊朝政。

沒有蕭衍在一旁監視，蕭翊找機會藉口腹痛，拐到柴房向長生求教。

「江南水患，皇上已下旨賑災，讓江南知府開倉救濟災民，並讓工部的杜如海利用冬季無雨的季節，督辦修建堤壩，防止來年再有水患。北部旱情，莊稼都乾涸在地中，聖上也讓朝臣集思廣益，看有沒有什麼好辦法能夠儘量減少乾旱的損失。」

長生微蹙著眉頭。「江南知府萬禎和杜如海是兒女親家，萬禎的女兒嫁給了杜如海的次子為妻。兩個人屬一丘之貉，萬禎名聲極差，江南一帶的官場烏煙瘴氣，買官賣官形成風氣，我曾聽聞一千兩銀子便能買個知縣做做，官員只知道魚肉百姓、中飽私囊，我父親在時，曾想彈劾萬禎，但這個人很狡猾，是個八面玲瓏的人物，將京城中的官吏上下都打點到了，背後又有杜如海撐腰，因此上一次才讓他全身而退。此番賑災，朝廷至少會撥銀十萬兩，併發糧草到受災嚴重的地區，萬禎肯定會在銀兩和糧草上做手腳，你可以派親信扮作災民到江南一帶打探情況，務必要抓住確切證據。

「受災最嚴重的玉山縣，知縣尹正奇為人耿直，一向看不慣萬禎一夥，雖然政績斐然，受當地百姓愛戴，但任知縣十五年從未升遷，還多次被萬禎打壓，你的人可以找他幫忙。另外杜如海這邊，修繕堤壩對他而言又是大賺一筆的好買賣，他上次為保性命，孝敬給蕭衍很多銀子，這次肯定忍不住要伸手。杜如海的事，你找戶部尚書譚長松，戶部會按照皇上旨意發銀子，讓譚國舅在這批銀兩上做出不顯眼的記號，方便之後指證杜如海。」

長生一口氣說了許多，蕭翊掏出小本子來一一記下。他用的是硬一些的草紙做的小本子，筆也是炭條包著布做的，都是趙大玲給他的，因為用著順手，所以寫字飛快，長生說完，他就都記下來了。

長生問道：「你手邊可有可以信賴的能人？就我所知，杜如海在府中有一個地下倉庫，是專門用來存放銀兩的，若是能找到一個偵查好手，就能摸清地庫的位置和銀兩的數目。」

蕭翊拍拍自己的胸脯。「打探杜如海家藏銀的事我親自去做，沒人比我更懂得偵察。現代的軍校裡有偵察和反偵察的課程，我在那裡受過專門訓練，複雜的密碼鎖我都能打開，更別提這個時空裡的銅鎖了。給我一根泡麵，我連皇宮珍寶庫的大門都能打開。」

長生看向趙大玲，趙大玲點點頭，表示蕭翊所言不虛。當然用泡麵開鎖屬於誇飾法，但是趙大玲相信蕭翊的能力，特種部隊不是白待的。

長生思索了一下。「你要是有把握就去探一探，不過一定要注意安全，小心行事。你在杜府內的銀庫裡製造出動靜來，讓杜如海警覺，此人膽小謹慎，得知銀庫暴露，肯定會想辦法將這些銀子移走，你派人盯緊杜府，發現異動可以製造出混亂，將他的家底公諸於眾。」

江南的洪澇解決了，北部乾旱也是棘手的事，眼見快到豐收的季節，卻突遇大旱，麥子沒有灌漿，都是乾癟的，農民只有挑水澆地，卻是杯水車薪，一籌莫展。

趙大玲曾在農村實習過，便建議道：「可以建水車，將江河裡的水抽到地裡灌溉，既節省人力，又能搶在秋收前解決土地乾旱的問題。當然這只能在靠近江河湖泊的地方進行，遠一點的地方可以用竹筒或者木槽將水引過去，只是內陸遠離水源的地方還是不行。」

長生眉頭一展。「此次乾旱主要集中在京城周邊，渭河、通河都流經這片區域，雖然因長時間不下雨，河裡水位較往年下降，但仍未乾涸，還有幾個湖泊可以利用。全面救災是不可能了，但是只要能搶救兩、三成的糧食，再加上朝廷的救濟，災民就能熬過今年冬天，不至於顆粒無收地等死。」

蕭翊眼睛一亮，又要跳過來拍趙大玲的肩膀，被趙大玲一臉嫌棄的躲開。

蕭翊在草紙上畫了一個簡易的水車圖形，一個圓圈，幾個軸，看著很不像樣，抓抓腦袋道：「我之前住在城市，只是大概見過，卻不瞭解其中的細節。」

「我來畫吧！」趙大玲接過紙筆，唰唰幾筆畫出一個完美的水車圖形，並在各個構造上標上基本尺寸和資料，交還給蕭翊。「這只是個草圖，你先拿著找工匠按照圖紙準備，我今晚再畫一個詳細的構造圖，明天給你。」

蕭翊吃驚地看著草紙上俐落清晰的線條，試探著問：「妳大學學的是農業學？」

趙大玲搖搖頭，老老實實地回答：「建築工程。」

「理工女。」蕭翊一臉欽佩，又自言自語地加上一句。「怪不得妳前世沒有嫁出去。」

眼見趙大玲要發飆，蕭翊趕緊從懷中掏出一張圖紙。「妳幫我看看這個，是一種很輕便的弓弩，我在部隊裡研究過古代武器，這種弓弩有準頭，操作簡便，殺傷力強，只是我的圖紙畫得不夠精準，拿到兵器房，工匠都看不懂。」

趙大玲接過圖紙看了看。「是你的圖紙有問題，很多參數和構造沒有畫清楚，回頭你跟我仔細說說構造原理，我給你畫一張精細的。」

長生接過水車和弓弩的圖紙看了看，俊美的臉上浮現笑容。「太好了，看上去水車的結構並不複雜，可以在短時間內大量建造推廣，旱情嚴重的地區都聚集在京城附近，快的話月底就可以將首批水車建造好。這件事要趕快著手進行，今晚大玲就將詳細的圖紙畫出來，讓府外侍衛連夜將圖紙送到晉王府。蕭翊，你明日早朝的時候就將建造水車、緩解旱情的提議當堂提出來。」

說著，他又拿起弓弩的圖紙。「弓弩要私下打造，不能讓蕭衍等人知道消息。你可以找兵部的一個掌事，名字叫做方俊中，他是我父親的學生，此人愛兵器成癡，最愛研究各式兵器，很少關心朝政，所以未受我父親案件的牽連。你把圖紙交給他，他可以幫你製造出弓弩。」

趙大玲不無遺憾地道：「弓弩也就罷了，若是能造出槍來就厲害了。」

蕭翊搖頭。「這個時空的冶煉和鍛造技術達不到製造槍枝的標準，但要造出土炸彈來倒不是難事。」

「硫磺、木炭、硝酸鉀。」趙大玲衝口而出。

蕭翊和她心領神會地對望一眼，兩個人雙雙伸出兩根手指。「耶！」

柴房裡點著一根香，用來提醒蕭翊在這裡耽擱的時間不能超過一炷香的時間。眼見香已經快燃到末尾，長生趕緊道：「最近事情多，很多細節也需要商討部署，如果不能每日進到御史府中見面，就讓府外的侍衛傳信吧，但一定要注意不能讓往來信件落入他人之手。要知道府外除了有你的人以外，肯定還有蕭衍或潘又斌之流的手下在監視你我。」

蕭翊想了想。「那就別寫字，用摩斯密碼吧，我教你們。」

趙大玲哈哈一笑。「哪需要那麼麻煩，不能白做個穿越人士，怎麼也得整出點兒不一樣的東西來。你會英語嗎？」

蕭翊拍拍胸脯。「在軍校中拿了多益金色證書，之後加入特種部隊，到世界各地執行任務用的都是英語。」

趙大玲滿意地點頭。「我在美國總部實習過半年，英語交流讀寫沒問題，咱們完全可以用英文書寫往來的信件。」

確定好了寫信、送信的細節，蕭翊閃身出了柴房的門，順著小路走回花園。

花園中，柳惜慈已經等得不耐煩了，蕭翊說是腹痛，卻一去就去了半個時辰，將她留在花園的涼亭中吹風。且今日蕭衍未到，她也有些心不在焉，詩詞都背錯了兩句。

如今蕭衍和蕭翊都對她表現出興趣來，讓她頗為得意。論相貌，自然是蕭翊更為英俊逼人，深邃的五官、高大的身材，看得人心裡怦怦直跳；至於蕭衍，雖相貌與蕭翊有幾分相似，卻不如蕭翊壯碩，偏高瘦，面色也帶著幾分陰鬱。

而論才情，蕭翊那半首詠梅詩實在是接得漂亮，但若想到蕭衍身為太子的身分地位，自然是蕭翊一個親王遠遠比不上的。

柳御史夫婦也就此事興奮了好幾天。若是柳惜慈能嫁給太子做側妃，等太子榮登大寶之後，女兒很有可能成為貴妃娘娘，那柳家在朝中的聲望自然水漲船高，這是一個親王妃比不了的。再說，太子與晉王關係微妙，這個親王能不能當到頭都不好說，遠不如背靠太子這棵大樹好乘涼，因此一家人的天平都傾向太子，柳惜慈見了蕭翊也不像最初那麼熱切，不過是礙於晉王的身分應付著他罷了。

蕭翊心不在焉地坐在帷帳外，吃了幾顆盤子裡的紫玉葡萄，心中還想著剛才跟長生談過的事。

柳惜慈懶洋洋地唸了幾句詩。「人生自古誰無死，留取丹心照汗青。」

蕭翊若無其事地繼續吃葡萄，經過這段時間的洗禮，他已經習慣了柳惜慈的「拿來主義」，一時想著心事，連禮貌性的稱讚都忘了。

這時花園裡傳來掌聲。「好，惜慈姑娘做此詩句，豪氣干雲，真是巾幗不讓鬚眉。」

蕭翊掏了掏耳朵。你們讓文天祥怎麼想？

柳惜慈聽見是蕭衍來了，忙讓丫鬟撤掉帷帳，且驚且喜道：「我還以為太子殿下不來了。」

蕭衍一副深情款款的模樣。「母后身體不適，本宮去探望了一番，出宮後看天色尚早，便趕了過來。」

聞言，柳惜慈嬌羞地低下頭。

蕭衍早已見慣環肥燕瘦的各色美女，柳惜慈這樣的姿色自然入不了他的眼，不過是逢場作戲罷了。

這時百花深處走來一個嬌小玲瓏的身影，穿著荔枝紅纏枝花紋長身褙子，裡面是一件玉色撒花煙羅衫，頭上戴著簡單的珠花，鬢邊簪著一朵盛開的粉色玉芙蓉，待走近一看，原來是柳府的四小姐柳惜桐。

她手裡捧著一個纏絲瑪瑙的托盤，盤子上擺放著綠玉般的青葡萄。她將托盤放在太子面前的石桌上，嬌笑著道：「殿下嚐嚐，這是吐蕃運過來的馬奶葡萄，看著是碧綠的，實際上很是清甜。」

這幾日，柳惜桐常藉口送東西來蕭衍和蕭翊跟前轉悠，柳惜慈覺得這個庶妹過分伶俐了，看向她的目光也帶著不滿。

相比古板的柳惜慈，柳惜桐自然更加嬌俏可愛、溫柔可人，太子看著她臉上的一對小梨渦，會心一笑，拈起一粒馬奶葡萄放進嘴裡。「果真很甜。」

蕭翊見幾個人打情罵俏、爭風吃醋的都沒搭理自己，想著這裡貌似是沒自己什麼事，便告歉起身，正好藉這個機會再回去找長生聊聊。

另一頭，今日田氏把趙大玲設計的成衣送到了三小姐手裡，三小姐便叫上趙大玲一起來欣賞成果。

幾件衣服設計新穎，顏色柔和，各具特色，讓三小姐愛不釋手。趙大玲想到今日蕭翊身上那件寶藍色的錦袍，便拎出藍色的紗衣讓柳惜妍換上，上半身是淺藍色的，逐漸暈染到裙襬，越來越深，層層裙幅如水波蕩漾，裙襬上綴著的晶石閃著細碎的光芒，美不勝收。

紫鳶給三小姐梳了一個垂髫髻，兩邊的鬢髮垂下來更添柔美。趙大玲從妝盒中拿出一根水藍色的琉璃簪插在柳惜妍的髮髻上，海水一樣澄澈的藍色在烏黑的髮間有種寧靜的美感。

紫鳶又抓了一把珠花準備裝飾在旁邊，被趙大玲攔住。「這琉璃簪晶瑩剔透，襯著三小姐的一頭秀髮最是漂亮，若再戴上其他珠花難免會喧賓奪主，反而讓琉璃簪不那麼奪目。」

柳惜妍從銅鏡中看到自己的樣子也非常滿意，含笑道：「就聽靈幽小姐的。」

最後趙大玲將一對海藍色的水晶流蘇耳墜戴在柳惜妍的耳朵上，長長的流蘇垂落至白皙的臉頰旁，與一身裝束極為協調。

柳惜妍左右照著，也覺得喜歡，忽然神色又黯淡下來。「再好看又有什麼用，如今母親不讓我踏足花園。」

夫人怕柳惜妍出眾的姿容會阻礙二小姐的好姻緣，便下令太子和晉王來御史府期間不許柳惜妍進到花園裡。

趙大玲拉起悶悶不樂的她。「穿得這麼漂亮，當然要出去走動走動，咱們不進花園，就在外院逛逛。」說著硬拖著柳惜妍走到外面。

她帶著柳惜妍站在外院一棵大樹下閒聊，這裡是通往柴房的必經之路。

柳惜妍站了一會兒，有點兒腿痠，向趙大玲道：「回去吧，這兒風太大了。」

趙大玲拍拍她的手。「就當呼吸呼吸新鮮空氣唄，回去也是乾坐著。」

正說著，小路的拐角處出現了蕭翊高大的身影，柳惜妍背對著那邊沒有發現，趙大玲卻看個滿眼，故意「哎呀」了一聲。

「我的帕子落在屋裡了，我去拿，妳在這裡等我，別走開。」說完不顧柳惜妍的阻攔，飛快地跑了。

柳惜妍嘟囔了句。「這丫頭今日是瘋魔了嗎……」

轉身之際，首先映入眼簾的是一雙黑色的鹿皮靴，再往上是繡著銀色松竹紋的寶藍色衣襬，然後是青玉腰帶，再往上……柳惜妍看到了日思夜想的人，一時如墜雲端，呆立當場。

蕭翊也驚訝於面前少女的美貌，一身深深淺淺的藍色將她襯托得好像站在水中央的伊人，風姿卓然、清麗美好。

兩個人對望一眼，都沒有說話，時間好像在這一刻停住……

翌日朝堂上，皇上果真如長生所說，傳旨江南知府萬禎開倉救濟災民，將各處餘糧調到江南，同時讓工部杜如海負責修建堤壩事宜。

南方的水患處理完了，又商議北地的旱情。

蕭翊適時提出為北方興修水車，解決灌溉問題的提議，得到皇上的稱讚，皇上饒有興味地看著趙大玲畫的圖紙，並令蕭翊負責此事，趕緊督辦。

趙大玲連夜畫了數十張水車圖紙交給蕭翊，分發到旱情嚴重的各個地區。

不過十日，離京城最近的、也是旱災最嚴重的幾個村落架起了十餘個水車，將河道裡的水通過木槽傳送到乾涸的土地裡，這幾個村落的旱情得到極大的緩解。

水車製作起來很容易，原料隨手可得，工藝也簡單，很快就在各處都建起了水車。雖然由於乾旱的時間長、面積廣泛，損失已經造成，但水車讓大家看到了來年的希望——不但可以在乾旱的季節將河水抽到地裡，更可以在日常的耕作中降低人力。百姓紛紛稱讚朝廷做了一件大好事，寫下萬民書敬謝朝廷，皇上龍心大悅，額外嘉獎了蕭翊。

江南方面，玉山縣知縣尹正奇冒死揭發知府萬禎剋扣賑災糧食，吏部查辦此事時發現萬禎將朝廷發放賑災的十萬擔糧食存入自己的糧倉，把一些陳年腐米拿出來賑災，一鍋粥清得能照見人影，為了充數還摻入砂石。萬禎眼見已是紙包不住火，還想著向杜如海求救，誰知杜如海如今也是自身難保。

杜府突然遭盜賊入侵，不知使了何種手段進入了嚴密如鐵桶一樣的地下銀庫，偷走了半箱銀錠，在被追捕的過程中將銀錠扔了一路，一直扔到杜府的圍牆外。

杜如海大驚失色，怕府中銀庫的事傳出去，又擔心大盜集結同夥再來盜銀，便藉口家中老母要回老家安度晚年，偷偷將銀庫中的銀子藏在二十幾輛馬車裡，準備送到城外的莊子藏起來。不想出城之際，正趕上蕭翊手下李烈喝醉了帶著一群兵痞鬧事，與看守城門的士兵打了起來，爭鬥中衝撞了杜府的馬車，幾輛馬車被撞翻，一地銀錠散落在地，一群兵痞一擁而上哄搶。

杜府的家丁拉住這個，攔不住那個，二十幾輛馬車被士兵團團圍住，從裡面搜出幾萬兩白銀。

最終這件事鬧到了皇上面前，幾名鬧事的兵痞被打了五十軍棍，退回的銀錠被呈在朝堂之上，戶部尚書譚長松當堂發現其中竟有此次戶部撥出修建南方水患堤壩的那批銀錠。皇上龍顏大怒，下令對杜如海革職徹查，抄家時從地下一個銀庫中發現了幾十萬兩沒來得及轉移的白銀，其中十萬兩的銀錠帶著戶部撥出銀兩的印記。

杜如海和萬禎被判了斬監候，太子一黨一下子損失了兩個人，而更讓蕭衍惱火的是，他本想再安插自己的人接替工部尚書一職，但蕭翊以加緊修建江南堤壩為由，說動皇上讓熟悉情況的工部侍郎裴守明頂替工部尚書一職，朝中譚長松等人也表示附議。

這個裴守明是前太子蕭弼的伴讀，與蕭弼關係親厚，蕭衍一直沒騰出手來收拾他，又想著反正有杜如海在上面壓制，諒他也掀不起風浪來。誰知此番杜如海失勢，倒是便宜了這個姓裴的。

蕭衍正在太子府中找幕僚商議對策，這時僕役來報慶國公世子潘又斌求見。

蕭衍心煩意亂，見了面便向潘又斌抱怨。「如今蕭翊處處跟本宮作對，父皇還對他言聽計從，杜如海和萬禎之事背後肯定是他在動手腳。萬禎也就罷了，這杜如海可是本宮的一個錢袋子，真是氣煞人也！」說著一拳捶在紅木八仙桌上。

潘又斌已經養好了傷，又開始蠢蠢欲動，趕緊勸道：「太子殿下何必在意那個蕭翊，再派死士殺他一次不就高枕無憂了？」

「本宮秘密訓練的死士在去年截殺蕭翊時折損了大半，偏偏他命大沒死，培養新的死士需要大量銀兩，光是控制死士的『碧閻羅』就價比黃金。前些日子杜如海還向本宮許諾會在近期孝敬本宮幾十萬兩銀子，誰料他的銀子竟都充了公。」蕭衍越說越氣。「還有那個什麼水車，也不知蕭翊去哪裡找來的圖紙，災民還寫了萬民書，讓蕭翊在朝堂上出盡風頭。」

潘又斌上前兩步。「我今日也正是為了水車的事前來。蕭翊一介武夫，何時通曉農利了？說什麼是府中幕僚出的主意，這種話也就偏偏朝堂上的那些人會信。若是真有這麼個幕僚，怎麼早不見他重用？要我說，他背後肯定有高人指點。」

蕭衍不耐煩地揮揮手。「我知道，你又要說是那個顧紹恆在背後興風作浪，這倒是很有可能。之前蕭翊恨不得每日到御史府轉一圈，如今柳家二小姐那品貌我是見識了，也值當得他這麼上心？也怪本宮一直姑息養奸，想著利用顧紹恆扳倒蕭翊，誰知竟讓他們鑽了空子。蕭翊這回倒沈得住氣，由著顧紹恆在御史府中為奴為僕，竟然在朝堂上沒提起過為顧家翻案的事，反而暗渡陳倉，在本宮背後施展手腳。」

潘又斌高深莫測地搖搖頭，撇嘴道：「倒不一定是顧紹恆，顧紹恆精通詩文不假，但他一個公子哥兒怎麼可能懂得水利農務？」

蕭衍皺眉。「不是他那還有誰？蕭翊常年在軍中，身邊多是軍師，行兵打仗是在行的，但也不可能懂得這些吧？」

潘又斌冷笑道：「今日我府中一個侍妾請一個道姑入府作法事，那道姑是城外太清觀的觀主叫丹邱子，很有幾分道行，她說了一件聞所未聞的離奇事。」

蕭衍不以為意地道：「一個道姑還能有什麼驚奇的事？難不成是煉出長生不老的仙丹來了？」

潘又斌搖頭。「那倒不是。太子殿下，你聽說過借屍還魂的事嗎？」

「什麼？」蕭衍驚問。「誰借屍還魂了？」

「趙大玲。」潘又斌陰惻惻地道：「顧紹恆的未婚妻，御史府中廚娘的女兒。丹邱子在半年前見過她，一眼就看出這個趙大玲有古怪，真正的趙大玲已經死了，現如今這個是借屍還魂的假趙大玲。丹邱子覺得她是個妖孽，想利用陣法逼出她的魂魄，卻被顧紹恆救下了。」

蕭衍聽了，心中發毛。「真有這樣離奇的事？」

「錯不了。幾個月前趙大玲被玉陽真人收為關門弟子，真人斷言趙大玲是個異世者，如今落在了掃地丫鬟的身上；也就是說，她的魂魄是來自另外一個地方，而且那個地方所處的時代距離咱們現在是千年以後，所以她知道一些咱們不知道的東西，一點兒也不稀奇。」

蕭衍眼神陰狠，嘴角露出玩味的笑容。「異世者？有趣！若能為本宮所用自然好，若是不能，那便留不得了……」

第二十八章 一心

翌日下午，趙大玲在屋裡幫友貴家的裁布繡帕子。第一批帕子已經賣出去了，本來一條帕子賣不了幾文錢，趙大玲拿存放在三小姐那裡的銀子添補著，每條帕子給友貴家的二十文，讓友貴家的繡帕子的熱情空前高漲，帶領著幾個老姊妹連牌也不打了，一起走上致富的道路。

趙大玲看了屋裡一眼，問友貴家的。「娘，柱子呢？好一會兒沒看見他了。」友貴家的心思都在繡活上，頭也不抬地道：「可能到廚房找長生去了。」

趙大玲算著時間，蕭翊應該來御史府了，只是如果蕭衍也在的話，恐怕他也很難溜出來與長生碰面。她想去花園裡看看情況，便放下手裡的布料。「那我找找柱子去。」

出了小院來到花園裡，就見大柱子正仰著小黑臉跟一個錦衣華服的人說話，那人背對著陽光站著，一張臉掩在陰影裡看不清面貌。

趙大玲快步走過去，大柱子見是姊姊來了，歡快地跑過來，興奮地兩眼發光。「姊，妳看這個刀好漂亮。」

趙大玲低頭一看，柱子手裡是一把半尺多長的匕首，刀柄上鑲嵌著七彩寶石，看上去十分名貴。男孩子沒有不喜歡刀劍的，長生給大柱子做的木頭刀劍他都跟寶貝一樣，更別提這把做工精良的真刀。

大柱子指指身後。「是那個人的。」

趙大玲看向不遠處的男人，他身上穿著金絲寶相團花的錦袍，頭戴金冠，冠上的紅寶石夠讓趙大玲一家子過一輩子。看他的眉眼，與蕭翊有三分相似，一樣輪廓分明的臉和高挺的鼻梁，但不同於蕭翊的爽朗剛毅，這個人鼻尖帶鉤，目光銳利，看人的時候總是微瞇著眼，讓被看的人有種被獵捕者盯上的感覺。

趙大玲立刻猜到這個人肯定就是太子蕭衍。她領著大柱子到那人面前，先行了一禮，又從大柱子手裡拿過那把匕首，雙手捧起到蕭衍面前。「民女見過太子殿下。民女弟弟年幼不懂事，衝撞了殿下，還請殿下恕罪。」

蕭衍盯著面前的趙大玲，她低著頭，蓮青色的衣領處露出一段白皙纖細的脖頸。他瞇了瞇眼睛，帶著命令的口吻向趙大玲道：「抬起頭來。」

趙大玲心裡「咯噔」一下，卻也只能順從地抬起頭，眼睛向下看著自己的腳面。

蕭衍的目光在她臉上轉了一圈，口氣也溫和了一些。「本宮來御史府做客，見這孩子在舞動一把木劍，一時覺得有趣，便拿出這把匕首給他看。這是烏金國進貢的，雖不及上古名器，但也能削金斷玉，既然這孩子喜歡，本宮便把匕首賞給他吧。」

大柱子沒料到這個人這麼大方，但他知道不該隨便要別人的東西，便大聲道：「君子不奪人之美，我看看就好，你不用送給我。」

蕭衍看了看這個又黑又瘦的孩子，神色淡漠。「你小小年紀倒是知道些典故，但教你這些的人難道沒告訴過你天家的賞賜卻之不恭嗎？」

大柱子心想這個姊夫沒教過，便撓撓頭，迷惑地看了看趙大玲。

趙大玲嚇一跳，不接受就是不恭，對太子不恭那是什麼罪名？她趕緊道：「殿下賞賜，民女和弟弟自是感激不盡的，但是民女弟弟還小，這麼好的東西給他就糟蹋了。再說民女一家都是粗人，家中有這麼貴重的東西，怕是會被賊惦記上，要是不能妥善保管，豈不是辜負了殿下的一番美意？不如殿下先收回，等民女弟弟長大了，若能有那造化再見到殿下，再向殿下討這個恩典。」

蕭衍微微一怔，一時倒不好反駁，只能一甩衣袖。「本宮送出的東西，可從來沒有收回去的。既是恩典，你接著就是。」

趙大玲無奈，只能帶著大柱子跪下。「謝太子殿下賞賜。」

她低頭跪在地上，只看見眼前絳紫色的錦袍袍角一甩，出了自己的視線。

過了一會兒，蕭衍的聲音在幾步外傳來，彷彿冰稜刺入耳膜。「趙姑娘，我們很快還會再見面的。」

趙大玲再抬頭時，蕭衍的身影已經走遠。她看著手裡的匕首，寶石的光芒在陽光下越發顯得刺眼，她越想越覺得不對。蕭衍這是無事獻殷勤，非奸即盜啊！

她站起來拍了拍膝蓋上的土。「柱子，你先回去，我得去找你姊夫一趟。」

蕭衍此行目的達到，也懶得再應付傷春悲秋的柳惜慈，不顧柳惜慈挽留的眼神，便告辭離開，臨走不忘揪著蕭翊。「咱們兄弟二人很久沒有一起把酒言歡了，去為兄的太子府痛飲一杯如何？」

在蕭衍的監視下，蕭翊連著幾天都沒機會去找長生和趙大玲，裝模作樣地推託道：「柳二小姐的詩詞清新脫俗，小弟聽得漸入佳境——」

蕭衍扯過他小聲道：「翻來覆去這麼幾首你也聽不膩？不就是個姑娘，到本宮府上給你找幾個美人，擔保比這位牌九臉生得端正。」

其實二小姐的臉就是下頜骨略寬，顯得有點兒方，竟被蕭衍叫做「牌九臉」。蕭翊無奈，只得道：「恭敬不如從命，那小弟就叨擾皇兄了。」

蕭翊到太子府上略坐了會兒便藉口有事先走了，蕭衍也未多加挽留。待蕭翊走後，他找到潘又斌。「今日我見到那個道姑口中的異世者了。」

潘又斌對趙大玲有些印象。上次去御史府中擄走顧紹恆時曾經見過，要不是顧紹恆及時出現，他差點兒把趙大玲帶回慶國公府。他撫著下巴道：「那丫頭我記得，有點兒脾氣，挺對我胃口，長得也不賴，肉皮兒生得最好，白玉無瑕，吹彈可破。」

蕭衍白了潘又斌一眼。「瞧你那點兒出息。若她真是個千年後的異世者，對本宮還有些用處，你先別打她的主意。」

「那是自然，我只要顧紹恆就足夠了。」潘又斌打起精神。「那照太子殿下看，趙大玲是否有什麼古怪呢？」

蕭衍想了想，皺眉道：「乍一看就是個普通的女子，並非三頭六臂的非凡人物。但細品之下她神態從容、不卑不亢，不像是個在廚房窩了十幾年的燒火丫頭，倒像個見過世面的；而且她雖然言語樸實，但條理清晰，有理有據。還有她那個黑不溜丟的弟弟，小小年紀卻出口成章，很讓人驚訝。」

潘又斌聳聳肩膀。「這有什麼奇怪的，顧紹恆跟他們住在一起，受了他的教誨指導也是有的。」

蕭衍搖搖頭。「若說那孩子知道的典故是顧紹恆教的，自然說得通，但那趙大玲的氣度做派與京中高門大戶中的閨秀相比也不落下風，不可能是一年半載裡教出來的。」

潘又斌點頭。「這麼說來，這燒火丫頭是有些不同尋常。保不齊蕭翊那小子進御史府不是為了找顧紹恆，更不是為了那個柳二姑娘，倒是去找她的呢。」

蕭衍眼中厲芒一閃。「可笑的是我們還以為蕭翊是去找那個牌九臉的二小姐，還吟詩作對，好一個障眼法。怪不得這段日子裡蕭翊在朝中事事順遂，利用水車緩解了北方的旱情，得到父皇的嘉獎，更贏得了朝野上的讚譽；又利用南方的汛情折損本宮兩員大將，等於除掉了本宮一個臂膀。如今想來，若是有個異世者在他背後替他出謀劃策，再有顧紹恆給他充當軍師，可不是如虎添翼嘛！只怕再這樣下去，本宮的這個位置也要是他的了。」

「那殿下打算怎麼辦？」潘又斌問道。

蕭衍嗤笑一聲。「蕭翊折損了本宮的人，本宮自然要還他這份大禮。若趙大玲還是燒火丫頭，還真不好辦，有蕭翊那小子盯著御史府，本宮總不能明搶吧？但如今她是真人的弟子、柳御史的義妹，這身分進太子府做個側妃還是夠了；好在她比那個牌九臉順眼多，本宮便收了她，讓她為我所用。至於顧紹恆，我本來還想拿他做誘餌引蕭翊上鈎，誰知蕭翊這小子變得精覺了，竟然沒有急著替顧家翻案的意思。既然如此，本宮還留著顧紹恆給他在背後當幫手嗎？你若喜歡，丟給你便是。」

潘又斌大喜過望，搓著兩隻手，眉飛色舞道：「咱們倒是一人得了一個，這可是穩賺不賠的買賣。」

蕭衍冷冷一笑。「你也先再忍忍，稍安勿躁，畢竟從蕭翊眼皮子底下劫持顧紹恆也沒那麼容易，等我先解決了趙大玲再說。若她成了我的側妃，便可以跟柳御史說讓顧紹恆作為陪嫁的奴僕到太子府，到時候人在我那裡，隨便你如何，蕭翊總不能把手伸到本宮的太子府吧？」

另一頭，太子離開後，趙大玲急匆匆地跑到外廚房，懷裡那把烏金國進貢的匕首讓她非常不安，直覺感到危險在靠近。

她拉著忙碌的長生進到柴房，忙不迭地把匕首掏出來。「我剛才碰到太子蕭衍了，他把這個賜給了大柱子，我們推託不過只得收下，但我覺得蕭衍很是古怪，他好像發現了什麼……」

長生安撫地拍拍她的肩膀。「別著急，即便被他發現我和蕭翊有來往，也沒什麼大不了，妳把實際情況跟我說說。」

長生的鎮定讓趙大玲心安了許多，將在花園裡遇到蕭衍，以及蕭衍的言行都告訴了長生。

「他最後走的時候還說，『趙姑娘，我們很快還會再見面的。』你說，他這是什麼意思？」

長生鴉羽一樣黑亮的眉毛蹙緊，嘴唇也緊緊抿著，這是他一向深思熟慮時的表情，趙大玲一見他這副神情，心裡又打起鼓來。「我覺得他是察覺到蕭翊來御史府並不是來跟柳惜慈談情說愛，而是來找你出謀劃策的。」

長生沈聲道：「蕭翊來找我不奇怪，畢竟我們之前的朋友關係人盡皆知，蕭衍本來也是不在意的，還恨不得我能說服蕭翊及早替顧家翻案，好讓他抓到蕭翊的把柄。只是最近朝堂上蕭翊頻頻受到皇上嘉獎，而蕭衍又失去了杜如海和萬禎兩個幫手，如今肯定是坐不住了。」

「那你會不會有危險？」趙大玲心揪起來，一把抓住他的手。「蕭衍若是覺得蕭翊沒有為你家翻案的意思，那你豈不是也就沒了用處？要是再讓他察覺是你在背後手把手地指導蕭翊，他更容不得你了。」

「蕭衍最多會以為我是蕭翊的幕僚，幫他出謀劃策，妳我知道蕭翊是穿越過來的，蕭衍不可能知道，所以蕭衍雖然會防著我，但也不會即刻對我動手，現在這個時候，他不敢為了我，冒險跟蕭翊撕破臉。」長生神色凝重地將她攬在懷裡，面帶憂色。「我倒是更擔心妳。以蕭衍今日的舉動，我怕他在打妳的主意，尤其是他臨走時說的那句話曖昧不明。」

「他想除掉我？」趙大玲感覺腦子有點兒轉不過來。「我對他沒這麼大的威脅吧？」

長生安撫地拍著她的後背。「那倒不至於，只怕他有別的齷齪心思。若是他知曉了妳來自異世，水車圖又是妳畫的，恐怕更多的是想將妳占為己有。」

趙大玲啞然失笑，踮起腳尖在長生的面頰上親了一下。「我就是一個燒火丫頭，只有你覺得我好，況且蕭衍什麼美人沒見過，他犯不著惦記我。再說了，他怎麼會知道我的身世？」

「知道妳身世的人可不只咱們幾個。之前妳被丹邱子當作妖孽，御史府中上上下下都看著呢，雖然後來玉陽真人替妳敷衍過去，難保不會有風言風語傳出去。」長生懊惱地道：「也怪我太著急了，直接讓蕭翊將妳畫的水車設計圖呈現在朝堂上，這必然會引起蕭衍的警覺，追查幕後的設計人。雖然蕭翊說是他府中一個幕僚設計的，但只要有心去查，就會發現並無此人……若是我能事先做得再周密些，就不會引起他們的懷疑。」

趙大玲伸手撫平長生緊鎖的眉頭。「好了，長生，還要怎樣才叫周密？不過是早晚的問題，終歸是要圖窮匕現的。再說咱們等得，災情可等不得，現在各地水車都建了起來，至少減少四成的損失，若是再推遲幾日，怕是地裡的莊稼等不到秋收都要乾枯而死。」

長生嘆息了一聲，將她的手握在自己的手心裡。「我是擔心蕭衍很快會有動作，讓咱們措手不及。」

趙大玲想了想。「那我趕快寫封信通知蕭翊，讓他想想辦法。」

長生搖頭。「這事找蕭翊也不管用，只有請玉陽真人出面。」

「嗯。」趙大玲應了下來。「後天正好是十五，我去太清觀找師尊幫忙。」

「不，不能等到後天，那就太晚了。」長生當機立斷。「我立即寫封信給玉陽真人，讓御史府外蕭翊的侍衛送到太清觀去，但願能趕得上。」

與此同時，趙大玲居住的小院也迎來了一位不速之客。

大柱子正在院子裡拿木劍砍樹葉，嘴裡「嘿嘿」地喊個不停，一歪頭，看到一位好像從年畫裡走出來的美貌女子站在院子門口張望。

他雖然年幼，卻也對美好的女性有種本能的好感，跑過去嘴甜道：「這位姊姊妳找誰？」

那女子欲言又止，躊躇一會兒才問道：「請問靈幽姑娘住在這裡嗎？」

大柱子轉了轉眼珠。「哦，妳說我姊啊。她這會兒不在，找我姊夫去了。」

那女子臉色瞬間刷白，好像被悶錘擊中。

大柱子關切地問：「姊姊妳沒事吧？要不要叫個郎中瞧瞧？」

屋裡友貴家的聽見聲響，中氣十足地喝了一嗓子。「柱子，跟誰說話呢？是你姊回來了嗎？這死丫頭，大白天就去找她爺們膩歪，一膩歪就是大半個時辰，也不知道個避諱！」

友貴家的一邊罵趙大玲，一邊快步出來，待看到院門口站著一位貌似天仙的女子，不禁揉了揉眼睛。「天老爺，這是仙姑下凡了不成？」

門口的華服女子溫婉地道：「我叫蕭晚衣，做客御史府，此番冒昧打擾，還望伯母見諒，不知靈幽姑娘在不在，可否一見？」

友貴家的消化了一下，才明白蕭晚衣的意思。「哦，妳是來找我家大玲子的！」她熱情相讓。「來來來，屋裡坐，外頭風大，妳這麼嬌貴的肉皮兒別吹著了。妳進屋等一會兒，她過不了多久肯定會回來。」

在友貴家的盛情邀請下，蕭晚衣走進屋裡，端坐在椅子上，接過友貴家的遞過來的茶。「多謝伯母。」

「叫什麼伯母，聽著生分。閨女，妳叫我趙嬸兒就行。」友貴家的挺喜歡這個姑娘，人長得美，還很謙和，比御史府裡的幾位小姐都好。

蕭晚衣握著溫熱的茶杯。其實這種粗茶她是不會喝的，只是從茶杯上汲取著暖意，那茶盞不過是普通的青瓷，與她細白的柔荑極不相稱。

不光是茶盞，她整個人與這間簡陋的屋子都顯得格格不入。她穿著一身月白色的錦衣，那衣料揉著金銀細絲織就出來，在午後的房間裡閃著微光，好像天際一抹雲霞，美不勝收。

友貴家的湊近了些，伸手用手指撚了撚她的衣袖。「這布料好看，就是衣服太素淨，回頭嬸子給妳在衣服上繡幾朵牡丹，擔保立刻就鮮亮了。」

說起繡活，友貴家的頗為自得。「嬸子的繡功好著呢，繡的帕子能賣二、三十個大子，嬸子看妳這閨女挺有眼緣，回頭送妳一條。」

蕭晚衣用的錦帕都是江南進貢上來的，從來沒用過外頭做的東西。友貴家的這麼熱心，她也不好說什麼，只有低聲道謝。「既然如此，那多謝了，長者贈不可辭，晚衣恭敬不如從命。」

友貴家的嘖嘖稱奇。「看妳年紀也不大，一張嘴還文謅謅的，跟我那女婿說話一個腔調，聽著費勁。」

「女婿？」蕭晚衣眸光一黯，神色哀婉。

「對啊！」友貴家的拿出話家常的架勢。「我那女婿學問大著呢，認識好多字，還教我家大柱子唸書咧！就是有時說話咬文嚼字的讓人聽不懂，不過這些日子讓我扳得好多了，總算是能把話說明白。」

又是姊夫又是女婿的，這接二連三的打擊讓蕭晚衣不知如何自處。她咬著下唇，半天才鼓足勇氣道：「晚衣今日前來是有一事相求……」

「什麼求不求的，嬸子看妳有眼緣，能幫妳的一定幫襯著。」友貴家的是個熱心腸，一聽能幫忙，把胸脯拍得山響。

蕭晚衣一把抓住友貴家的手，顫抖著唇，哀求道：「我只求您讓您女兒離開顧紹恆好不好？我是走投無路才來求您的。我與顧公子本是舊識，一心仰慕他的才華，一年多前卻失去了他的消息，如今我終於找到他。他不屬於這裡，更不應該在這裡受苦，我會求聖上下旨重審顧家的案子，我會想辦法讓他脫了奴籍……」

友貴家的目瞪口呆，過了好一會兒才明白蕭晚衣的意思，她一把甩開蕭晚衣的手。「妳這閨女長得俊，看著也是好人家的女孩，怎麼一張嘴就胡扯呢？長生和我家大玲子的親事是夫人親口答應的，就差拜堂成親了。我閨女一心一意地對長生，妳憑什麼讓我閨女離開？妳算哪棵蔥哪棵蒜？」

友貴家的順手抄起桌子上的雞毛撣子，橫眉立目。「老娘知道了，定是不知哪裡來的狐媚子，看上我那女婿長得俊俏，起了不要臉的心思……」

蕭晚衣是瑞王爺的掌上明珠，自幼受眾人追捧，還從來沒有受過這種委屈，偏她今日為了方便與趙大玲說話，連貼身婢女都沒帶在身邊，只問了柳惜慈趙大玲的住處就隻身前來，此刻被友貴家的辱罵，一時不知如何應對。

趙大玲回到居住的小院裡，剛進門就見大柱子跑過來，神秘地小聲道：「姊，屋裡來了位神仙姊姊，正跟娘說話呢！」

神仙姊姊？趙大玲向屋裡扒扒頭，看到一抹月白色的身影，雖然那人背對著門口，但她知道能穿得起這麼貴重的衣服，又如此纖細飄逸的，肯定是蕭晚衣。

趙大玲拍拍柱子的小腦袋瓜，讚揚他小小年紀就擁有正確的審美觀。不過她心裡還是有點兒犯嘀咕。情敵駕到，不知葫蘆裡賣的什麼藥？

她正要舉步進屋，就見友貴家的用雞毛撣子指著蕭晚衣，她嚇了一跳，好歹人家是郡主，這可是打不得的。

她三兩步進到屋裡，先攔下了友貴家的，拿過她手裡的雞毛撣子。「娘，這是怎麼了，好好說話，拿這個做什麼？」

友貴家的拉著趙大玲，理直氣壯道：「妳回來得正好，有個狐狸精惦記妳男人！」

趙大玲看了眼面紅耳赤、無地自容的蕭晚衣，趕緊道：「娘，這事跟妳也說不清楚，妳就別管了。」

友貴家的伸出手指戳趙大玲的腦門。「妳個沒腦子的，人家都找上門搶妳男人來了，老娘能不管嗎？要是讓這小蹄子得逞了，那妳是要被退親的！妳的臉往哪兒擱？今後還怎麼做人？」

她轉向蕭晚衣，一手插腰，一手指著她，標準的茶壺姿勢。「妳趁早死了這條心，老娘那乖乖女婿跟我閨女好得很，兩個人沒事就膩乎在一塊兒，過了年我就求夫人替他們做主，讓他們兩個人成親圓房。」

友貴家的思維模式還停留在一家人是御史府的僕役層面，沒有當家作主的自覺。趙大玲也知道跟友貴家的說不清楚，只能拉著蕭晚衣出了正屋，到隔壁自己住的廂房。

剩下友貴家的越想越不對。一個巴掌拍不響，別是長生那小子不安分，對不起自己閨女。友貴家的氣不打一處來，男人長得俊果真不是什麼好事，一怒之下就拿著雞毛撣子直奔外院廚房找長生算帳去。

廂房裡，趙大玲指了指椅子。「坐吧。」

蕭晚衣神色有些拘謹，緩緩坐在了椅子上。

趙大玲坐在了旁邊，一時兩個人都不說話，屋子裡靜悄悄的，瀰漫著尷尬的氣氛。

趙大玲自然知道蕭晚衣的來意，便率先道：「郡主，長生跟我說過你們以前偶遇過幾次，算是點頭之交。」

蕭晚衣失神片刻，自嘲地笑笑。「點頭之交？他這麼說已經是顧及我的顏面了。一開始我只是聽過他做的詩詞，後來在宮中見過他一次，便記在了心上；幾次偶遇，也是我製造的機會，只為了遠遠看他一眼。我放出話去非他不嫁，世人都笑話我不知矜持，他也更加躲著我，躲不過了，不過是點點頭，自始至終，我們連句話都沒有說過。」

趙大玲有些驚訝她如此坦白，一時倒不知如何勸她。一個優秀的女子在對自己訴說她如何仰慕自己的未婚夫，怎麼想都很怪，就連她這個現代人都難以應對，只能實話實說道：「過去的事都過去了，長生已不是當初的顧紹恆。」

「可是他不屬於這裡，」蕭晚衣的眼淚在眼裡打轉，將落未落，我見猶憐。「他是個才華橫溢、心高氣傲的人，不該為奴為僕。他應該是高高在上，受人讚賞與尊敬，他應該遠離名利糾紛，遠離這些嘈雜，只清清靜靜地做他的學問。」

趙大玲心中感嘆。「郡主，妳並不瞭解他，也不瞭解現在的局勢——」

蕭晚衣急急地打斷她。「那妳又對他瞭解多少呢？妳不會懂得他的心思、他的抱負，妳只看到了他的外表，卻看不到他的本心。妳不會明白現在的一切對於他來說是一種侮辱。」

趙大玲無奈地挑挑眉毛。大概在這位郡主的眼裡，娶她這個廚娘的女兒為妻是對長生的一種侮辱吧。

這時大柱子忽然跑了進來，氣喘吁吁地對趙大玲道：「姊，妳快去看看，娘拿著雞毛撣子找姊夫去了！」

趙大玲一驚，趕緊起身往外跑，蕭晚衣愣了一下，下意識地起身也跟了出來。

廚房外頭，友貴家的揮舞著雞毛撣子，木柄一頭指著長生，橫眉立目道：「你這小子的良心被狗吃了？我家大玲子清清白白的一個女孩跟了你，你哪次受傷爬不起來不是她照顧你的？如今你囫圇個地爬起來了，身上不疼不癢了是吧！你倒好，好了傷疤忘了疼，開始勾三搭四了？」

長生很是錯愕。「岳母，是不是有什麼誤會？」

「哪有什麼誤會？那狐狸精都找上門來了，讓你休了大玲子娶她。你跟你狐狸精是什麼關係？什麼時候勾搭上的？她什麼來路？」友貴家的每問一句，就用雞毛撣子的木柄點一下，木柄在半空中劃過，發出「呼呼」的氣流聲，很有氣勢。

趙大玲怕她真打到長生身上，趕緊上前擋在友貴家的和長生之間。「娘，妳誤會了，不關長生的事，他與郡主本是不熟的。」

「郡主？什麼郡主？」友貴家的四處尋找。

趙大玲指了指一旁從沒見過這陣勢、呆若木雞的蕭晚衣。「這是瑞王府的淑寧郡主。」友貴家的嚇得扔了雞毛撣子就要下跪，嘴裡還唸叨著：「哎喲，我說哪裡來的仙姑下凡，原來是正經八百的皇親國戚……您可別跟我一般見識，我老婆子粗聲大氣地講話習慣了，您身嬌肉貴的，沒嚇到您吧？」

連趙大玲都對友貴家的前倨後恭感到很無語，但是自家老娘就是這麼個脾氣，御史府裡的幾位主子在她眼裡都是高高在上的，更別提郡主了，那根本是神一樣的存在。

蕭晚衣扶起友貴家的。「老人家不必多禮，您拿我當作晚輩來看就好。」

友貴家的搓著兩隻手，吶吶地道：「尊卑有別，那怎麼使得？」

蕭晚衣苦笑著低聲道：「我倒是羨慕您的女兒呢。」

友貴家的想起了蕭晚衣來的目的是為了長生，納悶道：「您是郡主，什麼男人找不到，怎麼看上我女婿了呢？這也太不般配了。再說了，即便您樂意，瑞王爺也肯定不會同意的，哪有金枝玉葉嫁給僕役的道理？」

蕭晚衣神色堅定。「我會說服我爹，讓他幫助顧公子脫了奴籍，我爹若是不同意，大不了我以死相逼，我爹肯定是捨不得眼看我死的。」她目光膠著在長生身上，連眨眼都捨不得。「顧公子，晚衣無所求，只求能伴你左右。」
這樣淒婉而委曲求全的訴求讓長生也怔住了，須臾他看著蕭晚衣，誠摯地道：「郡主錯愛了，長生愧不敢受。我對郡主自始至終都沒有過非分之想。」
他試圖將其中的利害關係分析給她聽。「而且郡主把事情想得過於簡單，我的身分是聖上欽定的，無從更改。此事不但關係到我顧氏一門的榮辱，更是關係到聖上的顏面，如果王爺知道此事，必不會由著郡主胡來。」
蕭晚衣只聽了前半句已經感覺天旋地轉，後面的話根本無法認真分析。
「自始至終？」她喃喃著，咬牙掙扎道：「我不在乎你的身分，即便脫不了奴籍，你也可以跟我到瑞王府，不必在這裡受人奴役。我知道你喜歡趙姑娘，我願意與她效仿娥皇女英，共侍一夫。」
友貴家的在一旁驚問：「您的意思是不分大小？」
蕭晚衣目光直直地看著長生，艱難卻堅定地道：「不分大小，我願以平妻之禮待她。」
友貴家的張大了嘴巴，臉上有懵懂的驚喜和榮幸。「我家大玲子能與郡主平起平坐！」
「可是我不願意。」趙大玲趕緊表明立場，同時將友貴家的拽到身後，再不攔著她，她非得當場拍板喊同意不可。
按照友貴家的思維模式，一個燒火丫頭能與郡主共侍一夫，還平起平坐不分大小，那簡直是天大的榮耀。

蕭晚衣惶然地看著趙大玲。「妳說什麼……」

「我說我不願意與妳一起嫁給長生。」趙大玲又重申了一遍。「有一句老話說得好：願得一心人，白首不相離。我要的就是這個『一心一意』，我不願與任何人分享我的夫君，即便妳貴為郡主。若是不能擁有全部的他，我寧可不要。我對夫君的要求是我心裡只有他一個，同時他心裡也只能有我一個，我們之間容不下旁人。」

長生看著趙大玲，眼中情深似海，帶著滿滿的愛意。「對不起，淑寧郡主，妳的提議我也不願意。先不說妳下嫁於我的可能性微乎其微，即便有這個可能，承蒙妳厚愛，但長生只能辜負了，因為我的心只有這麼大的地方，已經裝滿了我的未婚妻，再也沒有位置容得下其他人。」他握住趙大玲的手。「我們要的是『一生一世一雙人』。」

蕭晚衣臉色慘白。搖搖欲墜，她已經做出了最大的犧牲和讓步，寧願與趙大玲平起平坐，但即便這樣，她還是遭到了拒絕。蕭晚衣覺得這一切是多麼的諷刺，原來她在顧紹恆的心中毫無地位，連這樣的屈尊俯就，都換不來他的一絲眷顧。

趙大玲看著心灰意冷的蕭晚衣，心頭有些不忍，不過倒不是同情這個長生的愛慕者，畢竟愛情是自私的，她也不喜歡有人非要在她和長生之間插一腳。但是設身處地地站在蕭晚衣的立場來想，作為古代社會下的女性，她能勇敢地追求所愛，已然是冒天下之大不韙，可謂勇氣可嘉。只是蕭晚衣對愛情和婚姻的認識，仍跳不出這個時代的觀念，某些方面與友貴家的不謀而合。她們都覺得男人三妻四妾是很正常的事，沒什麼大不了，而這恰好是趙大玲最難以接受的。

「淑寧郡主，妳有高貴的身分和絕世的容貌，妳值得擁有一份純粹的感情，值得一個男人對妳一心一意。」趙大玲出言勸慰。

蕭晚衣踉蹌著退後一步，只餘一口氣維持著最後的尊嚴。她絕望地看了長生一眼，似乎要把他的樣子烙印在腦海中，隨即轉身離開，消瘦的背影好像風中的蘆葦。

友貴家的拍拍手，拿起禿了幾支毛的雞毛撢子。雖然覺得得罪了郡主而有些忐忑不安，但更多的是欣慰。

長生連那貌比天仙的郡主都能斷然拒絕，一心一意地對待自己閨女，作為丈母娘，自然對這樣的姑爺滿意極了。她囑咐了趙大玲幾句，便帶著大柱子回去接著繡帕子了。

趙大玲抱著長生的腰，將臉埋進他的懷裡，幸福感爆表。「長生，我覺得自己能夠遇到你真是幸運，你這樣的男人在千年後的現代都是稀有物種。」

長生有些哭笑不得。「怎麼就成了物種了呢？還是稀有的。」

「就是。」趙大玲堅持道。「無論古今，從男性的本質來說，都是不會拒絕多個配偶的，所以古代的男人會三妻四妾，千年後的男人會出軌找情人。在我的愛情觀裡，並不是要求愛人從一而終，只要求跟我在一起的時候只用心地愛我一個，不愛了就明明白白地告訴我，大家好聚好散，各自留一段美好的回憶。」

長生靜靜地聽著，低頭吻了吻她的鬢角。「大玲，我明白妳的意思。人的一生很長，會發生很多事、遇到很多人，有的人會在半路改變初衷，有的人會堅持到最後。現在我不敢承諾將來的事，因為現在的我沒有這個資格，只有到我生命的盡頭，才能夠對妳說我是用我全部的生命來愛妳，這顆心為妳跳動，從未更改。」

趙大玲忽然想起前世聽過的一首老歌——

我怕時間太快，不夠將你看仔細，我怕時間太慢，日夜擔心失去你，恨不得一夜之間白頭，永不分離……

當時聽的時候，只覺得相愛的兩個人活在當下，永保青春不好嗎？王子和公主得到了快樂的生活就是幸福的結尾，為什麼要盼著一夜白頭？如今她才真正體會到這句歌詞裡想要表達的意思。

真正的愛戀，因為「在乎」而讓人患得患失。愛到深處不是卿卿我我、海誓山盟，而是不畏懼用一生去實踐對愛情的承諾。

——未完，待續，請看文創風530《逆襲成宰相》3（完結篇）

2017年6月出版

逆襲成宰相

文創風 528～530

他足智多謀，有不同於常人的傲骨；
她善良聰敏，有不該身處底層的學識，
仰天不會只看得見黑夜，明珠也不會永遠蒙塵……

今朝再起為紅顏，一世璧人終無悔／趙眠眠

趙大玲前世是個能幹的理工女，穿越後卻成了御史府的灑掃丫鬟，
父親老早就過世，母親在外院廚房當廚娘，
弟弟尚小不經事，自家沒靠山也沒銀兩，
前世的滿身才幹無用武之地，還要對其他丫鬟的戲弄忍氣吞聲，
雖日子過得無趣得緊，可為了生存，明哲保身才是正理！
直到一個全身是傷的俊美小廝出現在面前——
他滿腹珠璣，揀菜像在寫毛筆，還寫得一副好對聯，
其他小廝愛在嘴上占她便宜，他卻說男女授受不親，
當他們家被欺負而孤立無援時，是他找來幫手助她一臂之力，
他隱姓埋名，雖為官奴，可一身的氣度風華在在說明了他有秘密……

2017年6月出版

吾妻不好馴

文創風 526～527

聽聞夫君心中另有所屬？沒關係，她沒打算談情說愛；
老夫人跟大房不待見她？無所謂，她無意當賢良媳婦。
反正她嫁入高門僅是衝著「侯爺夫人」的頭銜，
哪曉得這枕邊人當初指名要娶她，竟是別有隱情……

嬌妻不給憐，纏夫偏要黏／岳微

歐汝知借屍還魂為商賈之女衛茉，
滿心滿眼就是為家族通敵罪狀翻案這等大事，
可從一名習武女將換成這副病秧子皮囊，
猶如虎落平陽，難展拳腳啊……
正當她不知該從何起頭時，
恰逢靖國侯趕著上門提親求娶她，
命運都向她伸出了橄欖枝，
她當然得把握機會，嫁入侯門！
所幸老天爺待她不薄啊，
這丈夫平時總小心翼翼地呵護她，還能替她治療寒毒，
更重要的是，他竟是替歐家翻案的同道中人！
遇上如此義氣相挺的良人，
她再冷傲的心也被捂熱了……

2017年5月出版

巧婦當家

文創風 522～525

家裡窮？
瞧她慧心巧手、生財之道一把罩，
誰說只有大丈夫才能當家？

半掩真心，巧言挑情／半巧

才穿越就被迫閃婚？!
李空竹糊裡糊塗地嫁給趙家養子趙君逸，
方弄清原身的壞名聲，就見丈夫的兩位養兄趕著分家，
這真是福無雙至，禍不單行。
瞧著屋旁砌起的土牆、空蕩蕩的家，以及鼻孔朝天對她不屑一顧的夫君，
她憋著口氣，立志讓日子好過起來。
好容易做了些小生意，誰知分家的養兄們總想著來占便宜，
幸虧這便宜相公冷歸冷，還是懂得親疏遠近，
但是他一個鄉野村夫，竟是身懷武功，莫非有什麼難言之隱？
本想向他探個究竟，可那雙黑黝黝的冷眼使她打退堂鼓，
也罷，與他不過是做搭伙夫妻，
她一個聲名有損的女人，尋思著多掙些錢，有個棲身之所便是。
誰知他又是口不對心地助她，又是偷偷動手替她出氣，
原以為這是先婚後愛、日久生情，孰料他若無其事地退了回去，
這還是她兩輩子頭一回動心，她可不願迷迷糊糊地捨棄，
鼓起勇氣盯著那冷面郎君，她直言道：「當家的，我怕是看上你了，你呢？」

撲朔迷離的重生之祕　唯妻是從的愛情守則／東堂桂

2017年5月出版

嬌妻至上

她雖是將軍府大小姐、嫡長女，卻是爹娘不疼，連庶女都爬到她頭上！
要不是她大病一場重生醒來，現在還任人捏圓搓扁、委曲求全，
如今有機會改變命運，她絕不再傻傻等待，只求能掙脫家的束縛……

文創風 518 1

池榮嬌這名字，據説是出生時祖父滿心歡喜，説幸得嬌嬌，取名榮嬌……
可為何大病重生之後，記憶裡只有父親不疼、母親憤恨、祖母不喜，
池家大小姐過得比家裡的下人還不如，連庶妹都敢欺負她的人！
親情既然求不得，那便不求了，她也不想如從前那般委屈退讓，
只是她也是母親親生的，為何哥哥備受疼愛，只有她被母親折磨冷落？
而夜裡，總有個自由奔放的身影在夢中出現，
彷彿身體裡還有另一個恣意的靈魂，教她嚮往著掙脱牢籠，
但現在的她身無分文也無一技之長，何來本錢離家？

文創風 519 2

前世的她，一生柔弱、委曲求全，落得下場悽慘；
如今重生的她早已不同，藉著男兒裝扮在外行走，
還獲得神祕公子賞識，領她進入商場，甚至大方投資她行商，
這天上掉下來的好運讓她迅速累積實力，卻也越來越疑惑——
不打不相識的玄朗大哥待她是不是太好了些？
為何他總是行蹤不定，但她需要的時候他必會出現，為她打點好一切？
他的身分如謎，是否與她扮男裝一樣，有什麼難言之隱……

文創風 520 3

在池榮嬌暗暗厚積實力的同時，池家也出了些不大不小的風波，
也正好讓她找到機會，藉著母親送她去莊子「養病」的理由，
她乾脆包袱款款，帶著心腹丫鬟嬤嬤離開池家，根本不想回來了！
但如魚得水的日子才沒過多久，她的女兒身便意外揭露，
玄朗大哥待她雖然與往常無異，對她的照顧依舊細心體貼，
送她的禮物卻換成姑娘補身的好東西，這、這、這……
兄弟之情就這樣轉變成了兄妹之情嗎?!

文創風 521 4 完

兜兜轉轉，從小樓公子到池榮嬌，從玄朗大哥到英王殿下，
她與他終於能以真實身分相見、相知，原來情苗早已深種，
在他倆還不知對方究竟是誰的時候，心便悄悄地為對方留了個位置……
即使費了番工夫，玄朗依舊順順利利地迎娶心愛的小樓為妻，
兩人婚後恩愛異常，人人只道英王愛妻如命，
卻不知自從他得知妻子的身體裡似乎還有另一個女子的魂魄，
而那人是已逝的西柔國公主樓滿袖，對生前過往仍有執念，
他便暗暗憂心，只怕對方的執念傷害妻子，有一日便要奪她意識……

文創風 529

逆襲成宰相 2

國家圖書館出版品預行編目資料

逆襲成宰相 / 趙眠眠著. --
初版. -- 臺北市 : 狗屋, 2017.06
冊 ; 公分. --（文創風）
ISBN 978-986-328-734-6（第2冊：平裝）. --

857.7　　106005766

著作者	趙眠眠
編輯	王冠之
校對	黃亭蓁　簡郁珊
發行所	狗屋出版社有限公司
地址	台北市104中山區龍江路71巷15號1樓
電話	02-2776-5889～0
發行字號	局版台業字845號
法律顧問	蕭雄淋律師
總經銷	知遠文化事業有限公司
電話	02-2664-8800
初版	2017年6月
國際書碼	ISBN-13　978-986-328-734-6

本著作物由北京晉江原創網絡科技有限公司授權出版

定價250元

狗屋劃撥帳號：19001626

網址：love.doghouse.com.tw　E-mail：love@doghouse.com.tw

版權所有．翻印必究　倘有倒裝、缺頁、污損請寄回調換